O EFEITO FRANKENSTEIN

Dados Internacionais de Catalogação na Publicação (CIP)
(Câmara Brasileira do Livro, SP, Brasil)

Barceló, Elia
  O efeito Frankenstein / Elia Barceló; tradução Ana Portas. – 1. ed. – São Paulo: Editora Melhoramentos, 2021.

  Título original: El efecto Frankenstein
  ISBN 978-65-5539-259-3

  1. Ficção espanhola I. Título.

20-53670   CDD-823

Índices para catálogo sistemático:
1. Ficção: Literatura espanhola 863

Aline Graziele Benitez – Bibliotecária – CRB-1/3129

Título original: *El Efecto Frankenstein*

Texto © 2019 Elia Barceló
Prêmio edebé de literatura Juvenil, 2019
Prêmio Nacional de Literatura Juvenil, 2020
Publicado orginalmente na Espanha pela edebé, 2019
www.edebe.com

Tradução: Ana Maria Doll Portas
Ilustração de capa: Samuel Casal
Diagramação de capa e miolo: Amarelinha Design Gráfico

Direitos de publicação:
© 2021 Editora Melhoramentos Ltda.
Todos os direitos reservados.

1.ª edição, março de 2021
ISBN: 978-65-5539-259-3

Atendimento ao consumidor:
Caixa Postal 729 – CEP 01031-970
São Paulo – SP – Brasil
Tel.: (11) 3874-0880
www.editoramelhoramentos.com.br
sac@melhoramentos.com.br

Impresso no Brasil

O EFEITO FRANKENSTEIN

ELIA BARCELÓ

Tradução de Ana Maria Doll Portas

*Em memória de Mary Shelley, pioneira da
ficção científica e da literatura de terror, e
de seu imortal romance* Frankenstein ou o
Prometeu Moderno, *publicado em 1818.*

· 1 ·

ABRIU OS OLHOS EM UMA PENUMBRA ONDE UMA LUZ ALAranjada e brilhante pintava listras na parede ao atravessar uma persiana entreaberta. Não sabia onde estava e, por um momento, sentiu-se sufocado, assustado, porque não reconhecia o teto do quarto nem nada do que havia ao redor.

Fechou os olhos novamente. Às vezes, isso acontecia, mas, um segundo depois, tudo voltava ao normal e as coisas se resolviam. Abriu os olhos de novo, devagar, dando ao cérebro a oportunidade de começar a funcionar e responder do modo como precisava.

Nada. Continuava sem saber onde estava e por que tinha acordado naquele lugar ao anoitecer. Teria bebido demais na noite anterior e aceitado um convite para dormir na casa de algum amigo?

Levantou-se rápido e ficou sentado na cama com um aperto no peito que, se não era terror, era perto disso. Não se lembrava de nada da noite anterior. Nada. Sua mente era um buraco negro, um deserto, um enorme vazio.

Olhou ao redor, perplexo: tinha dormido em uma espécie de colchão bem nojento, cheio de manchas velhas, cuja origem preferia não saber, e o quarto estava destruído; as paredes descascadas, o batente da janela carcomido, o vidro quebrado em vários lugares, como se tivessem atirado pedras durante anos, o chão cheio de buracos e de papéis de cores que quase não se podiam distinguir, porque a luminosidade alaranjada já estava diminuindo e as sombras se acumulavam nos cantos daquela casa em ruínas.

O que podia ter acontecido para ele acordar naquele lugar? Teria sido agredido? Teria sido atacado por um bando de ladrões que o teriam jogado ali pensando que estivesse morto?

Tocou sua cabeça com cuidado. Doía um pouco, mas era como uma dor de cabeça comum, não parecia que tivesse uma contusão cerebral. Arregaçou as mangas da camisa para ver os braços e, na penumbra azulada, não conseguiu ver nenhuma mancha de sangue nem arranhões ou hematomas. As pernas também não doíam.

Colocou as palmas da mão no peito e, através do tecido, percebeu uma espécie de costura em vários lugares; mas não sentiu nada ao apertar, nem dor, nem queimação, nem nenhum tipo de incômodo. Talvez fosse outra camada de roupa por dentro que estivesse remendada ou atravessada por costuras grossas.

Pensou em tirar a camisa e olhar, mas já estava quase totalmente escuro e fazia frio; assim, decidiu sair dali, ir para casa e, a salvo no seu quarto, acender uma lamparina, pedir água para um banho, tirar a roupa e explorar detalhadamente seu corpo.

Voltar para seu quarto. Voltar para sua casa.

Onde morava?

Outra vez o buraco negro.

Passou a língua pelos lábios secos, pelos dentes (comprovou com alívio que todos estavam lá, não havia nada quebrado), tocou a face áspera, percebendo que não fazia a barba há alguns dias.

Não se lembrava onde morava.

Tomou o punho esquerdo entre o indicador e o polegar direitos buscando o pulso que, como esperava, estava acelerado. Tinha que sair dali, ainda que não soubesse para onde ir. Precisava de exercício, atividade, para não enlouquecer.

Ficou de pé e saiu do quarto, tateando as paredes como alguém que acabou de descobrir-se cego. A disposição dos cômodos da casa não lhe parecia desconhecida, mas não conseguia associar a nada. Desceu as escadas com cuidado; aqueles degraus de madeira que rangiam com o seu peso não inspiravam confiança, mas não havia outra forma de chegar ao andar de baixo e, dali, ir para fora.

Cruzando a sala em ruínas, que em outros tempos podia ter sido uma cozinha, conseguiu, enfim, sair ao ar livre; e a brisa, apesar de fria, parecia-lhe energizante. Já estava quase de noite, mas o céu ainda conservava, no horizonte, uma cor alaranjada com rasgos carmim; o jogo de cores se refletia no Danúbio que, naquele ponto, em frente a casa, se acalmava um pouco.

De algum lugar próximo, chegavam fragmentos de música, conversas e risadas, como o eco de uma festa. Virou a cabeça para cima ao ouvir o badalar de um sino, e um nome apareceu na sua cabeça: a catedral de Bela Nossa Senhora.

Algo se acalmou em seu interior ao repetir o nome para si mesmo. Se era capaz de lembrar o nome da igreja e do rio de sua cidade, também saberia onde se encontrava, tinha apenas que continuar procurando na memória.

No melhor dos casos, com sorte, também descobriria quem era. Pois o que ainda não tinha tido a coragem de confessar para si mesmo era que não lembrava o próprio nome e, pelo menos até o momento, não sabia a própria identidade.

· 2 ·

NORA CAMINHAVA A PASSOS LARGOS PELA RUA PARALELA À margem do rio, tropeçando na maldita saia longa da fantasia de carnaval. Ela devia ter escolhido algo mais confortável para vestir, mas, como Sara tinha lhe emprestado aquele vestido de dama do século XVIII com uma bolsinha, peruca e tudo, se deixou convencer, apesar de sempre se fantasiar de vampira, bruxa ou coisas do gênero.

Ela nem sabia se tinha sido boa a ideia de ir a uma festa onde não conhecia praticamente ninguém. Já estava em Ingolstadt fazia uns meses e, por causa das aulas, dos primeiros exames, do fato de precisar fazer compras, cozinhar e resolver tudo sozinha, com todas as dificuldades de se relacionar com gente de outra mentalidade, não tinha ainda conseguido fazer um grupo de amigos. Por isso, quando Sara a convidou para aquela festa e inclusive emprestou o vestido, logo aceitou. A única coisa chata era que não tinha conseguido chegar antes porque precisou cuidar de Marie por duas horas. Os pais da bebê tiveram de ir a uma reunião da creche que tinham escolhido para deixar a filha quando tivesse idade de ficar lá. Nora não conseguiu dizer não a eles e agora estava tentando encontrar o lugar da festa.

Ela parou um pouco para recuperar o fôlego e dar uma olhada no GPS do celular. Devia estar bem perto. Ajeitou a peruca sobre as orelhas e já ia começar a caminhar de novo, quando um grito desesperado a deixou paralisada. Olhou para todos os lados para encontrar de onde vinha o som.

– Socooorroo! – gritava uma voz de mulher. – Socooorroo! Alguém me ajuda! Minha neta está se afogando! Socooorroo!

Levantou a saia até quase a cintura e começou a correr para onde parecia que estava a mulher. Segundos depois a encontrou, na margem do rio, com água até os joelhos, esticando os braços na direção de um vulto que flutuava, afastando-se.

Por sorte, naquele trecho, a correnteza não era tão forte como em outros lugares. Arrancou a peruca branca com seus laços e borboletas, tirou o vestido pela cabeça, sem se incomodar em soltar a amarração, e se jogou na água, sem pensar que poderia estar muito fria.

Estava gelada.

Seu primeiro impulso foi sair imediatamente e secar-se com qualquer coisa. Mas os gritos da menina e da avó a encorajavam, e ela era boa nadadora.

Deixou-se levar pela correnteza, dando fortes braçadas que a aproximavam cada vez mais da criança, até que conseguiu alcançá-la e segurá-la. A menina se agarrou nela como um macaquinho e quase a levou para o fundo com chutes e braços que lhe apertavam a garganta, afogando-a. Ajeitou a menina de modo que não pudesse dificultar seus movimentos, mas, ao girar o corpo para colocar a menina de costas contra seu peito, um obstáculo no leito do rio bateu fortemente nelas e as separou outra vez. Teve a impressão de ser um galho que flutuava à deriva.

Voltou a nadar com garra até o centro da correnteza, conseguiu agarrar a jaqueta da criança e trazê-la para perto de si, mas, dessa vez, não teve chutes nem braços enroscando-se na sua garganta. A menina tinha perdido os sentidos. Ou algo pior.

Por um momento, abraçando a menina, deixou-se levar. O frio da água era tão intenso, que começava a sentir todo o corpo adormecido, retesado. Estava difícil nadar e notava como o calor do seu corpo ia saindo pela cabeça, pelo cabelo molhado, que cada vez ficava mais frio.

Na altura da ponte, onde a correnteza batia contra um dos pilares, uma onda passou por cima delas, submergindo-las por uns instantes, e Nora pensou que tudo havia acabado, que não conseguiria sair dali. Nesse momento, outros braços surgidos da escuridão a ajudaram a flutuar e ir até a margem com sua carga imóvel.

Quando finalmente estavam em terra firme, se deixaram cair na lama, esgotados, ofegantes pelo esforço, mas aliviados e contentes de terem saído bem daquilo tudo. A avó vinha correndo, murmurando agradecimentos entre lágrimas, com um celular na mão.

– Chame uma ambulância! – gritou Nora.

– Ela está bem? A Tini está bem?

Os postes de luz já tinham acendido e, através de sua luz perolada, Nora viu que a menina estava quieta, com os olhos fechados, virada de costas como uma boneca, abandonada na margem. Devia ter uns três anos.

O rapaz que as havia ajudado olhava para ela, arrasado. Seus olhos se cruzaram durante uns segundos enquanto ouviam a mulher falando ao telefone, indicando a localização e explicando o que havia acontecido.

Nora foi a primeira a reagir: ajoelhou-se ao lado da criança imóvel, virou-a de lado para que ela vomitasse a água que tinha engolido, inclinou sua cabeça para trás, abriu sua boca, enfiou o dedo para certificar-se de que não havia nenhuma planta dentro, tampou o nariz da criança e, em seguida, encostando sua boca na da menina, começou a fazer a respiração boca a boca enquanto o rapaz perguntava baixinho, mais pra si mesmo do que para quem o escutava: "Que é isso? O que está fazendo? A menina morreu, não tem pulso. Não há nada a se fazer".

Nora se afastou para inspirar de novo, compreendeu o que o rapaz havia dito e começou com a massagem cardíaca. Trinta compressões, duas ventilações, trinta compressões, duas ventilações... ritmo rápido, uma vez, outra vez, sem parar nenhum momento, sem parar de contar.

Uns minutos mais tarde, apareceu a ambulância. Tudo se encheu de luzes azuis giratórias e barulhos de sirene.

– Está viva? – perguntava a avó. – Está viva?

Como resposta, a menina abriu os olhos e desatou a tossir, expulsando assim a água que havia engolido. A avó se lançou sobre ela, mas antes que pudesse abraçá-la, os socorristas a pegaram, colocaram-na no veículo e, momentos depois, todos haviam desaparecido.

– Ela ressuscitou? – perguntou o rapaz, olhando para a menina embasbacado.

Nora balançou a cabeça, levantou-se e começou a caminhar na direção de onde devia estar a sua roupa. Ele a seguiu. Por sorte, pensou, não teve que tirar toda a roupa na frente daquele desconhecido; por baixo usava um *body* inteiro de calça comprida que tinha colocado para não passar frio com um vestido tão fino.

– Não, cara, não estava morta – respondeu, ao notar o quanto o rapaz estava interessado naquilo. – Mas talvez estaria se demorássemos um pouco mais. Coitadinha! De onde ela tirou a ideia de entrar na água com esse frio e quase de noite?

– A senhorita foi muito valente – disse ele.

– Você também. – Virou para olhar para ele quando se deu conta de que a tratara de senhorita. Que cara esquisito era aquele? Estava vestido como se fosse para ser seu par, de calça com meias brancas e camisa de mangas bufantes com pregas na frente. Talvez tivesse sido convidado para a mesma festa. – E... por falar nisso... obrigada – acrescentou.

– Se não fosse por você, nós duas tínhamos nos afogado.

Haviam chegado ao lugar onde ela tinha tirado a fantasia e, apesar de encharcada, a vestiu. Estava morta de frio, igual a ele, que tremia, apesar de que tentava disfarçar.

Felizmente, o celular estava na bolsinha que ela jogara no chão, e funcionava. Chamou um táxi dizendo que era muito urgente e, fazendo gestos ao rapaz que a seguia, foi para a rua paralela ao rio e se posicionou debaixo de um poste de luz para que o taxista os visse quando dobrasse a esquina.

– Nunca tinha visto uma coisa assim – disse ele, ainda pasmado. – A senhorita pode explicar-me o que fez, Fräulein? A menina não tinha pulso, eu poderia jurar sobre a Bíblia.

"Mas que estranho esse cara!", pensou Nora antes de responder.

– Eu fiz o que qualquer socorrista teria feito: respiração boca a boca e massagem cardíaca. O normal. Bom, e tivemos sorte, claro. Anda, venha comigo pra casa. Temos que trocar de roupa, senão vamos pegar uma pneumonia.

Nora abriu a porta do táxi e praticamente o empurrou para dentro. Em seguida, começou a explicar ao taxista por que estavam molhados, antes que o homem os expulsasse do carro. Mas, ainda que a contragosto, ele terminou levando-os aonde ela queria ir.

No curto trajeto, o rapaz via tudo com olhos espantados, em silêncio, enquanto os tremores sacudiam seu corpo.

Mais do que pelo frio, Nora tinha a sensação de que tremia de nervoso, ou de medo, e isso lhe parecia muito estranho e misterioso. Por que iria ter medo agora que tudo já tinha passado? Seria pelo *choque*?

Ele a observava de canto de olho, sem saber o que pensar, sem saber onde estava, cada vez mais angustiado. Desceram em uma das ruelas do centro, subiram uma escada íngreme até o terceiro andar, a moça abriu a porta e, de repente, tudo se encheu de luz.

Do teto, pendia uma lamparina como ele nunca havia visto na vida, sem chama nem fumaça, que irradiava uma claridade que quase machucava a vista. E a casa estava tão quente como se tivessem mantido o fogo acesso o dia inteiro.

Ela tirou os sapatos, abriu uma porta e desapareceu pelo quarto, e, em seguida, ele escutou um ruído de água corrente. Aquilo tudo era cada vez mais estranho.

Um sonho! Era isso! Um sonho estranho do qual logo acordaria. Tinha que ser um sonho, porque tudo estava acontecendo na cidade onde estudava, mas nada era exatamente como na vida real.

– Toma, seque-se um pouco – disse a moça, estendendo-lhe um pano azul ao voltar. – Tomo uma ducha rápida e depois é a sua vez.

Ele começou a esfregar o pano azul no cabelo enquanto dava uma olhada em tudo ao redor: roupa pendurada em ganchos de parede, muitos calçados estranhos... femininos, a julgar pelo tamanho, e um par de sapatos talvez masculino jogado pelo chão, uma pilha de livros em um canto. Será que naquela casa só viviam mulheres? E os sapatos de homem? E como aquela mulher se atrevia a deixar entrar um desconhecido? Havia prova melhor de que se tratava de um sonho o absurdo da situação? Mas, em um sonho, ele nunca sentira com tanto realismo a roupa molhada, o frio no corpo, o cansaço e a fome que experimentava no momento.

– Estou pronta! E depois vão dizer que nós, mulheres, somos lentas no banho! Ah, e eu me chamo Nora. É a sua vez. Prefere chuveiro ou banheira? – A moça havia vestido uma bata branca, e uma espécie de turbante cor-de-rosa cobria seus cabelos molhados. Ele tentava não olhar, mas dava para ver suas pernas até os joelhos, e ela não parecia estar envergonhada. – Vai pro chuveiro! – acrescentou, ao ver que ele não respondia. – Gasta menos água e esquenta da mesma forma. Enquanto isso, vou preparando um chocolate quente, topa? Talvez um pouco de bolo, se tiver sobrado.

Ele concordou com a cabeça sem ter ideia do que ela estava perguntando e entrou no pequeno quarto de banho, o menor que havia visto na vida, mobiliado com objetos que não conhecia. Explorou por um momento, testou as manivelas de dentro da banheira e, em instantes, começou a cair água quente. Tirou a roupa rapidamente e, a todo momento olhando para a porta, que não tinha fechado por dentro porque não havia encontrado o ferrolho, deixou-se esquentar por aquele maravilhoso invento: uma corrente de água quente que parecia não ter fim.

Escutou umas batidas curtas. A porta se abriu, ele fechou a água e protegeu sua nudez com as duas mãos, morto de vergonha. Nunca imaginou que seria possível esse atrevimento de uma moça de classe abastada.

– Desculpa, tinha esquecido de te dar uma toalha e um roupão de banho; é um pouco espalhafatoso, desculpa – disse ela, evitando olhar muito. – Está aqui. – Ela lhe estendia um grande pano, desta vez amarelo, junto com uma espécie de bata muito colorida. – Se você quiser fazer a barba, deixei aqui um barbeador descartável novo. Quando acabar de usar, pode jogar fora. Espero você no meu quarto. A porta do fundo do corredor. E não demore, senão o chocolate esfria.

O banheiro estava cheio de vapor, o espelho, totalmente embaçado. Secou-se muito rápido e vestiu a bata horrível antes de sair no corredor. A porta estava aberta e Nora o esperava sentada à janela panorâmica em uma mesa com duas enormes xícaras de chocolate fumegante. Também havia um grande pedaço de bolo de nozes que lhe deu água na boca.

A moça fez um gesto e ele se sentou, controlando-se para não atacar o bolo como se fosse um lobo. Sentia como se não comesse há dias.

– Sirva-se, anda – disse. Ela tinha tirado o turbante da cabeça e seu cabelo castanho estava começando a enrolar suavemente conforme ia secando. Continuava vestida com a bata branca, sem nada mais. Tinha uns olhos brilhantes e inquisidores, de cor de cerveja. – Bom, eu já disse que sou a Nora. E você, quem é?

"Grande pergunta", pensou ele. "Isso. Quem sou eu?"

– Vai parecer-lhe muito estranho, Fräulein Nora – disse, por fim, depois de engolir em seco algumas vezes. – Eu não lembro.

Ela não pareceu muito surpreendida. Inclinou-se um pouco na direção dele e perguntou:

– Desde o momento do que aconteceu no rio ou antes?

Ao inclinar-se, ficou à vista uma corrente de prata dançando tentadoramente sobre seu decote: uma coruja, o símbolo de Minerva, a deusa da sabedoria; e também o símbolo de algo profundo e secreto que ela não tinha como conhecer. Ou será que sim? Quem seria aquela moça? Filha ou irmã de quem?

Ela fizera uma pergunta curiosa. Interessante. Científica. Olhou a coruja novamente e decidiu dizer a verdade.

– Desde antes. Um pouco antes do que aconteceu no rio, eu acordei em uma casa em ruínas, aqui perto, sem memória sobre mim nem sobre meu passado.

– Você sabe pelo menos onde estamos?

Assentiu com a cabeça, energicamente. Fazia poucos minutos que seu cérebro lhe havia dado essa resposta.

– Ingolstadt.

– Certo! Agora, coma um pouco primeiro. Desculpe, é que tenho uma curiosidade insuportável...

O rapaz serviu um pedaço de bolo a Nora antes de servir-se e, controlando a impaciência, cortou um pedaço com o lado do garfo. Estava delicioso. Se foi ela quem o fez, era um excelente partido: bonita, corajosa e com boa mão para a cozinha.

– Você se lembra onde estava indo quando ouviu a avó da menina gritar?

– Eu não estava indo a nenhum lugar. Só queria sair da casa e entender onde estava.

– O que é isso? – De repente, Nora parecia assustada. Olhava fixamente para o centro do tórax do rapaz, um ponto que as laterais do roupão deixavam descoberto.

Ele olhou para baixo, para onde ela indicava, e, sem pensar, afastou as laterais para poder ver o que tanto a tinha impressionado. Na altura do coração, e em três outros lugares do seu torso, várias costuras grandes se sobressaíam sobre o peito pálido e liso, como feridas profundas costuradas de modo apressado com um barbante negro.

Passou a ponta dos dedos sobre as feridas, que ainda não haviam cicatrizado, mas também não pareciam frescas. Ele não sentia nada. Era como se estivessem engessadas. Ao tocar a que estava na altura do umbigo, percebeu que mais abaixo havia outra, quase na virilha.

Levantou os olhos para a moça, consciente de que era absolutamente indecoroso mostrar-lhe seu corpo dessa maneira, desnudo, mas não podia evitá-lo, como quem busca a confirmação de que o que estava vendo e tocando era real.

Ela se levantou, aproximou-se com um "posso?" sussurrado e passou também o dedo pelas costuras. Ele sentiu um calafrio. Desde a morte da mãe, há uns dez anos, nenhuma mulher o tinha tocado.

– Isto é impressionante – disse Nora, muito baixo. – Dói?

Ele fez que não com a cabeça.

– Estou sonhando, não é?

– Não. A menos que nós dois estejamos sonhando a mesma coisa, não. Esta é a realidade normal.

– A minha, não. Aqui tudo é estranho: as lamparinas, o banheiro, o veículo que nos trouxe, a forma de se vestir da mulher e da menina do rio... Tem que ser um sonho.

Nora se afastou da mesa, saiu do quarto e voltou depois de uns minutos com algumas roupas.

– Tome, vista isso; são do Toby e não sei como ficarão em você, mas é melhor do que te ver com o roupão do Heike e com o peito cheio de feridas mal costuradas que não doem.

– Quem é Toby, senhorita? Seu irmão?

– Você pode parar de me chamar de senhorita? Está me deixando nervosa. Toby é meu amigo de república. Neste apartamento, moramos Heike, Toby e eu. Eles estudam filosofia e eu, medicina.

– Medicina! Como eu – disse ele, de repente. E sorriu.

– Acabo de me lembrar! Estudo em Ingolstadt porque é a melhor universidade de Química e Medicina.

– Agora já não tem a mesma fama. Transferiram a faculdade para Landshut primeiro, faz uns dois séculos, e depois para

Munique. Faz só um ano que abriram aqui de novo. Eu queria estudar em Viena, mas não havia vagas. Ano que vem vou tentar a transferência e talvez consiga voltar para a Áustria.

– Eu também sou austríaco. De Salzburgo. – Parecia-lhe maravilhoso ir lembrando coisas sobre si mesmo. Tanto que não podia perguntar tudo o que lhe vinha à mente ao escutá-la, porque primeiro tinha que recuperar a memória completa.

Até uns segundos atrás, ele não saberia responder se tivessem perguntado a ele de onde era. Enquanto conversavam, foi se vestindo de costas para Nora e, quando estava pronto, virou-se para que ela verificasse se estava bom.

Nora ficou olhando para ele. A roupa era quase do seu tamanho e ele estava bonito nela, mas de alguma forma a outra roupa o deixava mais real; com as coisas do Toby, ele parecia fantasiado.

– Você já se lembrou de um pouco mais. Vamos tentar o seu nome? Vamos ver. Olha. Eu sou Nora... E você? Sabe, né? Mim, Jane; tu, Tarzan...

– Como?

Ela viu seu olhar de incompreensão total e, para não deixá-lo ainda mais aflito, continuou:

– Nada. Vamos tentar de novo. Eu, Nora, você...

Ela fitava aqueles olhos verde-acinzentados e amendoados, inteligentes, um pouco oblíquos, sobre as maçãs do rosto altas. Ele tinha o cabelo um pouco longo, ruivo-escuro, e não havia feito a barba.

– Eu, Nora. Você...

– Maximilian – disse de repente. – Acho. – Sorriu com timidez, e se formaram duas covinhas nas bochechas.

– Estamos progredindo. Muito prazer, Max. – Nora esticou a mão para que ele a apertasse e ele a girou delicadamente, se inclinou e a beijou, apenas tocando levemente os lábios, com absoluta naturalidade. – E agora vamos para a cozinha – acrescentou rapidamente para disfarçar o embaraço. – Vamos ver o que tem na geladeira para preparar um jantar decente. Estou morta de fome e temo que o chocolate quente e o pedacinho de bolo não passaram de um aperitivo. Gosta de massa?

Maximilian ergueu os ombros e a seguiu. Somente seus pais o chamavam de Max; para o restante do mundo, ele era Maximilian. Mas estava gostando de que ela o chamasse assim. Que pena que aquilo não passava de um sonho! Aquela moça tinha alguma coisa que ele buscava há muito tempo.

* * *

Enquanto ela mexia na cozinha, ele voltou ao banheiro para seguir o conselho de Nora e fazer a barba. Custou-lhe bastante entender como funcionava aquele invento e passou todo o tempo pensando em como lhe parecia estranho que um homem morasse com duas mulheres, sem nem ser parte da família. Que classe de pessoas eram aquelas? Que classe de pessoas eram seus pais, que permitiam algo assim? E como era possível que Nora estivesse estudando Medicina? Não que lhe faltasse inteligência, isso estava cada vez mais claro, mas era uma mulher e, portanto, jamais a aceitariam em uma universidade. Teria que perguntar mais coisas, mas, infelizmente, mais da metade de sua mente estava ocupada em lembrar e, sobretudo, em descobrir de onde vinham aquelas cicatrizes estranhas que cobriam seu torso.

Observava-as pelo espelho, espantado. Por mais superficiais que fossem aquelas feridas, e não eram, ao menos duas delas teriam lhe causado a morte. A partir disso se abriam dois caminhos em seu pensamento: por um lado, quem lhe tinha feito algo assim? Por outro, como era possível que tivesse sobrevivido e quem havia costurado aquelas feridas?

Se pudesse lembrar, o mais provável é que viriam à sua mente as circunstâncias do ataque, talvez, inclusive, a pessoa que havia feito aquilo e o motivo. No momento, com a ajuda daquela mulher estranha, a única coisa de que se lembrava era que se chamava Max, que era de Salzburgo e que estudava Medicina em Ingolstadt.

O que será que Nora quis dizer quando comentou que "agora já não era a melhor universidade", que a tinham transferido?". Ele assistira aulas até recentemente, tinha certeza. Ninguém havia transferido nada. E ela disse ainda que "fazia uns dois séculos".

Colocou a roupa molhada em cima de umas barras metálicas quentes que havia no banheiro, terminou de fazer a barba, agora parecia mais civilizado, e voltou à cozinha, de onde saía um cheiro maravilhoso. Enquanto isso, ela tinha se vestido, e seu traje o deixara paralisado na porta: vestia uma espécie de calça preta masculina, justíssima, que em uma mulher deixava muito espaço para a imaginação. Cobrindo seu torso, uma peça solta que permitia ver muito bem o que ela trazia por baixo: um leve *brassière* francês que o obrigou a pigarrear e desviar o olhar.

Nora pôs a comida na mesa e entregou-lhe uma garrafa de vinho para que ele abrisse. Uma senhorita bebendo vinho! Abriu a garrafa sem comentários e serviu duas taças, com a esperança de que ela dissesse que não queria, que era só para ele, mas ela se limitou a sorrir, pegar a sua e levantá-la para um brinde.

– Por nós e pela criança que salvamos! E para que recupere logo a memória. Pode ser uma consequência do trauma que você sofreu e que lhe causou essas feridas. Você lembra o que aconteceu?

Ele balançou a cabeça negativamente e tomou um gole grande de vinho. Era muito bom. A comida, entretanto, era muito estranha. Cheirava muito bem, mas o prato estava cheio de coisas que não conhecia: umas tiras compridas brancas muito finas, como lombrigas gigantes, nadando em um molho violentamente vermelho salpicado de uns frutos escuros, cortados, e outras lombriguinhas rosadas com um pedacinho de cauda quitinosa. A única coisa que havia identificado no prato era um ramo de alecrim e um salpicado de manjericão.

– Vamos comer antes que esfrie. Espero que não seja alérgico aos camarões. Comprei ontem e tem poucos, mas estão bons.

A primeira garfada foi como um choque na boca. Nunca havia provado aquele sabor, e era tão intenso, que quase lhe parecia excessivo. Mas as coisas brancas e compridas (algo que obviamente era feito de farinha e talvez ovo) neutralizavam um pouco, e ele logo se acostumou. E terminou comendo dois pratos cheios até a borda.

– Bom – disse ela, sorrindo satisfeita, como todas as mulheres cujos esforços na cozinha são apreciados por um homem –, agora você já provou meu famoso espaguete com tomate, azeitonas e camarões. Que tal?

– Maravilhoso.

– Agora vamos ver as tuas feridas. Posso dar uma olhada? No final das contas, nós dois vamos ser médicos.

Max engoliu em seco. Afastou-se da mesa e, quando estava a ponto de tirar a parte de cima da roupa, que não tinha botões nem nada para abrir, voltou a negar com a cabeça.

– Não, Fräulein, sinto muito. Acho que primeiro tenho que entender eu mesmo e talvez consultar um colega.

Nora ficou olhando para ele, primeiro furiosa, depois sem expressão.

– Está bem, como quiser. Então é melhor irmos pra cama. Hoje foi um dia longo.

Max ficou petrificado. Será que ela estava insinuando?... Não. Não era possível. Ela não sorria. Não olhava para ele do modo como ele havia visto que certas mulheres olhavam homens em uma esquina escura. Tudo estava muito estranho, mas estava certo de que ela era uma moça decente. Ela não podia estar propondo... As palavras dela interromperam seus pensamentos loucos.

– Você pode se ajeitar ali na cama do Toby. Ele foi passar o fim de semana de carnaval na casa dele, assim como o Heike. Tenho certeza de que ele não se importa. Vou pegar um cobertor. Amanhã é feriado; podemos acordar tarde, conversar mais e continuar investigando. Boa noite.

* * *

Ele devia ter dormido rápido, porque, quando acordou com as badaladas das cinco, estava descansado e com a cabeça renovada. A casa estava escura e em silêncio.

Espreguiçou-se na cama mais confortável que havia provado na vida. A temperatura era perfeita e ficou tentado a virar e continuar sonhando aquele sonho maravilhoso onde, com sorte, ao levantar-se, voltaria a ver Nora; mas algo lhe dizia que, se queria começar a resolver o mistério, tinha que voltar à casa em ruínas onde tinha despertado sem memória de si mesmo. E tinha que fazê-lo sozinho. Não podia pôr em perigo aquela pessoa encantadora. Logo a veria de novo, quando voltasse a ser dono de si mesmo.

Levantou-se em silêncio, trocou as roupas de Toby pelas próprias com um arrepio (que leves pareciam em comparação às suas!) e, ao aproximar-se da janela e ver que havia nevado um pouco durante a noite, decidiu pegar emprestada uma roupa. Vestiu uma jaqueta incrivelmente quente e leve; depois de rabiscar um bilhete, saiu, com cuidado para não despertá-la, e foi até a faculdade. Queria simplesmente assegurar-se da existência da instituição antes de voltar para explorar as ruínas.

* * *

Nora abriu os olhos quando escutou a porta batendo ao fechar. Tinha dormido pouco e mal, porque tinha certeza de que Max iria tentar sair escondido. E estava completamente certa, mas não estava disposta a deixar que um rapaz com um trauma como o dele ficasse vagando pela cidade de madrugada; podia acontecer qualquer coisa.

"Não tente se enganar, Nora. O que acontece é que você gosta do cara e não quer perdê-lo sem mais nem menos. Se você o perder agora, nunca vai encontrá-lo", disse sua voz interior.

"Tudo bem, concordo. Eu gosto do cara, e daí?"

"Daí, nada. Vai atrás dele. Hoje em dia nós, mulheres, não temos por que esperar que eles deem o primeiro passo. Corre, antes de que ele se perca pelas ruelas!"

Vestiu-se a toda velocidade, viu um bilhete sobre a mesa, colocou no bolso, olhou pela janela, viu que ele virava na Kanalgasse e saiu do prédio a toda velocidade, usando os tênis de corrida, o que fez com que ela o alcançasse logo em seguida sem que ele se desse conta.

Ele ia para a universidade velha. Como ela supunha, parou em frente ao que era agora o Museu de Medicina e

Anatomia Antiga, mas que, no passado, a partir do século xv, tinha sido o edifício onde se estudava medicina e onde se faziam dissecações de cadáveres no teatro anatômico.

Observou-o parado ali durante vários minutos, balançando a cabeça, lendo e relendo a placa da entrada moderna, afastando-se alguns passos, levantando a cabeça para ver todo o edifício, colocando as mãos em forma de concha do lado dos olhos para ver através dos vidros do museu cujas luzes, logicamente, estavam apagadas àquela hora. Como se ele não reconhecesse, como se não pudesse crer.

Um pensamento que já havia surgido à noite, à princípio no seu íntimo, começou a crescer na mente de Nora. Era impossível, era uma loucura, mas, no entanto, explicaria muitas das coisas estranhas que havia notado em Max: sua comodidade com a roupa antiga que vestia, sua mania de chamá-la de senhorita e Fräulein, seu desconhecimento sobre as coisas mais básicas, como os táxis, as lâmpadas e os tomates.

E se ele fosse um viajante no tempo? E se viesse do passado?

Nora sacudiu a cabeça para si mesma justamente no momento em que Max começava a caminhar de novo, desta vez em direção ao rio, para a casa em ruínas de que havia falado.

Não era possível. Além disso, se fosse um viajante no tempo, estaria mais treinado: saberia o que são espaguetes e não a teria olhado com tanto espanto ao vê-la vestida de leggings.

Um transeunte solitário caminhava com seu cachorro perto do rio. Max se escondeu na entrada de uma casa até que o homem se perdesse de vista. Nora esperou também.

Alguns segundos depois, Max continuou andando até uma casa antiga que, realmente, era uma ruína no meio de um pequeno jardim também totalmente descuidado. Cruzou, entrou pela parte de trás e desapareceu.

Nora mordeu os lábios, indecisa. Devia segui-lo e ver aonde se metia? Sim. Não tinha mais remédio. Se o perdesse agora, talvez nunca mais voltasse a encontrá-lo. Seguiu-o escondida.

Atravessou um quarto que devia ter sido uma cozinha ou uma lavanderia e desembocava em um corredor escuro. Os passos de Max, cuidadosos, faziam ranger a escada. Se ela também subisse, ele a escutaria, mas se, para evitar isso, ficasse embaixo, não descobriria o que ele estava fazendo e não faria sentido ter chegado até ali.

Antes que pudesse decidir-se, viu que ele descia e só teve tempo de voltar até a cozinha. Deu uma espiada com cuidado e, como era de se esperar, viu apenas uma parte dele, contra a primeira luz que se filtrava do exterior. Max parecia olhar fixamente para algo que se encontrava no pé da escada e que, de onde estava, ela não conseguia ver.

Escutou um rangido de porta abrindo, uma exclamação reprimida, uns passos e, de repente, nada mais, silêncio total.

Depois de uns minutos, quando estava segura de que nada mais iria acontecer, atreveu-se a espiar o corredor que agora estava iluminado por um sol nascente, de um vermelho intenso. Avançou até se colocar no lugar onde Max havia estado e olhou na direção que ele tinha olhado. A única coisa que havia era uma despensa, debaixo do vão da escada, fechada com uma porta de madeira com uma trava de metal enferrujado.

Nora tinha escutado a porta abrir. Max tinha que estar lá dentro.

Dentro de uma despensa debaixo de uma escada? Para quê? E... por que já não tinha saído?

Deu dois passos lentos, com esforço, em direção à porta, com a mão direita estendida na frente dela, como se temesse que a trava lhe desse um choque elétrico.

Os sinos da Bela Nossa Senhora bateram a meia hora. Das cinco e meia.

Tocou levemente a trava sem sentir nada em particular, exceto que estava frio. Apoiou seu peso nela e a porta se abriu para dentro com um rangido de filme de terror, em direção ao buraco escuro que imaginava. Um depósito. Não podia ser outra coisa.

E, no entanto...

De lá do fundo vinha uma corrente suave de vento frio. Deu um passo para dentro. E outro mais. Agora conseguia ver uma luminosidade lá longe, como quando a gente está em um túnel que faz uma curva e você não pode ver a saída, mas consegue perceber a luz no fundo. Deu mais dois passos. Para ser uma despensa embaixo da escada, aquilo era enorme. E Max não estava lá. Era um silêncio total; se estivesse escondido no escuro, ouviria sua respiração, ou ao menos sentiria sua presença, o calor de seu corpo. Mas ali não havia ninguém.

Continuou avançando.

Tinha o estômago apertado de medo, mas a curiosidade era grande demais, de modo que, sem prestar muita atenção no que sentia, continuou. Precisava ver onde acabava aquele depósito, o que era a luz que se percebia ao final.

Mais três passos, uma curva à direita e ali, ao fundo, já muito perto, a luz da rua. De qual rua? A boca e a garganta tinham ficado secas e Nora engoliu na tentativa de amenizar o incômodo.

Com um cuidado infinito, aproximou-se da janela com grades por onde brilhava a luz. Atrás havia uma rua, de fato. Só que se tratava de uma rua onde, ao menos de onde ela estava, não se via nenhum poste de luz, nenhuma banca de jornal, nenhum carro, nem nada que pudesse indicar que se tratava de uma rua da Ingolstadt do século XXI.

Ficou ali alguns minutos, transfigurada, esperando que passasse alguém para comprovar sua teoria, mas era cedo demais e temia que isso não acontecesse, a menos que estivesse disposta a esperar um tempo.

Estava enganada.

Depois de uns minutos, um homem vestido como se fosse para um baile de carnaval, com calças brancas, casaca parda e chapéu de três bicos, cruzou a sua frente sapateando sobre as pedras da rua. Atrás dele, um rapaz bem jovem vestido de forma parecida carregava uma caixa de madeira, possivelmente de ferramentas de algum ofício que ela não podia imaginar.

Afastou-se da janela, assustada. Não queria que ninguém a visse espiando. E já ia embora quando o badalar agudo de uma sineta a fez voltar ao seu posto de observação. Um menino vestido de coroinha, carregando uma cruz dourada em um estandarte abria passagem a um sacerdote que, com as mãos na frente do peito, parecia levar uma caixa muito valiosa. Outro coroinha ia atrás. Os três caminhavam muito rápido, e o homem tinha uma expressão de extrema urgência.

Tinha a impressão de que já tinha visto um quadro parecido em algum museu.

Claro! *O Viático*[*]! Nora se lembrava das histórias que a bisavó lhe contava do tempo em que era criança: sempre que se escutava as sinetas, era o padre passando para dar a extrema-unção a um moribundo. Pelo que parecia, ela tinha voltado a uma época em que isso era normal.

---

[*] N. T.: *El Viático* (1840), quadro de Leonardo Alenza y Nieto que integra a coleção do Museu do Prado (Madri, Espanha). O quadro representa uma cena comum na Espanha até o início do século XX, em que o padre caminhava pelas ruas da cidade em procissão para levar a extrema-unção (o viático) a um doente, geralmente pobre. Ao ver passar o padre e os coroinhas, a população costumava ajoelhar-se.

"Será que era Max quem estava morrendo?", pensou assustada.

Não, como iria ser Max? Dez minutos atrás estava vivinho da silva.

Por um momento, a tentação de sair a passear por aquela Ingolstadt desconhecida foi tão forte, que teve que recorrer a toda a sua sensatez para não ir. Como iria sair vestida daquele jeito? Seria mandada para um hospício como louca. O mínimo que podia fazer era voltar para casa, colocar a fantasia do dia anterior e voltar vestida de um modo mais ou menos aceitável para a época. Não era o ideal, mas pelo menos não chamaria tanta atenção. E sabia onde encontrar Max.

Ele tinha dito que iria se consultar com um colega.

O mais provável era que tivesse ido direto para a faculdade.

· 3 ·

O ALÍVIO QUE MAX SENTIU AO PERCEBER QUE TINHA VOL- tado à cidade que tão bem conhecia foi dos mais intensos que experimentou na vida.

A princípio não soube em que realmente consistia a diferença, mas logo notou que o ar tinha outro cheiro; não necessariamente melhor, senão diferente, menos químico, mais orgânico, de fezes de animais, de umidade do rio, de... de vida.

As pessoas que passavam ao seu redor se vestiam normalmente: os homens, com calças e botas, capas grossas, perucas e chapéus de três bicos, mais elegantes e modernos, e redondos e de aba larga, mais tradicionais; as poucas mulheres – que, em sua grande maioria, se dirigiam à igreja acompanhadas de suas donzelas –, com capas de capuz grande, que, ao se movimentarem, permitiam vislumbrar as saias de seda de cores intensas, e com sombrinhas trabalhadas sobre as perucas brancas do dia a dia; as serviçais, com grandes cestas no braço, a caminho do mercado.

Podia-se ouvir cascos de cavalo repicando sobre a rua de pedras, barulhos de conversas, sinos ao longe, gritos de um professor repreendendo um aprendiz, rodas de uma carruagem... tudo normal.

Girou para ver bem o lugar e, com surpresa, comprovou que se tratava da casa onde alugava seus aposentos de estudante no terceiro andar: um dormitório, uma saleta e um laboratório-escritório.

Na outra Ingolstadt, a de Nora, a casa virara ruína. Como isso era possível? Balançou a cabeça, angustiado. Aquilo era esquisito demais para compreender e mais ainda para aceitar, e, então, tratou de apagar da mente. Entrou de novo na casa, subiu com cuidado as escadas (se alguém perguntasse alguma coisa, diria que tinha saído para a missa, que tinha sentido frio e voltado para pegar uma capa mais grossa) e, já em seu quarto, largou-se em uma poltrona que ficava ao lado de uma lareira, desfrutando a sensação de estar em casa, aquela que tinha sido sua casa durante três anos, desde quando saiu de Hohenfels para vir estudar na universidade de maior prestígio no meio germânico, que, segundo Nora, tinha sido transferida para outro lugar duzentos anos atrás.

Sem poder evitar, encontrou-se lembrando o que tinha vivido com ela e começou a comparar com o que havia ao seu redor: a luz vinha de um lampião a óleo e de duas velas de cera de abelha que emanavam um perfume doce e acolhedor. Se quisesse tomar um banho, teria que pedir a sua caseira que esquentasse água e fosse trazendo pouco a pouco até encher a banheira.

Passou a mão com suavidade pela manga da roupa que havia tomado emprestada, admirando sua leveza, sua calidez, comparando-a com sua capa de inverno, tão grossa e pesada. A outra Ingolstadt devia estar cheia de maravilhas, mas agora sua missão era averiguar com todos os detalhes quem era ele, o que lhe acontecera e quem era o responsável por aqueles cortes que cobriam seu corpo.

Não quis dizer a Nora, mas era evidente que alguém tinha tentado matá-lo, e isso significava que possuía inimigos desconhecidos, algo que nunca lhe teria ocorrido. Quem poderia ganhar alguma coisa assassinando um mero estudante?

Lembrou da coruja de prata e isso o fez pensar na sociedade secreta à qual pertencia havia mais de um ano. Será que tinha alguma relação entre a tentativa de assassinato e os inimigos da sociedade?

Tudo era possível.

E nesse caso... Nora teria alguma relação com os que tentaram matá-lo?

Que bobagem! Como estariam relacionados se nem viviam na mesma cidade? Porque a cidade onde Nora vivia, por mais que tivesse o mesmo nome e mais ou menos os mesmos edifícios nos mesmos lugares, não era a cidade onde ele vivia. Disso estava completamente seguro, ainda que não soubesse explicar essa dupla existência.

Precisava falar com Viktor. Era a única pessoa de todas as que conhecia que se atrevia a pensar em coisas realmente estranhas e, inclusive, impossíveis, e que tinha uma mente capaz de transpor os obstáculos impostos pelos costumes, pela religião, pelas leis e até pela lógica.

Levantou-se de um salto, tirou a jaqueta maravilhosa com grande relutância, colocou uma roupa limpa e, bem abrigado na capa de inverno, com a peruca do dia a dia e com o chapéu na mão, saiu de casa para a universidade.

* * *

Nora saiu do teatro abraçada a uma enorme sacola onde levava a fantasia que acabara de alugar. Estava com sorte, porque, na temporada anterior, encenaram *Così Fan Tutte*, a ópera de Mozart, e tinham muitos vestidos da moda do século XVIII. Sua maior dificuldade fora convencer a costureira de que o que ela queria era um modelo simples, algo que uma moça comum de classe média usaria todos os dias. A mulher insistia que para uma festa de carnaval era muito mais adequado um vestido como os das sopranos: saias enormes de seda sobre uma armação de aros de madeira chamada tontilho ou *pannier*, perucas brancas altas cheias de adornos, maquiagem branca e muito contraste. Nora repetiu diversas vezes que precisava de algo mais confortável e então a costureira aconselhou-a a vestir-se de criada. Por fim, depois de muito tira e põe, o que ela trazia na sacola era mais ou menos o que queria: algo que não chamaria muito a atenção e lhe permitiria passar por uma senhorita de classe média nessa improvável Ingolstadt do século XVIII, caso ela decidisse finalmente cometer a loucura de embarcar nessa viagem.

A caminho de casa, observava o mundo ao seu redor, conhecido, de todos os dias, com novos olhos, tentando prestar atenção naqueles detalhes que sempre tinham passado despercebidos, tentando se lembrar de como era sua cidade moderna para poder comparar com a antiga. Aquela casa estaria na outra cidade, talvez com a fachada mais renovada e a cor mais viva? Seria possível ver a torre, a Pfeifturm, da praça? O Danúbio seria mais largo e bravo?

Será que todo mundo notaria que ela era uma intrusa, alguém que não tinha o direito de estar lá?

Nora era uma grande leitora de literatura fantástica e de ficção científica. Lera centenas de romances e relatos sobre viagens no tempo e, por causa deles, havia pensado muito na questão que agora, de forma quase milagrosa, acabava de lhe acontecer. Sabia perfeitamente que não era possível passar despercebida em um mundo do passado, porque não havia modo de conhecer todos os códigos necessários. Nem sequer a língua e seus usos eram iguais, e também não tinha tempo para aprender. Seu único conhecimento nesse sentido era o que aprendera com os filmes baseados em romances das irmãs Brontë ou de Jane Austen. Lembrava bastante de *Orgulho e Preconceito*, tinha lido *Jane Eyre* e *O Morro dos Ventos Uivantes*, todas obras que se passavam na Inglaterra; esperava que a Alemanha do século XVIII não fosse muito diferente.

De todo modo, a única coisa que podia fazer era buscar a faculdade de medicina com a esperança de encontrar Max por lá e que, então, ele pudesse guiá-la pelo passado. Enquanto isso, ele também já devia ter se dado conta do que havia acontecido e que aquela despensa da casa em ruínas era a ligação entre dois tempos de uma mesma cidade. Max e seu mundo estavam em pleno Iluminismo; ele teria que ter uma mente aberta até esse ponto. Pelo menos essa era sua esperança; e se percebesse que ele não poderia admitir essa possibilidade, ela voltaria para seu tempo na hora, para sua vida normal, depois de ter feito um bonito passeio pelo passado. O que Nora tinha a perder?

"Pode ser que aconteça que, por algum motivo, se feche a passagem e você se veja presa em pleno século XVIII, com a Revolução Francesa a ponto de acontecer, sendo mulher, sozinha, sem dinheiro e sem contatos. E aí?" Às vezes sua outra voz parecia realmente insuportável, pensou Nora, bufando tanto, que levantou as mechas da franja.

"Não vão ser mais do que duas ou três horas... um simples passeio."

"Sei. Suponho que você nunca ouviu a palavra *imprevistos*, certo? Tudo aquilo que pode acontecer sem que você esteja esperando, coisas que você não pode controlar. A vida está cheia de imprevistos, sua louca."

Chegou em casa nervosa, mas decidida. Como, por sorte, nem Toby nem Heike voltariam nos próximos dias, pelo menos não teria que disfarçar. Colocou a mochila sobre a mesa e começou a pensar no que deveria levar: celular ("Burra, para que você vai levar um celular para um passado sem eletricidade?", "Para tirar foto, espertinha", "E se confiscam o aparelho e prendem você pensando que é bruxa? No século XVIII aconteciam essas coisas, entendeu?", "Tá bom, tá bom, eu não levo"); cédula de identidade ("ha-ha-ha"); dinheiro ("Dinheiro do século XXI? Se pelo menos fosse ouro, ou joias", "Não tenho ouro nem joias", "Você tem os pingentes da Comunhão", "Vou com eles no corpo e com a pulseirinha que a vovó me deu de presente no aniversário de dezoito anos"); lenço de papel ("Melhor um lenço de tecido, não acha?").

Ficou olhando embasbacada o conteúdo da mochila esparramado sobre a mesa. Praticamente tudo o que havia ali era impossível e desconhecido no século para onde pensava em ir. Até os livros e cadernos eram tão diferentes, que não pareciam possíveis. Isso sem contar as canetas esferográficas e os corretores de fita que ela usava.

Com um suspiro, conformou-se em sair de casa com o bolsinho de tecido (uma algibeira, como tinha dito a costureira) praticamente vazio. Nunca na vida havia saído com tanta roupa no corpo, mas se sentia pelada sem a mochila no ombro com suas coisas essenciais: celular, computador, carteira, caderno de anotações, livro, fones de ouvido...

Colocou tudo de novo na mochila e a levou para o quarto. Já estava saindo quando notou um papel dobrado que ela havia tirado da jaqueta ao chegar em casa. Óbvio! Era o bilhete que Max deixara e que ela enfiara no bolso quando saiu correndo para ver aonde ele estava indo. Abriu o papel tremendo por dentro e riu de si mesma; estava claro que ela se importava de verdade com aquele rapaz.

> *Distinta Fräulein Nora,*
> *Lamentavelmente, tenho que me ausentar; certos assuntos de crucial importância requerem minha atenção imediata. Desejo expressar-lhe minha obediente gratidão por sua hospitalidade e benevolência comigo. Se for vontade de Deus, nos veremos novamente.*
> *Seu estimado,*
> *Maximilian (ainda sem sobrenome)*

Sorriu, lisonjeada. Nunca havia recebido um bilhete como aquele. No máximo, um WhatsApp© dizendo: "Valeu, eu curti a noite com você. A gente se vê no fim de semana?". Isso era outro nível. E, como estava claro que Max queria vê-la de novo, já não estava com tanta vergonha de segui-lo. Então, enfiou o bilhete no bolsinho quase vazio e voltou a entrar no quarto para se ver no espelho uma última vez antes de sair de casa.

O vestido de seda amarelo com bordado marrom lhe caía bem, o *pannier* debaixo estreitava sua cintura, ampliando muito o quadril; prendeu o cabelo em um coque da forma mais estilosa que havia conseguido fazer vendo um vídeo no YouTube e colocou o chapéu, preso com grampos de cabelo comuns e uma agulha comprida que a costureira lhe tinha dado. Não sabia se estaria decente para a época, mas pelo menos a capa que tinha alugado cobria bastante sua aparência.

Por baixo, apesar de a costureira ter lhe explicado que na época as mulheres não usavam roupa íntima e, inclusive, se considerava indecente usá-la, tinha decidido não abrir mão de calcinha e meia-calça. Ninguém iria ver o que ela tinha por baixo da roupa, e sentia-se melhor com sua roupa íntima de sempre.

O espartilho não a deixava respirar confortavelmente, e mexer a cabeça com o chapéu era incômodo, mas pensou que iria acabar se acostumando.

Deu uma última olhada no espelho, colocou as luvas tentando vesti-las com calma e elegância, como havia visto nos filmes; percebeu que havia deixado sobre a mesa o estojinho onde levava batom, rímel e maquiagens, pegou-o e, quando já estava para levá-lo ao banheiro, por impulso, colocou-o dentro da algibeira, que assim ficava melhor, não tão vazia. Fechou o apartamento com chave e desceu as escadas tentando acostumar-se com o volume do vestido e o incômodo do comprimento das saias.

De repente, do nada, veio uma avalanche de medo, se sentiu frágil e trêmula.

Se não estivesse tão preocupada e curiosa quanto a Max, teria dado meia-volta naquele momento, na escada de casa, mas algo lhe dizia que Max estava em perigo e que era absolutamente importante que ela fosse ajudá-lo.

* * *

Diante do edifício de anatomia, Max voltou a sentir o alívio de encontrar-se em terreno conhecido. Não havia nenhum rastro da construção horrível de vidro que tinha visto umas horas antes, e toda a rua fervia com a animação dos colegas que chegavam para as aulas teóricas, professores que iam para seus compromissos e pessoas comuns que se dirigiam aos seus trabalhos ou obrigações. Inspirou profundamente, atravessou as portas altas e, já no vestíbulo, deu uma boa olhada no *hortus medicus*, que, sendo fevereiro, estava começando a despertar-se do período letárgico do inverno. Quantas horas felizes tinha passado ali, lendo, discutindo com outros colegas de classe, aspirando o perfume de todas aquelas maravilhosas ervas medicinais! Flagrou-se pensando o quanto gostaria de mostrar a Nora tudo aquilo, explicar qual erva servia para curar qual doença, cortar um ramo de sálvia ou lavanda e oferecer-lhe para poder tocar a ponta de seus dedos.

– Von Kürsinger! – gritou uma voz muito próxima a ele. – Von Kürsinger! Benditos olhos! Até que enfim! Como está o senhor, rapaz? Espero que sua ausência não se deva a nada ruim.

Virou-se, surpreendido, dando-se conta de três coisas de uma vez só: de que aquele vozeirão pertencia ao professor Waldmann, o catedrático de anatomia; de que se dirigia a ele; e de que acabava de chamá-lo pelo seu nome. De um momento a outro, tudo se encaixava: ele era Maximilian von Kürsinger.

– *Herr Professor* – Max inclinou a cabeça, cumprimentando seu professor –, não foi nada sério, apenas uns dias de cama devido a um resfriado. – Não tinha o costume de mentir, mas tampouco podia contar-lhe a verdade; até porque nem ele sabia qual era essa verdade.

– Me alegro, me alegro. Sentimos sua falta nas aulas. Vamos! – disse, levando-o amigavelmente pelo braço. – Não percamos tempo. Há um cadáver muito interessante esperando-nos. Confio que haja aproveitado o tédio desse tempo na cama para ler o livro que lhe emprestei.

– Claro – mentiu, esperando que ele não percebesse a vergonha que sentia ao falar. – Tenho muitas perguntas sobre ele.

– Me alegra. A propósito... – baixou a voz – me alegro que tenha aparecido a tempo. Esta noite temos sessão. Como sempre, às oito. Não falte. E traga seu colega. Ultimamente eu o tenho visto muito pior e quando lhe perguntei pelo senhor, quase desmaiou. Os senhores tiveram algum desentendimento?

– Não, *Herr Professor*, de forma alguma – curiosamente, quando o catedrático falou dele, soube a quem se referia –, continuamos sendo grandes amigos, mas é possível que tenha se contagiado ao visitar-me em meus aposentos.

O homem balançou a cabeça e estava por dizer algo mais quando entraram no teatro médico e todos os presentes se levantaram.

Alguns cumprimentaram Max com um sorriso ou uma inclinação de cabeça que ele se apressou em retribuir, mas seu olhar buscava entre os rostos o de seu amigo Viktor. Descobriu-o ao fundo, rígido, muito pálido, olhando-o com olhos dilatados de espanto e com um tremor no lábio inferior. Que diabos estava acontecendo com Viktor?

Max atravessou entre os assistentes até chegar perto de seu amigo e falar em seu ouvido.

– Viktor, o que tu tens? Parece que vistes um fantasma.

– Max – sua voz era um sussurro, seus olhos pareciam duas agulhas cravadas nele –, o que tu fazes aqui? Como é possível?

– Depois te conto.

Viktor fez que sim e ambos tentaram concentrar-se na explicação e no bisturi do professor Waldmann.

* * *

Nora chegou ao edifício de anatomia quase tonta pelas centenas de impressões recebidas, apesar de que apenas havia caminhado por poucas ruas. Tinha feito um esforço para não olhar embasbacada tudo o que se oferecia à sua vista, mas de vez em quando não podia evitar parar e dar uma boa olhada no mundo que a rodeava e controlar a risada histérica que saía da garganta. Era como se tivesse entrado em um *set* desses filmes de alto orçamento; só que aquilo era realidade, e se continuasse pensando, coisa que estava evitando, chegaria à conclusão de que, além de ser real, todas aquelas pessoas que se moviam ao seu redor estavam mortas há dois séculos, do ponto de vista da sua própria época. Era enlouquecedor.

O edifício era uma das poucas coisas que se havia conservado quase igual na sua época, um alento para ela. Talvez lá dentro não se sentisse tão estranha.

Respirou fundo, segurou na maçaneta das portas altas e entrou no vestíbulo. Três rapazes que estavam conversando em um canto, perto das janelas que davam para o jardim de ervas, se viraram para ela com uma expressão meio de alarme, meio ofendida, que ela não soube interpretar, e, portanto, deu-lhes as costas e dirigiu-se à escada que dava para o lugar onde supostamente as aulas eram ministradas. Se Nora passeasse um pouco por lá, em pouco tempo iria encontrar Max. Naquela época, não havia tantos estudantes como na dela.

Já estava quase no primeiro andar quando uma voz atrás dela fez com que se virasse:

– Fräulein! Fräulein! – os rapazes que a haviam visto entrar estavam atrás dela na escada. – Podemos ajudá-la, senhorita? A senhorita procura por alguém?

"E agora é que você fica parecendo uma tonta, dizendo que sim, que você está procurando por alguém, mas que não sabe como se chama, e então perguntam por que você o está procurando e... o que você diz?"

– Bom... na verdade...

Os três estudantes, com suas pequenas perucas cinza, olhavam para ela, esperando suas palavras. Nora subiu dois degraus que faltavam até o primeiro andar e caminhou devagar até as janelas que davam para o jardim. Eles a seguiram.

– Na verdade, busco um familiar que estuda aqui. Ele não sabe que estou em Ingolstadt. Acabo de chegar e pensei em fazer-lhe uma surpresa. – Terminou com um sorriso bobo que achava que era adequado para a época, que combinava com o que os homens de então pensavam sobre as mulheres: que eram umas acéfalas.

– Se nos disser o nome dele, isso pode ajudar bastante – disse um deles com uma piscadinha.

Ela olhou para baixo, xingando-se de idiota por dentro.

– Ui, claro! Maximilian. Seu nome é Maximilian. – Esperava que não fosse um nome muito comum, porque não tinha ideia de seu sobrenome.

– Ah! Von Kürsinger! Um momento. Se não me engano, está na aula de anatomia. Volto já.

Um minuto depois, os olhos de Max dilatavam de surpresa ao encontrar os de Nora. Ela, disfarçando seu imenso alívio, aproximou-se com as mãos estendidas. Ele as beijou.

– Eleonora, querida Eleonora! O que fazes aqui? Obrigado, Schneider – disse, virando-se para os outros dois estudantes. – Com vossa permissão, vou tirá-la daqui; este não é lugar para uma dama.

Desceram as escadas de novo e, caminhando rapidamente, se dirigiram ao rio. Os estudantes que passavam por eles olhavam com curiosidade e muitos sorriam de um modo que fazia com que Nora começasse a se sentir como um bolo em uma vitrine.

– Posso saber o que a senhorita faz aqui e o que disse para encontrar-me? Perdoe – acrescentou, vendo que havia sido muito brusco com a pergunta –, não queria ofendê-la. É que não esperava, essa é a verdade. E isso de ir entrando na universidade com tanta naturalidade...

– Sou estudante de medicina como você. Eu entro todos os dias na faculdade, vou para as aulas e faço os exames.

– Mas aqui, não.

– Sim, aqui, sim, só que em outra época.

Max tapou os olhos com as mãos em um gesto de angústia.

– Vamos, Max, nós dois já chegamos a essa conclusão, não é? Que, seja pelo motivo que for, existe uma despensa que conecta nossos dois tempos. Não faz sentido negar as evidências.

Deram mais uns passos, sem rumo, perdidos em seus pensamentos, vendo brilhar o lindo leito do Danúbio.

– Isso não explica sua presença aqui, Nora.

Ela pigarreou. Não podia dizer-lhe "é que eu gosto de você, e acho que você está em perigo, e eu estava morrendo de curiosidade, e...", então preferiu resumir a situação do modo mais prático possível, evitando a questão pessoal.

– Andei pensando nessas feridas. Eram marcas de facadas. Está claro que alguém tentou matá-lo. E é muito estranho que você tenha sobrevivido: parecem profundas e em pontos vitais. Estão mal costuradas, mas não há infecção, nem mesmo estão inflamadas, e isso, como você bem sabe, é muito estranho, praticamente impossível. Deve ter sido um trauma significativo para que você perdesse parcialmente a memória. – Ele concordava em silêncio com o que ela dizia, encantado com o funcionamento de sua mente. – Eu não podia ficar em casa sem saber o que estava acontecendo com você. Você salvou minha vida ontem, já esqueceu? Aí mesmo, nesse rio. Teve tempo de falar sobre tudo com algum amigo?

– Iria fazer isso agora. Meu melhor amigo, Viktor, começou a tremer quando me viu. Não sei o que ele tem.

– Será que ele está envolvido no ataque?

– Não. Impossível. Somos amigos há quatro anos, desde que chegamos aqui para estudar. Lamento ter que deixá-la agora, Fräulein, mas devo ir falar com ele.

– Posso ir também?

– Eu gostaria, mas que desculpa poderia dar para justificar a presença de uma dama?

– Podemos dizer que sou sua prima, que estou de passagem na cidade e queria fazer uma surpresa.

– Minha prima? Só tenho uma e se chama Katharina.

– Isso, aqui, ninguém sabe. Sou sua prima Eleonora e estou de passagem indo para Munique, onde vou assumir uma vaga de preceptora.

– Nem pensar! Se a senhorita fosse uma Von Kürsinger, jamais seria uma preceptora.

– Então... estou indo fazer companhia à nossa... avó?

– À nossa tia-avó, a marquesa Isabelle von Hohenberg.

– Ela existe?

– Claro que sim.

Voltaram para a universidade e Nora ficou do lado de fora, na esquina, esperando Max, que, um tempo depois, voltou com um rapaz tão alto como ele, mas de cabelo escuro, rosto abatido e olhos profundos e muito brilhantes, como se tivesse uma fogueira por dentro. Estava claro que acontecia alguma coisa com ele e que, se não fosse pelo que o estava consumindo, seria um rapaz bonito.

– Querida Eleonora, tenho o prazer de apresentá-la ao meu melhor amigo, Viktor. Viktor Frankenstein, de Genebra.

O recém-chegado inclinou-se diante dela. Nora cobriu a boca com a mão com luva, tentando conter a exclamação que quase lhe havia escapado: "Frankenstein? Como o cientista louco que cria o monstro do romance de Mary

Shelley? Tudo bem, estamos em Ingolstadt, que é a cidade onde, no livro, estuda Frankenstein. Mas Frankenstein não passa de um personagem de ficção!".

– *Enchantée* – foi o que disse, em vez de tudo o que estava pensando. Em algum lugar tinha lido que no século XVIII o que tinha de mais elegante na Europa era falar francês, e pra alguma coisa tinha que servir o que ela tinha aprendido no curso.

– Pra taverna do Daniel? – perguntou Viktor. Trocou olhares com o amigo e se corrigiu. – Não, claro, não é lugar para Fräulein Eleonora. Vamos ao café da Flora.

Uns minutos depois estavam se sentando em uma mesinha perto da janela, e, sem que ninguém lhe tivesse perguntado, Nora tinha diante de si uma torta de maçã de aspecto delicioso e uma xícara de chocolate quente. Eles tomavam café.

– Bom, Viktor, agora diz-me por que me olhastes com essa cara quando entrei hoje na aula.

O rapaz olhou, inquieto, para a moça.

– Tu podes falar na frente dela. É como se não fosse uma mulher.

– Mas ela é! E tem coisas que...

– É filha de médico – improvisou Max para convencer o amigo. – Ela está acostumada a ouvir e ver coisas que outra mulher não aguentaria. E olha também o que ela traz pendurado no peito. – Nora, sem entender nada, agarrou forte a correntinha de coruja, que Viktor acabava de olhar com uma leve inclinação de cabeça. – Fala tranquilo.

Viktor fechou os olhos por uns segundos e, quando voltou a falar, sua voz estava baixa como se fosse um sussurro.

– Quando te vi na aula, meu amigo, eras um ressuscitado, havias voltado do mundo dos mortos. Não consigo crer, nem te vendo aqui, agora, que estejas vivo. Eu te dava como morto desde domingo.

Nora e Max cruzaram olhares.

– Conta-me mais.

– No domingo fomos juntos à missa solene, lembras?

Max negou com a cabeça.

– Em seguida, fui ao meu laboratório; talvez tu te lembres que estou muito envolvido com uns experimentos de que ainda não te contei em detalhes. Estive trabalhando até tarde da noite. Então, umas batidas na porta tiraram minha concentração, desci para ver quem era e se tratava de um desconhecido que, todo agitado, me pediu que o acompanhasse o mais rápido possível porque meu amigo Maximilian von Kürsinger havia sofrido um acidente. Enrolei-me na minha capa, peguei a maleta com tudo necessário e caminhei com o desconhecido em direção ao rio. Nem me passou pela cabeça que poderia ser uma emboscada. Quando chegamos na esquina da tua rua, o homem apontou na direção da escuridão do jardim da tua casa, estendeu a mão para receber uma gorjeta, que eu lhe dei imediatamente, e desapareceu.

Viktor fez uma pausa, engoliu em seco e continuou.

– Tu estavas estendido no chão, cravado de facadas, em uma poça de sangue. Estavas morto, Max.

Seu amigo o observou, perplexo.

– Ou, pelo menos, era o que parecia. Não havia pulso, o coração não batia, o sangue tinha parado de correr. Pensei que iria enlouquecer, Maximilian; eu não podia fazer nada. Alguém havia assassinado meu melhor amigo e eu não podia fazer nada. – Passou a mão, angustiado, pelos olhos, pelo rosto. – Eu me levantei e saí do teu lado para ir procurar ajuda para transportar teu corpo ao hospital, apesar de que, perdoe-me, eu estava totalmente convencido de que não havia mais nada a fazer. E, quando voltei, apenas meia hora mais tarde, havias desaparecido.

Fez-se um longo silêncio.

– Procurei por todos os lados, sem conseguir encontrar nenhuma pegada de nenhum tipo. Fui à universidade no dia seguinte e perguntei para todo mundo se tinham te visto. Ninguém sabia de ti. Não havia notícia da tua morte. Fui até tua casa. Tua caseira também não tinha te visto. Enlouqueci fazendo conjecturas. Alguém havia roubado teu cadáver. Para quê? E... quem poderia ter te atacado? Por quê? Faz dias que não durmo, tentando resolver o mistério, chorando a morte do meu único amigo em Ingolstadt, e agora, de repente, apareces na aula como se nada tivesse acontecido. Compreendes agora minha reação?

Max estendeu a mão a Viktor e a apertou forte.

– Obrigado, meu amigo.

– Conta-me. O que te aconteceu? Onde estavas? Como é possível que estejas vivo?

Max agitou lentamente a cabeça em negativa.

– Não sei. Perdi toda a memória desde domingo. Algumas lembranças vão voltando lentamente, e ainda esta manhã, até o professor Waldmann me chamar pelo nome, eu não me lembrava nem quem eu era.

– Deus santo!

– Mas estou melhorando. E agora, ao ver minha querida prima, muitas coisas voltaram à minha memória.

Aproveitando que Viktor havia baixado os olhos para sua xícara vazia, Nora fez um gesto a Max apontando para as feridas que atravessavam seu peito. Ele negou com a cabeça, dando a entender de que falaria disso mais tarde.

– Esta tarde temos um encontro importante, Viktor. O *Herr Professor* quer nos ver às oito. Vou levar Eleonora aos meus aposentos para que descanse um pouco. Se tu concordas, poderíamos encontrar-nos em uma hora na taverna do Daniel. Lá eu te contarei um pouco do que me lembro.

Apertaram as mãos, discutiram sobre a conta, que ambos queriam pagar, e por fim saíram, deixando Viktor tomando outro café.

– Que é isso de me levar para descansar? – perguntou Nora, chateada.

– É o que as damas fazem.

– Eu não sou uma dama.

– Aqui, e quando tu estiveres comigo, és sim. – Era a primeira vez que, estando sozinhos, Max a chamava de tu.

– Além disso, tenho certeza de que Viktor não nos contou tudo. Preciso ficar sozinho com ele. E tu vais para casa.

– Como que vou para casa?

– Sim, para tua casa.

– Não.

– Sim.

– Há muitas coisas que temos que averiguar primeiro, Max. – Nora tentou baixar o tom porque percebeu que estava a um passo de brigar de verdade. – Talvez em dois ou três dias.

– O que tu pensas que vou fazer contigo aqui? – disse ele, irritado. – Não podes viver em meus aposentos, mesmo sendo minha prima. Não posso procurar um aposento para ti na casa de alguma senhora respeitável porque tu nem sequer tens bagagem. E além disso tu não sabes como comportar-se como uma senhorita. Mais cedo ou mais tarde chamarás atenção e as pessoas vão começar a fazer perguntas.

Quando já estava quase a ponto de ofender-se, Nora se deu conta de que possivelmente Max tivesse razão. Quase tudo o que para ela parecia normal, na época de Max não era. Mas ainda não queria voltar, havia muitas coisas que não estavam claras. Ela também tinha a sensação de que Viktor não contara tudo o que sabia, de que havia muito por averiguar, e continuava tendo a sensação, quase premonição, de que Max estava em perigo. Quem quer que fosse que o tivesse tentado matar iria tentar de novo quando se desse conta de que não havia conseguido da primeira vez. Ela não podia defendê-lo, não era especialista em nenhum tipo de luta, não poderia evitar que um homem armado com uma faca tentasse assassinar Max ou ela mesma, mas algo lhe dizia que, com ela, eles poderiam virar o jogo. Era algo absolutamente irracional, mas não conseguia livrar-se da sensação de que sua presença era crucial. Ou talvez o motivo era simplesmente que não queria afastar-se dele, que se sentia bem ao seu lado, e tinha medo de que lhe acontecesse algo terrível e não pudessem chegar a conhecer-se melhor. "É preciso salvar o que se ama", pensou de repente, lembrando-se de uma frase que tinha gostado em um conto que lera.

– Pode ser que você tenha razão – disse Nora, educadamente. – No entanto, tenho a sensação de que você está em perigo, Max, e quero ajudá-lo. Já sei que não posso defendê-lo com uma arma, e que inclusive você deve achar estranho que uma mulher queira protegê-lo e ajudá-lo, mas tenho uma dívida com você e sou sua amiga.

– Um homem e uma mulher não podem ser amigos, Nora. Não é da natureza humana. Ou são algo mais, muito mais... ou não são nada.

Nora estava quase começando a discordar e discutir com ele, quando se deu conta do que talvez estivesse tentando dizer. Ele estava propondo que fossem algo mais? Apesar de ser uma moça do século XXI, sentiu que corava e abaixou a cabeça. Quando levantou a cabeça e os olhos até encontrar os dele, viu que Max sorria. Ele tinha se dado conta de que ela aceitaria, se ele propusesse.

– Deixa eu te ajudar, Max.

– Vamos dar um jeito, Nora, eu prometo. Mas agora permite-me que eu te acompanhe até em casa. Vou me sentir mais seguro sabendo que tu estás a salvo na tua própria cidade. Podemos nos ver amanhã, se quiseres. Eu poderia ir visitá-la e contar o que o Viktor me disse. O que tu achas?

Ela assentiu em silêncio. Ele lhe ofereceu o braço e, dessa forma, juntos, como em um retrato antigo, caminharam até a casa do rio.

* * *

A porta dos fundos, como sempre durante o dia, não estava trancada com chave e puderam chegar até a escada sem cruzar com ninguém. Diante da porta da despensa, trocaram olhares e ambos abaixaram a vista. Sabiam que tinham que se despedir, e para os dois isso representava um esforço.

– Até logo mais, Nora – disse ele, por fim.

– Você virá amanhã?

– Eu te prometo. Se depender de mim, amanhã vou visitá-la e contarei o que aconteceu.

– Se cuida, por favor.

Ele segurou sua mão com delicadeza, beijando-a. Curiosamente, esse leve contato, toda vez que Nora o sentia, lhe causava mais efeito do que um verdadeiro beijo na bochecha, como os que estava acostumada a dar e receber toda vez que se despedia de um de seus amigos.

Max abriu-lhe a porta da despensa, que estava escura como um poço. Ela entrou, olhando-o por cima do ombro para que sua imagem fosse a última coisa que seus olhos veriam antes de regressar. Em seguida, ele fechou a porta e ficou uns momentos com as costas apoiadas contra a parede, tentando acalmar-se, tirar Nora da cabeça e concentrar-se na conversa que iria ter com Viktor em seguida. Conhecia-o muito bem e tinha certeza de que ele estava escondendo algo, de que havia algo importante que não revelara, e era o motivo por que seu rosto estava abatido daquele modo, com os olhos afundados nas cavidades de olheiras escuras. Algo grave estava acontecendo na vida de seu amigo. Ele tinha que fazer com que Viktor lhe contasse e aceitasse a sua ajuda.

Ia saindo quando umas batidinhas na porta da despensa o deixaram paralisado. Tinha escutado algo mesmo? Esperou uns segundos. As batidas, agora mais rápidas, se repetiram.

Apoiou seu peso na maçaneta e abriu com cuidado. O rosto de Nora, pálido e com olhos brilhantes de lágrimas, parecia flutuar na escuridão do interior da despensa.

– Não dá para passar – disse em um sussurro aflito. – Não tem nada aí dentro, Max. Nada mais que um depósito escuro que termina em um muro. Estou presa no seu mundo.

· 4 ·

MAX ENTROU NA TAVERNA DE DANIEL COM A CABEÇA cheia de coisas e uma aflição no peito. Havia deixado Nora dormindo na cama, depois de ter falado com a caseira e garantido que dormiria na casa de um amigo naquela noite e que previa que a prima seguiria viagem na manhã seguinte.

Nunca, em toda sua vida, havia mentido tanto e com tanta imaginação como nas vinte e quatro horas que passaram desde que havia conhecido aquela mulher, mas não havia outro remédio.

Sentia muito tê-la deixado lá, com o mundo todo ruindo ao seu redor, mas era fundamental falar com Frankenstein, e também não podiam perder a sessão para a qual o professor os havia convocado, justamente ele que ocupava um dos cargos mais altos da Ordem.

Confiava que Nora fosse tão forte como ele imaginava que era e pudesse aguentar umas horas de solidão até que voltasse.

Viktor estava em uma das mesas do fundo, em um lugar pequeno, reservado, onde sempre costumavam sentar-se quando tinham que falar de coisas importantes, com a cara apoiada na mão e os cotovelos na mesa, o cabelo bagunçado e uma jarra de vinho quase vazia na frente.

– Tu estás atrasado.

Max sentou-se em frente, em silêncio, e o observou por uns segundos.

– Tu vais me contar o que aconteceu, Viktor?

– Eu te contei já. Quem ainda não me contou nada és tu, senhor conde.

Ele balançou a cabeça, incrédulo.

– Já te disse que perdi muitas lembranças.

– Que conveniente!

– Escuta: não me lembro nada do ataque, nem de quem, nem de quando, nem de onde, nem, acima de tudo, do porquê, que é o que mais me interessaria. Só sei que quando retomei a consciência estava deitado em um colchão de palha sujo em uma casa em ruínas perto do rio. Curiosamente, fora uma dor de cabeça comum, não sentia nenhuma dor.

– Os mortos não sentem dor, amigo. É a melhor coisa da morte – disse com voz arrastada, servindo-se do que sobrou na jarra.

– Eu não estou morto, Viktor! Maldição! Não me vês?

– Sim. Te vejo. E não consigo acreditar.

Max se levantou, furioso pela teimosia e passividade de seu amigo; foi para o salão, encontrou um dos garçons e pediu meia jarra de vinho tinto. Depois voltou ao lugar onde Viktor continuava desenhando círculos na mesa com as gotas de vinho que haviam caído quando se serviu; parou diante dele e abriu a camisa.

– Olha pra mim.

O outro rapaz levantou o rosto, viu as cicatrizes no peito de Max e fechou os olhos.

– Eu estava com pressa – disse em tom de desculpas.

– Foste tu? – A surpresa deixou-o petrificado.

– Não podia deixá-lo com essas feridas abertas. Não sei por que fiz isso, Maximilian, juro que não sei; mas não durmo desde então.

– Há algo mais que ainda não me contaste, Viktor?

Frankenstein o olhou com tristeza e balançou a cabeça negativamente.

– Certeza? – insistiu Max.

– Anda, vamos ver o que é que Waldmann quer – disse Frankenstein, cambaleando ao ficar em pé.

– É muito cedo.

– Mas eu preciso tomar um pouco de ar livre antes de entrar naquela catacumba ou vou desmaiar na frente de todo mundo. Tu me acompanhas?

Max se levantou, ajudou Viktor a vestir o casaco e alisou um pouco sua peruca antes de entregá-la.

– O morto pareces tu – disse, tentando fazer uma piada.

– Não sabes como tens razão....

Tropeçando, Frankenstein saiu para a rua. Max o seguiu depois de pagar a conta dos dois.

* * *

Nora havia tirado o maldito chapéu, a maldita anágua com aros de madeira, o maldito espartilho e, agora, só com roupa íntima, andava de um lado a outro do quarto de Max, oscilando entre a depressão e a fúria, chamando-se de idiota a cada duas frases e tentando analisar suas opções, tentando entender o que tinha acontecido, como era possível que um caminho que estava aberto de manhã já não estivesse à tarde. Como podia ter sido tão burra de atravessar aquela passagem sem mais precauções, sem nem pensar que ela podia se fechar para sempre? O que iria fazer caso se visse obrigada a ficar naquela época sem possibilidade de regresso?

"É melhor você começar a ser muito, mas muito simpática com Max porque, a menos que ele queira casar-se com você, não vai ser nada fácil, menina. Você não sabe fazer nada que tenha valor nesta época; uma mulher não tem nenhuma alternativa além do casamento, e ninguém vai querer se casar com uma mulher que não tem família, nem dote, nem terras, nem nada de nada."

"Dá pra você se calar de uma vez, idiota?"

"Idiota, eu? Olha quem fala."

Pegou a coberta que cobria a cama e se enrolou. Fazia frio naquele quarto, e Nora achava que só se acendia o fogo de noite, perto da hora de dormir. Continuou andando pelo quarto, tentando pensar de forma lógica. Era possível que aquela passagem estivesse sujeita a algum tipo de ciclo ou alterações; talvez dependesse do Sol, ou do ciclo lunar, ou de qualquer outra coisa que, nesse momento, não lhe ocorria... Que incômodo era aquele maldito cobertor, e como pesava! Voltou a estendê-lo sobre a cama, foi até o baú e olhou as roupas de Max. Talvez pudesse vestir suas calças ou alguma de suas roupas menos elegantes, só para ficar em casa. Esperava que a senhora tivesse ao menos a decência de bater na porta caso decidisse subir e ver como ela estava, mas talvez fosse melhor... Em dois pulos, parou na porta e girou a chave. Assim ninguém a surpreenderia e, quando Max chegasse, bateria na porta.

Olhou para os lados sem saber o que fazer. Sobre o encosto da poltrona, ao lado da lareira, descobriu a jaqueta de Toby e, com um suspiro de alívio, a vestiu e a apertou contra o corpo. Como era quente e agradável! Que diferente de tudo o que havia ao redor! Sentia falta do celular, do contato com os amigos, das músicas, dos livros... e, se tivesse que ficar naquele século para sempre, não voltaria a ter nada disso, jamais. Nem mesmo sabia em que ano estavam. Parecia fim do século XVIII. Se tivesse prestado mais atenção nas aulas de história, ao menos poderia ganhar a vida sendo vidente ou adivinha, ou algo do gênero; mas a única coisa que ela tinha na memória, como todo mundo, era o maior acontecimento: a Revolução Francesa, porque tinha uma data fácil, 1789; a era Napoleônica depois, o que significava que estavam por vir décadas de guerras em quase toda a Europa; a Restauração das monarquias... Não chegaria nem sequer às grandes invenções do século XIX.

A primeira mulher admitida em uma universidade para estudar medicina foi em 1900. Ela não chegaria a viver tanto tempo, estavam mais de cem anos antes dessa data.

De repente, veio uma crise de choro e, sem saber o que fazer, deitou-se de bruços na cama, abraçada ao travesseiro de penas, chorando desconsolada. Pouco a pouco, entre soluços e choro, foi adormecendo.

* * *

Um por um e de dois em dois foram chegando os iniciados que, sob o manto da escuridão, passaram pelos controles dos dois irmãos que vigiavam a porta; entraram em um amplo local, feito de pedra, completamente vazio, onde brilhavam algumas tochas penduradas por argolas de ferro na parede que davam acesso a uma escada em caracol camuflada em uma das colunas do fundo.

Atravessando uns painéis de veludo preto, chegava-se a um salão de tamanho médio com bancos nos três lados e um palanque na parede da frente, agora vazio, enquanto que os bancos eram tomados por cavalheiros mascarados. Todos traziam uma capa azul-escura cravejada de estrelas amarelas ou brancas. Na parede do palanque se destacava a figura da coruja de Minerva, pousada sobre um livro aberto. Abaixo, a inscrição em latim:

Hic situs est Phaëthon, currus auriga paterni,
quem si non tenuit, magnis tamen excidit ausis.

Apesar de já haver mais de uma dúzia de pessoas, a sala estava em silêncio, cada um perdido em seus próprios pensamentos. Pouco a pouco os bancos foram sendo ocupados, até que os participantes consistiam em mais de vinte pessoas; após mais uns minutos, precedidos de uma badalada grave de um sino, três figuras mascaradas de toga escarlate entraram no salão, cumprimentaram com uma inclinação de cabeça a todos, que estavam em pé, e ocuparam seus lugares no palanque.

– Cavalheiros, irmãos – disse o homem sentado no centro –, agradeço vossas presenças no encontro de hoje e passo sem mais demora a consultar-vos a respeito do problema que fez com que nos reuníssemos com tanta urgência. – Pigarreou, como se lhe custasse encontrar as palavras precisas e continuou. – Um de nossos irmãos foi agredido cruelmente e morto por assassinos pagos por uma das lojas rivais. Até este momento, não conseguimos dizer com certeza de qual delas se trata, mas está óbvio de que se trata dos Rosacruzes ou dos Franco-maçons, ou talvez da Irmandade da Rosa, que sempre esteve contra a nossa jovem Ordem. Temos nos aproximado e feito indagações, como vós podeis imaginar, para averiguar a identidade dos assassinos e assegurar-se de sua culpa antes de tomar qualquer tipo de atitude, mas até o momento não conseguimos esclarecer nada.

– Quem é o irmão morto? – perguntou um homem, depois de ter levantado a mão e recebido permissão para falar.

– Anubis. O *minerval* que nesta próxima primavera iria passar pela prova de *Illuminatus minor*.

– E quem teria interesse em assassinar um dos nossos mais jovens, um irmão que mal havia alcançado o segundo grau? Quem ganharia algo com isso?

O presidente ergueu os ombros.

– É isso o que precisamente temos que averiguar.

– Essa é a pergunta crucial – disse outro dos mascarados. – *Cui bono*?

Antes que Max levantasse a mão, Viktor puxou seu braço e lhe falou ao ouvido:

– Nem te atrevas.

– Mas o que aconteceu comigo é parecido com o que o *Rex* acaba de contar. Pode ser importante ele saber que também tentaram me matar.

– Não é o momento. Acredite em mim. Escuta e fica calado.

Max conteve-se de má vontade. Se não podia falar livremente em sua própria loja, cercado por irmãos que acreditavam nas mesmas verdades que ele, então não havia lugar no mundo em que podia se expressar com sinceridade. Viktor estava realmente muito estranho. Seria possível que tivesse acontecido algo entre eles, de que agora não se lembrava? Tinha que lhe perguntar o quanto antes. E falar disso com Nora. Talvez, falando com ela, a névoa que cobria sua mente se dissipasse, assim como havia acontecido com seu nome de batismo.

Pobre Nora! Agora estaria sofrendo, e ele não podia estar com ela, tranquilizá-la de alguma maneira. Apesar de que... que tipo de ajuda poderia oferecer-lhe? Se aquela passagem havia se fechado para sempre, não haveria forma de fazer com que se sentisse melhor, porque isso significava que tinha perdido tudo: seu mundo, sua família, o futuro que havia imaginado para si mesma... tudo.

E ninguém pode restituir tudo a uma pessoa, por mais boa vontade que tenha.

Suspirou. Seus pensamentos giravam e se entrelaçavam como nuvens de fumaça em uma fogueira: a perda da memória, que o preocupava terrivelmente (chegaria a recuperá-la em algum momento?); o que aconteceu na noite anterior no rio (como era possível que tivessem apenas passado vinte e quatro horas desde então?), a menina afogada abrindo os olhos, voltando à vida depois da manipulação de Nora; o lugar onde havia estado... aquela Ingolstadt diferente, cheia de luzes sem fogo e veículos sem animais de tração (uma cidade do futuro, como tudo indicava?). E o que Frankenstein havia contado: que ele tinha morrido, sucumbido às facadas, e algo, misteriosamente, o havia trazido de volta à vida. Era um ressuscitado, então? Havia se tornado um ser diferente, alguém que tinha conhecido a morte, tinha esquecido de tudo e regressado do outro mundo? E esse tom de mistério de seu amigo... algo que estava escondendo dele e que devia ter relação com sua suposta morte, com seu assassinato, com sua ressurreição? E Nora esperando em casa, assustada, confiando talvez que ele tivesse uma solução para oferecer-lhe. O que iriam fazer agora se a passagem estivesse fechada para sempre? Onde ela iria viver, sem família, sem outras mulheres ao redor, sem vestidos para usar?

Ele havia pensado em passar a noite no quarto de Viktor, deixá-la descansar até o dia seguinte e, no meio da manhã, passar para buscá-la e falar das possibilidades, mas agora percebia que teria que vê-la antes de ir dormir. Passaria por um momento na sua casa para assegurar-se de que estava tudo bem, e se sua caseira decidisse bisbilhotar, estaria correndo o risco de que ela fosse contar às vizinhas, e isso seria terrível para a reputação de Nora.

Os irmãos ao redor estavam se levantando. Não tinha prestado atenção em nada do que haviam discutido. Quanto tempo havia passado? As velas se haviam consumido até a metade. Frankenstein, ao seu lado, com a cabeça apoiada contra o encosto alto de madeira, também não parecia muito atento. Iriam acabar pensando que os membros mais jovens da loja tinham perdido o interesse nos assuntos da Ordem, mas não tinha conseguido evitar que seus pensamentos se perdessem pelo amplo panorama dos passados e futuros prováveis e improváveis.

Feliz ou infelizmente, Nora começava a ocupar toda a sua mente.

* * *

O ar gelado da noite os despertou ao sair da loja. Não havia sido um encontro muito longo, mas os dois estavam esgotados e com pouca vontade de falar. Apesar disso, havia algo que Max tinha que perguntar a seu amigo.

– Frankenstein, tenho que passar em casa rapidamente – começou –, mas depois, se nossa amizade me permite arriscar-me a abusar de tua confiança, te rogo que me deixes passar a noite em teus aposentos.

Seu amigo o observou, afastou os olhos e mordeu os lábios. À luz da vela, que na esquina da rua iluminava uma imagem de Jesus Crucificado, o rosto de Frankenstein parecia uma máscara talhada em madeira, um rosto com faces afundadas, uma fantasia de arestas e sombras.

– Sinto muito, Von Kürsinger, esta noite não é possível. Sinto mesmo.

Max estava perplexo. Jamais passaria por sua cabeça que seu melhor amigo não o deixaria dormir em sua casa.

– Posso perguntar o que te impedes?

– Não, Maximilian, é melhor que não perguntes. Eu te contarei assim que puder, mas ainda não posso. Ainda não.

– Passou a mão pelo rosto como se quisesse apagá-lo.

– É uma mulher? – perguntou Max, dando-se conta no momento que era uma pergunta estúpida. O amor não deixa essas marcas, nem sequer o amor menos correspondido do mundo.

Viktor deixou escapar uma gargalhada que provocou um calafrio ao longo da coluna de Max.

– Vá para casa, Maximilian, tu que podes, tu que ainda estás ao lado de Deus. Não queiras saber mais, meu amigo. – Deu-lhe uma palmada no ombro e, sem esperar mais, começou a caminhar pela ruela que levava para o alto, para a catedral, deixando-o atrás.

Max suspirou, deu meia-volta e, a passos largos, dirigiu-se a seus aposentos para encontrar-se com Nora.

* * *

Quando chegou em frente à sua casa, tudo estava escuro e em silêncio como esperava. Visitaria Nora e depois iria para a taverna de Daniel. Lá, poderia dormir umas horas em algum banco ou, talvez, arriscando-se a dar mais informação do que pretendia, poderia alugar um quarto alegando que havia emprestado seu quarto por uma noite à prima Eleonora. Esse era o problema em uma cidade como Ingolstadt: todo mundo conhecia todo mundo, especialmente os estudantes e os taverneiros, e as fofocas estavam sempre atualizadas.

Subiu as escadas silenciosamente como um gato, evitando os degraus que sabia que rangiam de forma particularmente desagradável, chegou à sua porta, segurou a maçaneta e percebeu que estava fechada com chave. Esbravejou em voz baixa. Agora teria que bater na porta, e Frau Schatz poderia acordar.

Tentou novamente sem esperança, mas desta vez a chave girou por dentro e Nora abriu a porta, coçando um olho. Nora?

Na escuridão quase total do quarto, onde somente brilhava a chama fraca de uma vela consumida em seu castiçal, aquela silhueta era de um rapaz. Quem era aquele homem? O que fazia em seus aposentos? Onde ela estava?

Deve ter formulado em voz alta algumas daquelas perguntas antes de dar um bom empurrão à figura masculina quando ouviu a voz da moça no chão.

– Sou eu, Max. Não tem mais ninguém. Coloquei as tuas roupas porque sentia frio.

Max aproximou a vela, a agitou um pouco para aumentar a luz e ajoelhou-se junto a Nora, que continuava no chão, ao pé da cama, onde ele a havia empurrado bruscamente.

– Perdoa-me. Estás bem?

Ela fez que sim, muito séria. Estava com o cabelo preso na nuca e vestia a jaqueta que ele havia pegado emprestada, com a calça mais quente que tinha, a de usar para passear pelo bosque. Já não parecia uma dama. Parecia um jovem travesso.

– É isso! – disse de repente, dando-se uma palmada na testa. – Temos a solução!

– Que solução? A passagem está aberta?

– Não, acho que não. Não fui ver. – Os olhos de Nora voltaram a perder o brilho que por uns instantes havia se instalado neles. – Mas sei como resolver tua presença aqui caso tenhas que ficar... por um tempo.

– Como?

– Olha para ti, olha – Max estava entusiasmado. – Quando chegastes esta tarde, eras minha prima Eleonora, de viagem para Munique. A partir de amanhã, se tu concordares, serás meu primo Leo, meu primo menor, que acaba de chegar a Ingolstadt para estudar.

– Para estudar medicina? – Um sorriso cada vez mais largo foi se formando no rosto de Nora.

– Poderias estudar idiomas orientais, por exemplo.

Ela moveu lentamente a cabeça e soube que havia perdido o jogo.

– Medicina. Poderei ir às aulas de anatomia contigo, Max, ainda que você esteja mais avançado!

– Falamos disso amanhã. Amanhã passo para te buscar, estarás vestida de mulher novamente e te despedirás de minha caseira. À tarde, vou apresentar-te novamente, só que então serás meu primo Leo von Kürsinger, pode ser? Agora preciso ir.

– Para onde? – O medo era visível em seu tom de voz. – Para a casa de Frankenstein?

– Não. Ele não quer que eu fique na sua casa. Sabe-se Deus por quê. Passarei a noite na taverna do Daniel.

– Você não pode ficar aqui?

– Não. Impossível. Temos que pensar em tua reputação.

Nora mordeu os lábios.

– E quando eu for um rapaz?

– Já vamos ver isso. Vou te buscar em algum lugar aqui perto. Boa noite, Nora!

Quando os passos de Max se afastaram pela escada, Nora girou a chave de novo, apoiou-se contra a porta e desejou com toda a sua alma voltar para casa.

· 5 ·

VIKTOR FRANKENSTEIN CHEGOU EM CASA GELADO, tremendo, e com a horrível sensação de haver traído seu melhor amigo, mas não poderia ter feito de outra forma. Não poderia permitir que Von Kürsinger visse tudo o que se ocultava em seu laboratório. Não podia colocá-lo na situação de ter que guardar o segredo, nem poderia arriscar que seus experimentos saíssem à luz antes do tempo.

Acendeu as grandes velas de seus aposentos, colocou o camisolão e já tinha decidido ir para a cama e tentar dormir um pouco quando, sem saber muito por que mudou de opinião, pegou uma das velas e entrou no laboratório.

Tudo estava como havia deixado ao sair: as redomas cheias de líquidos cujas misturas ainda estavam em experimentação; os frascos com todas as ervas e pós que, com paciência infinita, havia conseguido juntar, alguns realmente raros e difíceis de conseguir, como pó de chifre de rinoceronte, raiz de mandrágora, beladona, obsidiana moída, o estranho pó do meteorito vindo das estrelas... a jaula que até uns dias atrás estava ocupada pelo animal que, já vencida sua violência, agora descansava com a bocarra aberta e os olhos fechados em uma das mesas, esperando que ele tivesse tempo para começar a esfolá-lo e iniciar o difícil processo de transformá-lo em unguento.

Deu uma olhada na mesa de dissecar, na figura enorme que o lençol ocultava. Segurou um arrepio e virou-se na direção dos grandes frascos de vidro onde flutuavam certas vísceras que seriam necessárias para o que tinha planejado.

Balançou a cabeça, incrédulo. Deveria estar satisfeito com o que conseguiu. Deveria estar orgulhoso de si mesmo. Não fazia nem quatro dias que, ali mesmo, ele, um simples estudante de ciências naturais, ele, Viktor Frankenstein, havia conseguido vencer a morte. E, apesar disso, não estava contente, nem orgulhoso, nem tranquilo. Estremeceu.

Saiu do laboratório com a cabeça baixa, mordendo os lábios, que já estavam sangrando.

* * *

Antes mesmo de os primeiros raios de sol iluminarem seu quarto, Nora, vestida de novo de mulher, mas sem a anágua incômoda, desceu com cuidado as escadas que a separavam da despensa, abriu procurando não fazer nenhum ruído e entrou lá dentro com o coração saltando no peito depois de ter fechado a porta atrás de si. Uma escuridão total. Esticou os braços diante de seu corpo e avançou, murmurando para si mesma: "por favor, por favor, esteja aberta, por favor...". Suas mãos tocaram a parede do fundo. Não havia passagem. Nada indicava que algum dia tivesse havido.

Apertou o rosto com as mãos para evitar que escapassem os gritos que se formavam dentro de si. Como havia pensado que aquilo iria ser divertido, que era uma aventura que queria viver?

Se o tempo passava da mesma forma que na sua própria época, agora faria um dia do seu desaparecimento, e certamente nem Heike nem Toby já teriam voltado, o que significava que ninguém havia sentido falta dela. No entanto, mais cedo ou mais tarde eles se dariam conta e começariam a procurá-la, e chamariam a polícia. Será que ela tinha deixado alguma pista na república sobre o seu paradeiro? Não. Achava que não tinha deixado nada que pudesse servir-lhes de ajuda, além do que ninguém poderia imaginar algo como aquilo. Pensariam em sequestro, ou em um acidente, ou em um suicídio, mas nunca que ela tinha atravessado uma passagem que a levara a outra época e que acabara de se fechar diante de si.

Avisaria seus pais, claro. Sua mãe estaria preocupadíssima, como sempre, e pediria que a mantivessem informada de tudo o que acontecesse; não veria nenhum sentido em deslocar-se até Ingolstadt para ficar ali esperando de braços cruzados. Seu pai, como sempre, estaria praticamente inalcançável em algum lugar e justo naquele momento não poderia se ausentar de lá. Sua vida transcorria de crise em crise; nunca era o momento adequado para nada que o afastasse de seu trabalho.

A única que realmente sofreria seria sua avó. Ela, sim, largaria tudo (seu consultório, seus pacientes, seu trabalho no ambulatório onde atendia gratuitamente todos os que não podiam pagar um médico) para correr para Ingolstadt e ver se podia ajudar em algo. Só que não havia nada que ela pudesse fazer. Coitadinha! Se pelo menos pudesse fazer contato com ela e dizer que, ainda que estivesse em outro século, estava bem.

Fez uma careta. "Bem...", no sentido de que pelo menos estava viva. Fora isso, estava bem longe de estar bem: sozinha, sem dinheiro, sem amigos, meio apaixonada por um cara dois séculos e meio mais velho, que era (sendo sincera, já que falava consigo mesma) a razão pela qual estava ali. E que, pelo que tinha dito Viktor, era um cara que tinha estado morto e havia voltado a viver, um ressuscitado, um zumbi. Além do fato de acabar de conhecer Frankenstein em pessoa e nem sequer saber se o tema do romance, o do monstro, tinha algum respaldo na realidade e se deveria ter medo dele. Isso de estar "bem" era realmente um exagero.

* * *

A ponto de entrar em casa, Max encontrou um companheiro de classe que, de frente para a porta, levantava a cabeça para ver as janelas superiores. Estava segurando um pacotinho com um laço azul e parecia um pouco inseguro. Era um dos que no dia anterior tinham encontrado Nora vagando pela faculdade, perto do Teatro Anatômico.

– Bom dia, Schneider! – cumprimentou-o. – Posso ajudá-lo?

– Von Kürsinger! Bom dia! – Sorriu e esticou a mão para cumprimentá-lo. – Bom... acho que sim. Segundo o que me disseram, sua bela prima passou a noite aqui em seus aposentos, certo?

Max deu um suspiro de alívio, agradecido por ter sido visto chegando em casa pela manhã, e não saindo dela.

– Sim. Pareceu-me o mais adequado, ainda mais considerando que Eleonora tem que seguir viagem hoje mesmo. Nossa tia-avó a espera impacientemente em Munique. O senhor deseja algo?

– Eu gostaria de despedir-me. Trouxe-lhe uma lembrancinha para a viagem. – Mostrou a caixa com o laço. – Os melhores bombons da confeitaria francesa.

Max estendeu a mão.

– Eu lhe entrego.

Schneider continuou sorrindo, mas sem intenção de entregá-los.

– Preferiria fazê-lo pessoalmente – baixou a voz e aproximou-se um pouco –, penso em pedir que me permita escrever-lhe.

– Sinceramente, não creio que lhe permita. Minha prima está prometida há dois anos.

A expressão de Schneider mudou em um instante.

– Nesse caso, peço que me perdoe, Von Kürsinger. Eu tinha que haver pedido permissão ao senhor primeiro.

– Não, pelo amor de Deus, não sou mais do que seu primo em segundo grau, mas fico feliz de ter chegado a tempo de evitar uma situação constrangedora para os dois.

– Entregue o senhor a ela de minha parte, com meus melhores desejos.

– Assim o farei.

Observou enquanto ia embora, cabisbaixo, e não conseguiu evitar de sorrir. Não gostava de mentir, mas no amor e na guerra...

No amor? Havia pensado "no amor"?

Subiu os degraus de dois em dois, desejando encontrar-se com ela e pensando sobre o que acabava de formular para si mesmo. Estava apaixonado por Nora? Do jeito que seu coração batia era porque iria vê-la ou havia subido correndo?

Balançou a cabeça, impaciente. Qual era a diferença? Iria ter que pensar nisso em outro momento. Agora o importante era sair bem daquele enrosco. Teria que ajudá-la a vestir-se? Ele nunca havia visto uma mulher vestir-se e não tinha muita noção do que fazer, mas não devia ser tão difícil se qualquer mocinha do interior metida a serviçal era capaz de fazê-lo.

Não era muito correto, mas também não tinha outra opção.

Esperou alguns segundos até acalmar a respiração e bateu levemente na porta, tentando não fazer muito barulho para não chamar a atenção de Frau Schatz. Meio segundo depois, Nora, totalmente vestida, lhe permitia a entrada.

– Como te vestistes? – perguntou, surpreso, sem nem a cumprimentar antes.

– Como venho fazendo desde os três ou quatro anos de idade: uma manga, outra manga... – Sorriu, travessa. Apesar do medo que continuava sentindo pela situação em que se encontrava, ver Max lhe fazia bem.

– E a parte de trás?

Ela virou de costas.

– Para isso estão as amarrações.

Max aproximou-se para investigar. Aquilo era genial. Alguém tinha tido uma excelente ideia ao inventar aquele sistema. Nora vinha de um mundo que ele mal podia imaginar e que deveria ser maravilhoso; o mundo com que seus ilustríssimos professores sonhavam, esse mundo em que os homens finalmente haviam compreendido que a ciência e a técnica são a chave do progresso, que os seres humanos são bons por natureza e, se lhes dermos a possibilidade de acesso a uma formação, de aprender a ler e escrever, e com isso pensar de forma lógica, a sociedade conseguirá chegar necessariamente a uma convivência pacífica e feliz.

– A única coisa que eu não consegui resolver – continuou Nora sem notar que Max continuava pensando – foi o cabelo. Nunca fui boa em fazer penteados. Posso deixar o cabelo solto ou não é correto aqui?

– Vou te ajudar a colocar o chapéu, e a parte de trás do cabelo pode ficar solta. Tu ainda és solteira, certo?

– Óbvio!

– Olha, e com tudo isso tu ainda por cima tens um admirador – disse, estendendo-lhe a caixinha dos bombons. – Eu lhe disse que estás comprometida; agora podemos tomar café da manhã juntos.

Ela começou a rir e a abrir o laço.

– De quem são?

– De um dos jovens que estavam ontem no Teatro Anatômico. De Schneider. Eu lhe disse que tu irás hoje mesmo a Munique.

– Você já sabe como vamos fazer?

Max pôs um bombom na boca, abriu o baú e começou a vasculhar nas suas roupas. Escolheu umas duas coisas e colocou tudo em uma bolsa de couro, como as dos médicos dos filmes de faroeste, só que maior. Depois, começou a ajeitar o chapéu e, por fim, o prendeu com uma agulha grande.

– Agora tu te despedes da minha caseira, passeamos pelo centro de Ingolstadt para que todo mundo nos veja com a bolsa e depois vamos para o lugar de onde saem as carruagens.

– E depois?

– Improvisaremos. – De repente, deu um tapa na testa, pegou a bolsa, tirou uma roupa, entregou a ela e virou-se de costas. – Coloca isso por debaixo da saia. Assim, ao menos já estarás vestida com algo se tiveres que se trocar em algum lugar um pouco exposto, apesar de que vamos procurar algum lugar discreto.

Era uma espécie de calça que chegava até o joelho. Debaixo da saia não fazia muito volume, mas era muito incômodo vestir por debaixo dos aros de madeira das anáguas. Quando terminou, tinha a face vermelha pelo esforço.

– Dá pra ver alguma coisa?

Max virou para ela, balançando a cabeça.

– Não. Está perfeito.

O rosto de Nora estava rosado, os olhos brilhavam como estrelas de âmbar, o chapéu inclinado graciosamente sobre sua sobrancelha esquerda e o decote, em que via a coruja de Minerva, deixava ver de leve o começo de seus seios. Sentiu que ficava sem ar.

– Quê? – perguntou ela, nervosa, ao ver que Max tinha ficado olhando para ela como bobo, com um sorriso estranho no rosto. – Que foi? – repetiu. – Não estou bem?

– Nada. Nada, Nora. Estás... perfeita. – Engoliu em seco sem deixar de observá-la. Em seguida, afastou os olhos com esforço e lhe abriu a porta. – Ande, vamos.

Enquanto girava a chave e Nora descia com cuidado segurando a saia que não tinha costume de usar, Max se deu conta de que suas mãos tremiam e seu coração batia como se tivesse feito um grande esforço. Esperava que ela não tivesse percebido.

· 6 ·

OS DOIS HOMENS CHEGARAM NA TAVERNA PARA O ENCONTRO marcado, a umas poucas léguas de Ingolstadt, a caminho de Landshut. Amarraram os cavalos na entrada e, bastante preocupados, entraram, depois de trocar um olhar sombrio.

Não havia muita gente lá dentro, mas tiveram que contornar várias mesas e alguns bêbados até chegar na pessoa que os havia convocado. A caminho dali, haviam decidido que o melhor era dizer a pura verdade, sem tentar inventar nada, ainda que a pura verdade parecesse mais inacreditável que qualquer mentira que tivessem conseguido inventar.

– Excelência – começou, depois de tirar o chapéu, o mais velho dos homens, assim que se colocaram diante daquele que os esperava.

– Sem títulos, imbecil – sibilou o interpelado. – Os senhores não pretendem que todos descubram quem sou, não é? Sentai-vos.

Ambos se sentaram na frente dele e aceitaram, agradecidos, o copo de vinho que ele colocou diante deles. Estavam em uma das áreas de madeira reservadas no fundo do salão, e a sombra de um lobo pendurada na parede lateral caía sobre o homem, escurecendo suas feições. Em contraste, suas mãos brancas e finas, mãos de alguém que jamais havia necessitado usá-las para algum trabalho, quase brilhavam na penumbra. Trazia no dedo anular um anel grosso de ouro, com uma pedra vermelho-sangue, que cintilava por todo o local.

– Agora, meus amigos – sua voz era suave e culta, mas, de alguma forma, difícil de explicar, dava calafrios, como se essa suavidade fosse pensada, uma maneira de cobrir o rugido de uma fera antes que se lhe escapasse da garganta –, vós explicareis com detalhes como podeis mentir-me dizendo que o homem está morto.

– Porque é verdade. Esse homem morreu, Exc... Morreu, senhor – começou de novo o mais velho dos recém-chegados.

– E por que me chegaram notícias de que continua vivo e frequentando suas classes idiotas de anatomia?

Os dois assassinos se entreolharam.

– Não há explicação, senhor. Nós o deixamos no chão, bem perto de sua casa, em uma poça de sangue.

– Mais de dez punhaladas – acrescentou o segundo homem. – Daquelas piores, além disso. É humanamente impossível estar vivo.

– Se não é humanamente, será diabolicamente, então – disse o homem do anel, irritado. O mais jovem abaixou a cabeça e, tentando disfarçar para que os outros não percebessem, fez o sinal da cruz a toda velocidade. – Mas é isso. E, como podeis imaginar, não vou pagar por um trabalho que não foi executado.

– Nós fizemos nosso trabalho.

– Não. Eu vos paguei e pensava que iria pagar-vos o restante agora por matar esse homem, não por fazer-lhe uma sangria vulgar, como se fôsseis barbeiros. Quem me disse que podia confiar em vós mentiu-me. Realmente, os senhores pensaram que eu iria conformar-me depois de ter pago a metade de um trabalho que ficou mal terminado?

– Dê-nos outra oportunidade, senhor. Desta vez garantiremos que esteja morto.

A mão do anel acariciou várias vezes o vidro grosso da taça que tinha na frente, até que a levou novamente aos lábios. Em seguida, os secou com um guardanapo todo rendado.

– Desta vez, se decido dar-vos uma oportunidade, tereis que trazer-me sua cabeça.

Os dois assassinos se entreolharam por um instante.

– Isso não seria... – começou o mais velho. Queria dizer "aconselhável", mas a palavra não vinha à sua mente e sabia que não podia dizer "inteligente", porque pareceria um insulto, de modo que decidiu dizer de outra maneira. – Isso traria muitos problemas, senhor.

– Explicai-me.

– Se aparece um estudante crivado de punhaladas na rua pode ser qualquer coisa: um roubo, uma vingança, algum assunto de saias...

– Já entendi. Continue.

– Mas se ele aparece sem cabeça, então fica claro que foi por encomenda, e a pessoa que mandou matar não confia e pediu uma prova como garantia. Isso gera muitas possibilidades de investigação a quem tiver interesse e, ultimamente, depois dessas modas francesas que chegaram por aqui, os magistrados estão começando a fazer muitas perguntas. Ou seja, esse negócio de cabeça não é bom pra ninguém. Além do que estamos falando de um aristocrata, não de um qualquer. Se nos prendem, vamos para a forca, senhor.

– Por isso vos pago o que vos pago.

Ficaram em silêncio uns minutos enquanto os copos iam se esvaziando e o homem do anel refletia.

– Está bem – disse, afinal. – Decidi arriscar-me de novo. Gosto de gente que pensa. Não haverá cabeça, mas, se desta vez me desapontardes, a forca será o menor de vossos problemas. Podeis ir.

– Para quando quer o trabalho pronto, senhor?

– O antes possível. Ah! Deixai uma rosa sobre seu cadáver.

– Uma rosa? Que tipo de rosa? De que cor?

– Não importa. Uma rosa, apenas.

Os dois assassinos inclinaram a cabeça em frente ao homem do anel e saíram da taverna perguntando-se onde iriam conseguir uma rosa em pleno mês de fevereiro.

* * *

– Frau Schatz vai me matar quando eu aparecer agora com um primo tendo acabado de se despedir da minha prima – disse Max quase para si mesmo enquanto caminhava de volta para casa com Nora ao seu lado, vestida agora de Leo.

Ela não tinha parado para pensar que isso poderia ser um problema. Estava mais concentrada em tentar ver-se em algum lugar para ver como ficava vestida "de rapaz". Entretanto, na Ingolstadt do século XVIII não havia uma abundância de espelhos, e os vidros das janelas não eram tão transparentes e não refletiam tanto como os que ela conhecia. Não havia outra opção salvo perguntar a Max, mas estava com muita vergonha, e preferiu começar por outro assunto.

– E o que ela tem com isso? Você não paga o quarto? Então pode fazer o que bem entender nele.

– Não é tão simples, Nora. Ahhhh... Leo! Espero não me confundir na frente da caseira.

– Por falar nisso, Max, como estou? Acha que cola?

– Não entendo a pergunta, sinto muito.

– Pareço um homem?

Max parou no meio da rua, virou para ela e ficou observando com um sorriso que escapava pelo canto da boca, fazendo um esforço para ficar sério.

– Um homem? Não. Um rapaz talvez, um rapaz muito jovem... Penso dizer que tens quinze anos e que teu pai, meu tio, te mandou estudar aqui apesar de que não tens barba ainda, para não arriscar expô-lo ao contágio de umas febres que estão se desencadeando na tua região. Afinal de contas, tu és seu único filho homem, seu herdeiro. Aliás, de onde dissemos que eras? Tem que ser um lugar que conheças.

– De Innsbruck, pode ser?

– Sim, não está longe de Salzburgo. E está bom porque explica por que nos conhecemos tão pouco. A última vez que te vi eras uma criança de dez anos.

Quando chegaram em casa, tiveram sorte, porque Frau Schatz, muito angustiada, sem nem sequer prestar atenção em seu acompanhante, perguntou a Max se algum de seus companheiros da faculdade necessitava de um dormitório, pois o oficial de encadernação que estava ocupando os aposentos pequenos do primeiro andar acabara de se despedir porque tinha passado no seu exame de professor e iria voltar para sua terra natal. Ela não podia se dar ao luxo de ter um quarto vazio, sendo viúva e com dois filhos pequenos.

Mais tarde, com alegria no rosto, a mulher mostrava a Leo seus novos domínios: uma cama de solteiro, um baú para a roupa, uma bacia com espelho, uma cadeira, uma pequena mesa junto a uma janela que, com um pouco de vontade, podia servir de escritório.

– Sei que é muito modesto para uma pessoa de qualidade, senhor Von Kürsinger, mas tem a vantagem que aqui o senhor estará muito próximo de seu primo e, pelo menos nesse começo, terá uma pessoa de confiança na mesma casa.

Além disso, estamos a poucos passos da faculdade. Se lhes falta algo mais, farei o possível para consegui-lo, senhores.

Frau Schatz saiu do quarto depois de ter feito uma reverência que quase causou um ataque de riso a Nora.

– As caseiras da minha época têm muito a aprender! Ela nos chamou de "senhores", apesar de sermos nada mais do que estudantes principiantes.

– E aristocratas – pontuou Max, que não sabia onde estava a graça da situação. – Levei anos para conseguir que me chamasse somente de "senhor" e não de "excelência". Mas tu não te esqueças que és nobre.

– E que diferença isso faz?

– Que, ainda que eu e meus irmãos lutemos pela igualdade entre os homens, hoje em dia ser aristocrata te faz diferente dos demais.

– Por quê?

– Porque somos de outra classe, corre por nossas veias sangue diferente, sangue nobre.

– Ah, vai! Os nobres são simplesmente filhos de famílias que há uns séculos receberam do rei privilégios em troca de sua ajuda em batalhas. Eram pessoas absolutamente normais, só que muitos deles eram mais selvagens na luta, ou mais cruéis com os inimigos, ou mais mesquinhos ao repartir o saque, e por isso conseguiram se impor a outros mais fracos, mas isso não lhes dá o direito de acreditarem ser superiores.

Max ficou boquiaberto. Algumas dessas ideias, que pareciam naturais a ela, apenas começavam a aparecer em livros proibidos que vinham da França ou da Inglaterra, mas ele nunca havia escutado alguém pronunciá-las em voz alta. Por um lado, lhe fascinava a forma como aquela moça pensava e, por outro, lhe repelia profundamente que uma mulher, e plebeia além do mais, dissesse esse tipo de coisas na sua frente sem envergonhar-se.

– Se me permites, *primo* – disse, enfatizando a palavra –, vou retirar-me. Foi um dia muito longo. Amanhã venho te buscar e acompanhar à aula para apresentar-te ao catedrático.

– Não jantamos?

– Não tenho apetite. De qualquer forma, agora és um homem, um estudante, um aristocrata, goste ou não. Podes sair quando queiras e voltar quando decidas. Há várias tavernas na cidade.

De uma forma que ela não conseguia entender, Max estava tenso e claramente chateado. Será que não tinha o costume de discutir? Ou era porque todo mundo lhe lambia as botas, lhe dava razão só por ser nobre? Ou o problema era o fato de ela, uma mulher, ter se oposto a ele? Não entendia nada, mas sabia que era fundamental resolver aquilo. Só que se negava a pedir desculpas por algo de que não se arrependia, mas não sabia o que dizer. Então ficou em silêncio enquanto Max se dirigia até a porta sem nem olhar para ela.

– Maximilian – disse, por fim, quando ele já estava quase fechando a porta atrás de si. – Não sei o que eu fiz para você, mas juro que não tive a intenção de magoá-lo. – Não podia permitir-se brigar com ele naquele momento. Dependia completamente de Max, e havia milhares de coisas que não podia controlar. Não arriscaria tudo somente por ter razão em um assunto teórico. Se estivesse em sua época, em seu mundo, e tivesse sua bolsa, seu dinheiro e seu cartão, teria mandado ele passear e teria ido sozinha comer um hambúrguer, ou teria chamado uma amiga para poder contar tudo o que tinha acontecido enquanto comiam juntas; mas não tinha nada, e isso a colocava na situação horrível de ter que contemporizar. – Dizem que o jejum é bom para o corpo e para a alma – continuou, tentando não alterar a voz –, então vou esperar que você volte a ter apetite e comeremos juntos se você concordar. Talvez o café da manhã?

Max, na soleira da porta e com a mão na maçaneta, viu seus olhos cintilantes e seu sorriso de criança e estava a ponto de abraçá-la, mas se conteve. Por um lado, porque ainda estava irritado e não queria ceder tão facilmente. Por outro... porque não podia permitir-se essas familiaridades que podiam dar vazão a outras piores. Por uns segundos, ficaram se olhando, depois ela lhe estendeu a mão e ele, antes de perceber o que fazia, a beijou. Um segundo depois, pôs a mão na boca, assustado, apertando o queixo e o nariz de pura consternação.

– Se continuarmos assim, vamos ter um problema, Nora... Tu és Leo! Tu és Leonhard, és um homem, pelo amor de Deus! Não me estendas a mão porque eu, por pura educação, sem pensar no que estou fazendo, vou beijá-la, e todo mundo perceberá a mentira.

– Sinto muito, Max. Tem razão. Sinto muito. Anda, vai. Vou tentar acostumar-me a ser um rapaz, mas há muitas coisas que não sei e que você terá que me explicar. Vai descansar. Boa noite.

Max virou e respirou profundamente. A porta se fechou suavemente e Nora foi até o espelho que estava sobre a bacia para ver com os próprios olhos como estava.

Para ela, era óbvio que estava disfarçada, que era uma moça vestida de rapaz do século XVIII, com sua peruca cinza perolada com dois cachos enrolados sobre as orelhas e um chapéu de três bicos que agora repousava sobre a cama. Parecia uma caricatura de Mozart.

Por sorte, como não tinha pinças para depilar, logo teria sobrancelhas mais espessas. A barba não tinha solução. Não tinha barba nem bigode, jamais os teria. Nada explicava que a caseira não tivesse percebido de imediato que ela era uma mulher, mas achava que, nessa época, se você se vestia de homem, era homem. Simples assim. Ninguém pensaria em vestir-se de algo diferente do que era. Se mal se lembrava, Heike lhe havia contado que, em uma aula sobre *cross-dressing* no Barroco, a professora lhes havia dito que existiram algumas mulheres vestidas de homem que inclusive haviam sido soldados, marinheiros e médicos. E que o castigo quando se descobria a mentira era a prisão e o açoite. Era horroroso pensar que agora ela estava em um mundo onde podiam açoitar ou mandar para prisão todo aquele que se vestisse com roupas de outro sexo. É claro que na sua própria época também fazia pouco tempo que as coisas tinham mudado, e ainda havia países que continuavam aplicando castigos terríveis por questões de vestimenta e comportamento público.

Suspirou e começou a tirar a roupa, ainda que fizesse muito frio. Estava morta de fome, mas se deitasse na cama e conseguisse dormir, o sono a ajudaria durante algumas horas.

Escutou algumas batidas na porta. Abriu. O corredor estava escuro e não havia ninguém em frente ao seu quarto. Já ia fechar a porta, quando se deu conta de que no chão havia um prato tampado com um guardanapo de pano. Quando o destampou, duas fatias de pão com manteiga e um rabanete vermelho lhe sorriam.

Nora devolveu o sorriso e se lançou sobre a comida como um lobo sobre uma ovelha.

* * *

Frankenstein se deixou cair, esgotado, em uma poltrona de seu escritório. Fechou os olhos, enquanto as lágrimas escorriam pelo rosto, e segurou a cabeça com as mãos em uma vã tentativa de deter os golpes que sentia por dentro. A falta de sono estava deixando-o louco, mas o experimento que desejava conseguir exigia uma rapidez extrema.

Com Maximilian tinha tido sorte porque, quando o recolheu da rua, cravado de punhaladas em uma poça do próprio sangue, a morte ainda estava muito recente. Seu corpo ainda estava quente e flexível. Não havia iniciado o *rigor mortis* nem havia começado a ficar branco. Depois de suturadas as feridas para evitar que o sangue continuasse escorrendo, o processo havia funcionado com uma suavidade alarmante.

Recordava, com tanta clareza, que quase chegava a doer, do momento em que seu amigo defunto abrira os olhos sem que neles houvesse qualquer tipo de reconhecimento. Depois os fechava de novo e o pulso, mais uma vez, parava; e se lembrou de ter saído correndo para a rua para não ter que suportar a visão do corpo mal costurado de seu melhor amigo esfriando sobre a mesa de dissecação.

Umas horas mais tarde, quando voltara para casa bêbado e duro de frio, o cadáver de Maximilian sumira sem deixar rastro, e não tinha voltado a vê-lo até o momento em que o encontrou, vivo e são, no teatro anatômico.

Isso deveria ter feito com que ele se sentisse o maior cientista do universo, o único capaz de descobrir um modo de devolver a vida aos mortos, mas, apesar disso, a única coisa que sentia era tristeza, esgotamento, medo e um certo asco pelo que estava fazendo. Mas tinha que tentar uma vez mais. Tinha que ter certeza da validade de seu procedimento tentando dar vida a um cadáver autêntico, alguém que já tivesse morrido há vários dias; se bem que não tantos dias, para que o processo de decomposição não tivesse começado.

Não era fácil conseguir um cadáver para fazer experimentos. Até o professor Waldmann tinha grandes problemas com as autoridades para que autorizassem a ficar com os corpos dos suicidas e de alguns malfeitores que haviam sido executados em praça pública.

Há anos, desde que havia se instalado em Ingolstadt, vinha cultivando uma relação com o carrasco e com o coveiro do município, homens sem honra, desprezados por todos e que se alegravam de que um jovem abonado lhes pagava vinhos na taverna. Recentemente, teve a sorte de que havia tido uma execução, e Hannes, o carrasco, tinha mentido na faculdade dizendo que a família do criminoso tinha reclamado o corpo. Ainda que não se pudesse lhe dar uma sepultura cristã porque o rapaz enforcado tinha morrido sem se arrepender dos pecados, insistindo na inocência, ele podia ser enterrado na entrada do cemitério se os familiares se encarregassem de pagar os gastos.

Esse era o cadáver que agora repousava sobre sua mesa de mármore. Mas, como acontecia tantas vezes, a municipalidade havia ordenado que ele não fosse retirado da forca em um prazo inferior a quarenta e oito horas para dar o exemplo aos cidadãos. Isso significava que, durante duas noites, o corpo esteve à mercê dos ladrões de cadáveres que, contratados por bruxas e feiticeiros de distinto calão, foram roubando órgãos e membros para fabricar unguentos distintos e poções mágicas. Assim, o cadáver que estava usando para fazer o experimento tinha algumas peças faltando, e ele demorara três dias para as repor, roubando ele mesmo dos cadáveres guardados no teatro anatômico, de forma que o aspecto de seu objeto de estudo era, no mínimo, curioso.

Tinha um olho de cada cor e de tamanhos distintos, uma mão de homem (a própria) e uma de mulher; a cabeça era menor que o corpo e lhe faltava uma orelha e duas falanges de dois dedos do pé esquerdo. Fora isso, seu aspecto passaria por normal, salvo que era muito alto e tinha uns ombros extraordinariamente largos, o que podia indicar que fora estivador ou trabalhado em capatazia no rio quando ainda estava vivo. Tinha morrido aos vinte ou vinte e poucos anos. Um rapaz de sua idade perfeitamente saudável, que fora pendurado pelo pescoço até morrer, acusado de roubar uma joia de uma dama de alta estirpe. Provavelmente, ele era inocente do roubo, como não havia parado de afirmar, inclusive sob tortura. Que injustiça!

Frankenstein ficou de pé para evitar que o sono o vencesse antes de terminar o que se havia proposto fazer. Não tinha sentido entregar-se a esse tipo de pensamento. Ele iria ser médico e a única coisa com que deveria se preocupar era em aprender a devolver a saúde a seus pacientes e, com a ajuda de Deus, inclusive devolver a vida. Apesar de que... isso não entraria em conflito com os desígnios divinos?

Balançou a cabeça, o que intensificou sua enxaqueca até o ponto em que não pôde evitar que escapasse um gemido.

Não. Se Deus lhe havia concedido a inteligência e lhe proporcionado os meios necessários para alcançar aquele aparente milagre, Ele sabia o motivo. Não é possível ir contra o que Deus decidiu, de forma que todo o seu aparente atrevimento devia ter uma origem divina. Somente Deus pode dar a vida. Nem sequer o diabo é capaz de tamanha empreitada.

Enrolado ainda no cobertor, trêmulo, entrou no laboratório, acendeu mais três lamparinas com o toco de vela que havia trazido do escritório e, decidido, retirou o lençol que cobria o cadáver.

Sua palidez era extrema. Seus cílios negros se destacavam sobre a pele como patas de aranha entre olheiras roxas. Seu cabelo, também negro e comprido, liso, caía dos dois lados do seu rosto angular, de faces afundadas. Era horroroso. Um autêntico engendro.

No entanto, era o único que tinha, e teria que se conformar com ele para comprovar seu procedimento, o procedimento que havia conseguido aperfeiçoar depois de quatro anos de tentativas, e que havia funcionado com Maximilian, apesar de que, aparentemente, a falta de memória era o preço que os sujeitos deviam pagar, já que seu amigo não se lembrava de absolutamente nada. Um consolo, na verdade.

Por um instante, pensou em se esquecer de tudo, pedir ajuda a Max para levar o cadáver ao cemitério em um carrinho de mão e enterrá-lo ali, inclusive correndo risco de que os descobrissem pelas ruas da cidade, mas havia se arriscado muito para chegar ao momento fundamental em que agora se encontrava. O cadáver não iria mais estar morto, não importa quanto tempo ele esperasse, além disso, graças aos fluidos conservadores que ele mesmo havia criado, a putrefação não havia começado. Nem sequer as moscas tinham aparecido, que normalmente aparecem para pôr seus ovos já nas primeiras horas depois de um óbito. Tudo dava a entender que havia conseguido, até aquele momento, burlar o processo natural do término da vida, de maneira que não tinha mais remédio exceto seguir adiante, por mais horrível que pudesse ser a situação a que havia chegado.

Vinha estudando o fenômeno recém-descoberto e conhecido como "eletricidade" e, inclusive, tinha feito experimentos com animais inferiores, mas ao final havia decidido prescindir dela porque não havia forma de controlá-la e, sobretudo, não era possível convocá-la por vontade própria. Podia esperar para que durante uma tormenta um raio provocasse uma faísca que poderia desencadear o processo, mas seria demasiado aleatório e arriscado; talvez tivesse que conservar aquele cadáver no seu laboratório durante semanas ou meses até que houvesse uma tempestade de magnitude necessária, e o risco era alto demais. Por isso, havia optado por uma solução química e o teste que, para sua tristeza, tinha feito com Max o tinha convencido.

O mais difícil havia sido encontrar uma forma de inocular o fluido ressuscitador em um corpo inerte que não era capaz de beber nem de engolir. Por sorte, caiu em suas mãos um artigo de um médico francês, Charles Gabriel Pravaz, em que se descrevia um aparato parecido com um pistão e equipado com uma agulha oca que permitia injetar líquidos tanto nos músculos como na corrente sanguínea dos enfermos. Ele havia projetado e mandado fazer uma ferramenta similar, carregou o cilindro com a mistura que tinha levado quatro anos de experimentos para conseguir e, após terminar de costurar as terríveis feridas do seu amigo Maximilian, injetou-a em quatro pontos nele. O resultado era visível, e agora estava a ponto de repetir a experiência com alguém que já estava morto há vários dias e tinha em seu corpo pedaços de outros cadáveres. Se isso funcionasse, não queria nem pensar na magnitude de seu descobrimento. Tinha que saber com toda a certeza se havia encontrado uma forma de vencer a morte ou não.

Com o corpo todo arrepiado, aproximou-se da mesa onde repousava o triste engendro. Em uma mão, segurava o lampião que mais iluminava dentre os outros; na outra, uma enorme seringa carregada.

Deixou o lampião na mesa atrás do cadáver, na altura do topo de sua cabeça, e, antes de começar a trabalhar, enxugou, com o antebraço, o suor que gotejava de sua testa e que ameaçava cair dentro dos olhos. Desta vez necessitaria mais do que quatro injeções.

Com a mão esquerda levantou uma pálpebra e depois, a outra. Os olhos estavam mortos, sem expressão, as pupilas fortemente dilatadas até o ponto de que a íris parecia negra. Fez duas pequenas punções debaixo do lóbulo da orelha para cima, na direção do cérebro. Depois descobriu o peito e injetou quase um quarto do fluido no coração da criatura.

Em seguida, injetou duas vezes na virilha, tentando alcançar a *arteria femoralis*.

Quando o aparato de injeção ficou vazio, Frankenstein pareceu esvaziar-se também. Colocou-o sobre a mesa, passou as mãos pelos olhos e, lentamente, tirou o avental sem deixar de observar a forma masculina desnuda e costurada em várias partes que jazia na sua frente. Seus sentimentos oscilavam entre o desejo de que tudo tivesse resultado em um fracasso, e aquele engendro nunca tivesse saído de seu estado cadavérico, e a necessidade de ter razão, de que seus esforços tivessem servido para dar vida àquela estranha criatura.

Gostaria de poder ter Maximilian ao seu lado, de poder comentar com seu amigo aquele terrível processo que estava roubando sua saúde e sanidade mental, mas não podia fazer isso, especialmente porque o próprio tinha sido trazido novamente à vida, arrancado das garras da morte. O silêncio, os segredos, o fato de ele não ter com quem falar, o estavam deixando louco, e agora, pouco a pouco, ia percebendo que, tanto se o experimento desse certo como se fosse um fracasso, seus problemas estavam mal começando.

Se aquele cadáver continuasse morto, teria que tirá-lo inteiro ou em pedaços de seu laboratório para ir enterrando de maneira secreta onde pudesse, com o risco de que algum guarda o encontrasse em uma ruela escura e o denunciasse como ladrão de cadáveres.

Se, ao contrário, tivesse êxito, o que iria fazer com aquele engendro espantoso que não se limitaria a ficar deitado na mesa de seu laboratório e que, de um momento para outro, começaria a se movimentar e a pedir... o quê? Carinho, como um recém-nascido que seria? Alimento, talvez. Escapou-lhe uma risada histérica quando em sua mente se formou o pensamento "o que come um cadáver?".

Um rápido movimento na altura dos olhos da criatura fez com que ele desse um salto para trás. Havia piscado? Aquilo que se percebia no seu peito era uma tentativa de respiração? Esses dedos femininos que repousavam no lado direito perto de seu joelho tinham se movido?

Sentiu que ficava sem ar e que a boca e a garganta estavam convertidas numa paisagem desértica.

Da cavidade bucal da criatura, agora entreaberta, saía uma saliva espessa, e uma espécie de rugido profundo e distante chegava aos seus ouvidos.

Sem poder acreditar no que estava vendo, descobriu com espanto que o membro do engendro, até aquele instante flácido e enrugado, começava a sofrer pequenos espasmos e a inchar-se pouco a pouco de sangue como se estivesse se preparando para uma ereção.

Afastou os olhos com vergonha. O que iria fazer se aquele monstro se mostrasse capaz de engendrar vida ou se, com sua altura e força, chegasse a estuprar uma mulher ou uma dama?

Nunca havia se dado conta de verdade do horrível que era aquele ser, da palidez doentia de sua pele, do roxo das olheiras que tinha debaixo dos olhos, da protuberância de sua testa que o fazia parecer uma criatura símia. E estava começando a despertar! Por sua culpa, ele estava a ponto de voltar à vida.

Não esperou para ver mais.

Sem poder evitá-lo, vítima do pânico, Viktor Frankenstein saiu correndo até a escada, fechando o laboratório com duas voltas de chave. Não sabia para onde ir. O importante era realmente afastar-se dali. O mais depressa possível. O mais longe possível.

· 7 ·

A MANHÃ NA UNIVERSIDADE PASSOU MUITO DEPRESSA E, apesar de que Nora estivesse todo o tempo com medo de que a mentira fosse descoberta a qualquer momento, ninguém chegou a duvidar nem por um minuto de que o primo de Maximilian fosse outra coisa que não o que ele havia dito: um rapaz jovem, nobre e abonado enviado a Ingolstadt para ficar longe do possível contágio e para que pudesse ir se formando como químico ou médico, o que ele preferisse.

Os mesmos jovens que, dois dias antes, tinham olhado com interesse para Eleonora passaram os olhos por Leonhard sem dedicar-lhe mais do que um sorriso vago ou um rápido inclinar de cabeça como cumprimento. Nora começava a ter a impressão de que, naquela época, as pessoas não olhavam as coisas com seus próprios olhos, mas se contentavam simplesmente com a pura aparência: se você se veste de moça é uma moça, se traz o cabelo solto é solteira, se usa um tecido barato é pobre... Como agora ia vestida de homem e usava bons tecidos, além do dinheiro que Max lhe havia passado em um moedeiro de couro para que pudesse dispor de algo, era um patrãozinho rico, o qual havia que se tratar bem. Ponto. Ninguém mais queria ver além disso, o que para ela era uma grande sorte.

Os dois primos foram comer juntos com outros dois estudantes em uma pousada bastante simplória que ficava justamente ao lado do café onde ela havia estado com Max e Viktor quando ainda era uma senhorita, só que agora estava muito mais à vontade, porque ninguém pensou em escolher por ela o que ia tomar, e pôde pedir uma cerveja como fizeram os outros sem que ninguém se escandalizasse. Não que tivesse muito para escolher: a senhora se limitou a pôr diante de cada um deles um guisado de nabos e cenouras com uma ou outra pelanca, que devia ser a carne que dava um pouco de sabor. Pelo menos estava quente, mas Nora pensou que se tivesse que ficar ali toda a sua vida acabaria sonhando com os tomates que ainda não tinham conseguido entrar na cozinha europeia. Talvez na mediterrânea já tivessem conseguido, mas na Europa Central não. Nem massa, nem pizza, nem salada de tomate e abacate, nem um miserável refogado para dar sabor aos guisados...

– Alguém viu Frankenstein hoje? – perguntou Max.

Os outros dois estudantes negaram com a cabeça, pois tinham a boca cheia.

A moça que estava colocando na mesa as jarras de cerveja da segunda rodada interveio na conversa sem notar o olhar ofendido de Maximilian.

– Parece que eu o vi esta manhã muito cedo tomando o primeiro coche da mala-posta.

– Para onde? – perguntou, perplexo.

– Imagino que para o sul. Ele é suíço, não é?

– Talvez ele tenha recebido carta de casa, que alguém está doente... o pai, ou a mãe... – acrescentou Nora.

– Viktor não tem mãe. E seu pai ainda é jovem. Além disso, ele teria me dito algo antes de ir embora.

– É que ultimamente está muito estranho – disse um dos estudantes. – Eu acho que está doente e que não quer nos contar o que tem. Está com os olhos amarelos, a pele mudou de cor, perdeu muito peso... Ou tem uma doença debilitante...

– Ou uma doença mental – completou o outro. – Tem um olhar de louco, não notaram?

– Não consinto que falem assim de Viktor Frankenstein – disse Max, muito sério.

– Nos limitamos a fazer observações científicas, Von Kürsinger. Não estamos difamando ninguém.

– Tendes razão – disse em voz baixa, abatido. – Eu vos peço desculpas. É que se trata de meu melhor amigo, vós já sabeis, e me preocupa.

Saíram da pousada e se separaram. Fazia um frio úmido que não prenunciava nada de bom. Enrolaram-se bem em suas capas, ajustaram os chapéus e já iam saindo para a biblioteca quando, do beco que saía à esquerda, escutaram um *psiu* que fez com que se virassem.

Era uma moça jovem de olhos assustados que apertava contra o peito um fardo de tecido.

– Excelência – disse a Max, fazendo uma pequena reverência dobrando os joelhos. – Por favor, uma pergunta.

Max olhou por cima do ombro, inquieto, sem que Nora pudesse saber o porquê.

– Fale.

– Ontem vi que Sua Excelência andava acompanhado da senhorita, sua prima, e estava pensando se não necessita de uma donzela particular.

– Tu não trabalhas como camareira na pousada de Gretl?

A moça baixou o rosto e duas lágrimas grossas deslizaram por seu rosto.

– Me demitiram – disse em voz tão baixa, que quase tiveram que imaginar o que ela tinha respondido.

– Queres que eu fale com eles? Tu és uma boa moça; estou certo de que não roubaste nada; deve ter sido uma irritação boba da tua patroa.

A moça balançou a cabeça energicamente e ficou vermelha.

A expressão de Max mudou em um segundo e ficou severa.

– Não será que... É isso? Estás grávida?

A moça confirmou, entre soluços que tentava conter colocando o punho na boca.

– Então não posso fazer nada por ti. Tu buscaste isso.

Já estava por virar, deixando-a no beco, quando Nora colocou a mão no braço de Max e olhou para ele com cara suplicante.

– Que queres? – disse ele, aborrecido. – Não podemos fazer nada, não é assunto nosso, e a culpa é dela.

– Dela e do homem que a colocou nesta situação, não?

– O problema é dela.

– Exatamente. Essa é a injustiça e por isso é preciso ajudá-la. Está claro que ou o rapaz não quer ajudá-la ou ela nem sequer se atreveu a pedir.

– Faça o que quiser, primo. Eu não penso em rebaixar-me com uma... com uma qualquer.

Estavam falando a uns passos de distância da moça, que continuava apertando o fardo com seus poucos pertences e chorava baixinho, olhando para o chão da rua de pedra que brilhava de umidade.

– Como você sabe que é uma qualquer? Há um minuto você disse que ela era uma boa moça.

– Isso era antes de saber o que ela tinha feito.

– Ela fez o mesmo que ele.

– Tu não podes estar falando sério.

Percebendo que estavam de novo a ponto de começar uma discussão que não beneficiaria absolutamente a moça, Nora decidiu mudar de tática e deixar a teoria para outro momento.

– Pense nisso, Max. Para onde ela pode ir? O que vai ser dessa criança?

– Se tivesse sabido guardar sua castidade e seu corpo, não estaria nessa situação.

– Ou seja, que a culpa é dela, não é?

– Obviamente.

– E o homem?

– Os homens sempre tentam. São as mulheres que têm que se proteger e negar.

– E se não conseguem?

Max ergueu os ombros.

– Assim é a vida. Sempre se pode deixar o bebê em um convento ao nascer.

– E, até então, ela vai viver de quê?

– Não é assunto nosso. Ela é uma pecadora.

Isso lhe deu uma ideia.

– Você não é cristão? – Era o último recurso que tinha pensado. – Cristo perdoou Maria Madalena.

– Sim, mas eu não sou Cristo.

– Ele disse: "o que fazeis aos outros, a mim o fazeis". Se ajudarmos essa moça, estaremos ajudando Nosso Senhor. Você vai desprezá-la e deixá-la jogada na rua?

– Nossa prima foi embora de Ingolstadt ontem. Ainda que quisesse, eu não poderia empregá-la.

– E nossa caseira? Tem dois filhos, e a casa é muito grande; estou certa de que necessita de ajuda. Se nós pagarmos...

– Nenhuma mulher decente teria em sua casa uma mulher caída.

– Bom, por enquanto não se nota nada. Mais adiante pensaremos em outra solução. Por enquanto, somente por enquanto, por favor...

– Esta noite isso já será de conhecimento de toda a cidade. Se nossa caseira aceitá-la em sua casa, terá que ir contra todo mundo por uma desconhecida.

Nora bufou. Tudo era supercomplicado naquela maldita época.

– Bom, então você tem que ir falar com o culpado e pedir-lhe que dê dinheiro à moça para que ela possa se manter até que a criança nasça. – Começou a lembrar vagamente de algo que havia lido em um romance. – Podemos levá-la para algum sítio dos arredores e, se tiver algum dinheiro para pagar sua estadia, tenho certeza de que a acolherão por alguns meses.

– E vão pensar que o pai sou eu...

– Não. Eu o farei. Eu não me importo que pensem que o filho é meu.

Mediram-se com os olhos durante uns segundos.

– Você consegue o dinheiro e eu a levo aonde quer que seja – insistiu Nora, ao notar que Max parecia ter afrouxado um pouco.

– O dinheiro não é problema. Tenho de sobra.

– Mas se for você que tiver que pagar é quase uma confissão de culpa... já entendi.

– Espera. Tenho que perguntar a ela uma coisa.

Aproximaram-se novamente da moça, que os recebeu com um brilho esperançoso nos olhos.

– De quem é o filho? – perguntou Max com uma careta como se estivesse mordendo um limão. – E não me digas que não sabes, porque te deixaremos aqui agora mesmo.

– É... de um estudante. Ferdinand Schneider. Prometeu-me casamento. Me deu isto. –Mostrou-lhes um fio prateado que rodeava seu dedo anular. – É um estudante pobre, não tinha nada melhor, mas prometeu-me que, quando se tornasse médico, se casaria comigo.

– Tu falaste com ele?

Ela voltou a soluçar.

– Sim. Me mandou embora. Disse que como pude acreditar que um futuro médico se casaria com uma... com uma como eu; que ele não gosta de mulheres tontas; que como se casaria com a camareira de uma pousada... – Terminou com um soluço enorme que saiu do fundo do peito. – Eu gostava dele de verdade... Eu gosto dele de verdade...

Nora queria abraçá-la e acariciar seu cabelo até que se acalmasse, mas nessa realidade ela era homem e um homem não abraça uma mulher desconhecida, muito menos em público.

– Venha – disse com delicadeza, em vez de tocá-la. – Venha conosco, vamos ver se conseguimos um lugar onde possa ficar. Você vive perto daqui?

– A dois dias daqui. Mas, se chego assim na minha vila, vão me expulsar, e cairá a vergonha sobre minha família. Para sempre.

Nora estava desesperada. Em seu mundo haveria tantas possibilidades de se resolver uma situação como aquela! Antes de mais nada, em seu mundo poderia levá-la para casa, preparar-lhe um chocolate quente e deixá-la dormir no sofá, até que juntas decidissem qual seria a melhor solução. Entretanto, aqui... Ela se sentia inútil, ridícula, dependendo do que Max pudesse pensar ou decidir. Ainda mais que... agora ela também era um homem.

– Se for necessário, eu direi que é minha amante e vou encontrar uma cama para ela em algum lugar. Estou certa de que ninguém vai achar estranho que um aristocrata jovem tenha uma amiguinha escondida em algum lado. Estou errada? – perguntou a Max, provocando.

– Não é algo que eu faria ou que me pareça correto, mas é possível, sim. Meu primo Johannes, por exemplo, já teve várias situações como essa, mas me parece desprezível.

– Então, temo que não há outro remédio. Você me emprestaria o dinheiro necessário? Eu devolvo para você quando puder trabalhar.

– Não é nossa responsabilidade.

– É, sim. É um ser humano precisando de nossa ajuda. Se você não ajudá-la agora, não será melhor do que Schneider nem que seu primo Johannes.

Max apertou os dentes.

– Leva-a para dar uma volta pelo rio. Tenho que pensar, vou ver se descubro o que se pode fazer.

Nora quase pulou no seu pescoço de tanta alegria, mas limitou-se a oferecer-lhe a mão de homem para homem. Durante alguns segundos que suas mãos se encontraram, os dois sentiram a necessidade de abraçar-se, de que seus lábios se encontrassem como os olhos, mas estavam no meio de uma rua e diante de uma testemunha, então ambos inspiraram profundamente e, com relutância, separaram-se e foram andando em direções opostas.

De uma porta entreaberta no lado oposto da rua, um par de olhos não perdia de vista os jovens que acabavam de se separar, sendo um deles seguido de perto pela criada da pousada. O homem esperou que Von Kürsinger virasse a esquina seguinte e, com uma displicência falsa, o seguiu.

* * *

Pouco depois do meio-dia, a diligência fez uma pausa para trocar os cavalos e para que os senhores viajantes pudessem esticar as pernas e comer algo na pousada antes de seguir viagem.

Frankenstein, que tinha ficado durante horas na mesma posição, perto da janela, com os olhos fechados fingindo dormir para evitar a conversa e as perguntas de seus companheiros de viagem (dois comerciantes que se dirigiam à Munique para assuntos de negócios, uma senhora mais velha que tinha passado a maior parte do tempo passando pelos dedos as contas do seu rosário ou falando em voz baixa com um sacerdote que lia seu breviário quando não falava com ela), abriu os olhos ao notar que todos tinham descido.

Não tinha fome, mas como não sabia quando faria uma próxima parada, decidiu descer e comprar alguma coisa que pudesse guardar para mais tarde e, se fosse possível, uma garrafa de vinho ou de aguardente. Fazia muitas semanas que usava o álcool como o único remédio para conseguir dormir, já que, se tentasse dormir estando sóbrio, passava as horas girando na cama e, quando por fim conseguia dormir, os pesadelos eram tão espantosos, que preferia continuar acordado.

Sequer tinha muita clareza para onde estava indo, exceto que seu coração sentia uma nostalgia vaga que o levava para o sul, para sua amada terra das montanhas e dos lagos, onde viviam as pessoas que mais amava no mundo: seu pai e seus irmãos. O que mais o angustiava era pensar no que iria dizer-lhes aparecendo em Genebra no meio do ano letivo depois de quatro anos sem vê-los e sem nem ter avisado por carta antecipadamente. O que poderia dizer-lhes? Que estava doente e precisava do seu amor e de sua companhia? Que acabava de dar vida a um monstro horrível e não suportava o medo de ficar em Ingolstadt e estar exposto ao que pudesse acontecer?

Sentia vergonha de não haver tomado sequer um tempo para se despedir de Maximilian, de explicar a ele, ainda que por cima, o que havia acontecido nos últimos meses... Mas a vergonha e o medo tinham sido maiores. Ele escreveria uma carta ao chegar.

Subiu novamente no coche com um pedaço de torta de carne de caça embrulhado em papel pardo e uma garrafa de vinho escuro e espesso como sangue. Arrancou a rolha com os dentes e tomou um trago grande antes de se acomodar novamente em sua capa de viagem, apoiar a cabeça contra o esquadro da janela e fechar os olhos de novo, algumas horas mais longe do engendro terrível que havia criado.

* * *

Em um canto do laboratório, encolhido e com os braços em volta dos joelhos, a criatura recém-nascida tremia de frio e de medo. Havia despertado quando a luz do Sol tinha começado a lamber como um cachorro a mesa onde jazia. O calor do Sol havia sido um bálsamo para ele, e por um tempo se deixou levar pela doce sensação de calidez sobre a pele, sem perguntar-se quem era nem onde estava. Depois, pouco a pouco, o frio começou a substituir o calor e seu estômago começou a roncar de fome, causando espasmos por todo o corpo. Sem perceber, começou a produzir sons, uma espécie de gemido de animal indefeso pedindo calor e alimento. Ninguém veio acudi-lo. Foi passando o tempo, o frio e a fome aumentaram, e a solidão foi se fazendo cada vez mais terrível.

Flexionou as pernas, os braços, moveu os dedos, passou a mão pela barriga, pela cara, pelos órgãos genitais, pelos joelhos... sentindo que estava vivo, ainda que não soubesse nada sobre si mesmo, nem quem era, nem onde estava, nem o que havia acontecido.

Sentou-se na mesa e olhou embasbacado os restos de sangue, de fluidos, de fármacos e pouco a pouco foi passando os olhos por todo aquele lugar cheio de objetos incompreensíveis, frascos em cujo interior dançavam estranhos corpos, vísceras ou animais, maços de ervas secas penduradas nas altas vigas, aparatos cujo uso não era capaz de imaginar. "Bruxaria", a palavra se formou de repente na sua mente. Aquilo parecia a toca de uma bruxa ou de um feiticeiro. O que ele estava fazendo ali? O que queriam fazer com ele?

Levantou as duas mãos diante dos seus olhos e o terror esteve a ponto de arrancar-lhe um grito. Uma de suas mãos, a direita, não era sua. Alguém havia cortado uma de suas mãos e a substituído pela de uma mulher, muito menor e mais fina que a sua própria. Na altura do punho, um corte deixava bem claro que ela tinha sido costurada ao seu corpo.

Mexeu os dedos com cuidado. Funcionavam.

Tocou a ponta dos dedos umas contra as outras. Exceto pela questão do tamanho, podia sentir todas, apesar de que era como se a sua própria mão (a esquerda) estivesse tocando a de outra pessoa. Por sorte, sempre foi canhoto, e sua mão mais hábil era a que tinha ficado. Perguntou-se o que teriam feito com a outra e se poderia recuperá-la.

Tinha mais costuras no peito e, pelo que pôde discernir ao tocar, também na cara. Faltavam-lhe alguns pedaços dos dedos dos pés e uma orelha. Seus olhos doíam, mas sua visão era boa.

Com cuidado, começou a explorar todo o corpo, tocando alternadamente com as mãos até ter certeza de que não lhe faltava nada mais e que tinha sensibilidade em todas as partes. O ruim era que ainda não conseguia se lembrar do seu nome nem saber como tinha chegado até ali.

O frio e a fome eram cada vez mais intensos. Levantou-se e, hesitante, sobre pernas que pareciam de colágeno de vaca, foi explorando o quarto. Encontrou um avental sujo que colocou por cima, como se fosse uma capa, mas não havia nada de comestível.

Aproximou-se de uma das pequenas janelas daquele enorme de sótão e, através do vidro, pôde reconhecer a torre da catedral de Bela Nossa Senhora, o que lhe arrancou um suspiro de felicidade. Pelo menos estava em casa e sabia que aquela era sua igreja, apesar de que nesse momento não se lembrava do nome de sua cidade.

Estava certo de que logo alguém viria socorrê-lo ou explicar-lhe tudo aquilo. Eles lhe dariam algo para comer, contariam o que havia acontecido, por que tinha partes que não eram suas, e como era possível que, depois de fazerem essas coisas, continuasse vivo e não tivesse grandes dores nem febre, nem nada mais além de fome e sede.

Pelo menos havia água: uma moringa pela metade que bebeu quase sem respirar.

Não tinha mais remédio que esperar. Alguém chegaria logo.

* * *

Já estavam há mais de uma hora passeando para cima e para baixo pela margem do rio, esperando que Maximilian voltasse do que quer que tivesse ido fazer. O dia estava chegando ao fim. Apesar de que não eram ainda nem quatro da tarde, por ser um dia nublado de fevereiro, a escuridão começava a dominar a paisagem. Não havia uma alma pelos arredores, e Nora sentiu um arrepio que não se devia à temperatura ao imaginar o que poderia acontecer a duas moças sozinhas em um lugar tão descampado ao cair da noite. De repente, se deu conta de que, para qualquer pessoa que pudesse vê-las ao passar, eram um homem e uma mulher, e isso já era suficiente para que as deixassem em paz, a menos que quisessem roubar-lhes a bolsa; apesar de que, pela sua roupa, estava claro de que se tratava de um estudante, e os estudantes não eram especialmente famosos por sua riqueza, e então tentou relaxar e esperar com paciência.

A criada, que se chamava Sanne (uma abreviatura de Susanne) já tinha agradecido a Nora dez mil vezes, chamando-a de "Excelência" até enjoar. Inclusive, ofereceu servir ao rapaz, à sua mulher e filhos até o restante de seus dias. Fora isso, limitou-se a chorar, a suspirar e, de vez em quando, a oferecer um sorriso tímido cheio de esperança toda vez que ouvia que tudo se resolveria e que logo o senhor conde voltaria com boas notícias.

Por fim, viram que Max se aproximava e o coração de Nora deu um salto no peito. Simplesmente vê-lo já a deixava de bom humor.

Ele fez um sinal para que se aproximasse, deixando a moça à margem, e Sanne, obediente, virou e ficou olhando para o rio enquanto os cavalheiros falavam entre si.

– Quais são as notícias?

– Pensei em algo, pelo menos provisoriamente.

– Conte, conte.

– Se Frankenstein realmente viajou esta manhã na diligência, isso significa que durante alguns dias ou talvez semanas, ou mais, seu laboratório estará vazio e também seus aposentos. Estão pagos até o final do ano letivo e, se for necessário pagar mais, eu posso fazê-lo. A moça...

– Se chama Sanne – interrompeu Nora.

– A moça... não me importa nessa hora como se chama... pode ficar lá. Eu falarei com a caseira de Viktor e lhe direi...

– Que é minha amante, ou como prefira chamá-la – disse Nora, pensando como Leo.

– Sim. Temo que terei que dizer algo assim. Se lhe digo que é minha amante, arruinarei minha reputação.

Ainda que Nora tivesse sugerido ela mesma essa solução, não gostou que ele priorizasse sua própria reputação antes da dela.

– Dessa forma, somente arruinamos a minha, óbvio.

– Sim. – Sorriu. – Mas isso não tem problema, porque Leonhard von Kürsinger não existe. Nós o inventamos, já não lembras? E também porque, com a ajuda de Deus, a passagem voltará a abrir-se e tu poderás regressar ao teu mundo e à tua vida, Nora – terminou, aproximando-se dela com uma voz tão suave, que seu hálito lhe causou arrepios na orelha, um arrepio delicioso que ela gostaria que continuasse assim até que se transformasse em outra coisa.

– Obrigada, Max. É uma ideia genial.

Ele ofereceu-lhe um sorriso ainda maior.

– Às vezes, quando penso, chego a soluções úteis. Dessa forma, ela estará sozinha e tranquila. Tu e eu temos nossos aposentos individuais e podemos checar a passagem todos os dias. Se Viktor voltar, veremos com ele o que fazer. Se ele não voltar até o nascimento da criança, pensaremos depois onde a deixamos, o que acha?

Olhando por cima do ombro para assegurar-se de que Sanne continuava de costas para eles, Nora se lançou sobre Max e o abraçou com todas as suas forças.

O corpo dele enrijeceu ao senti-la tão próxima, mas rapidamente se deixou levar pela calidez e pela doçura de tê-la em seus braços. Era quase de noite. Somente uma luz malva refletia no leito do rio e não havia uma alma na redondeza. Max inclinou a cabeça para ela e Nora levantou a sua, buscando seus lábios e, um segundo depois, estavam beijando-se desesperadamente.

* * *

Da barragem de contenção da linha de casas que davam para o rio, o assassino olhava a cena com um sorriso torcido. Apesar de que já era quase de noite, se via o suficiente para perceber o que estava acontecendo.

Uns minutos antes, quando o jovem conde se dirigia ao rio caminhando sozinho pelas ruas cada vez menos cheias, ele teria podido cumprir com sua missão, porém, tinha o costume de deixar-se levar por seus instintos; tivera um pressentimento de que não era o melhor momento, de que deveria esperar um pouco mais para cravar no seu coração o fino estilete que havia escolhido como arma desta vez.

Seu instinto lhe havia dado razão, porque acabava de ocorrer-lhe uma ideia digna dos melhores cérebros, e queria propor à Sua Excelência antes de dar algum passo nessa direção. A única coisa que o detinha era que, não sendo ele mesmo a mão executora, o senhor patrão não iria querer pagar o combinado, e levaria a cabo a ideia sem que ele tivesse participação no plano. Isso não era nada bom para ele, e teria que pensar bem antes de fazê-lo. Então, dando as costas para os três jovens, perdeu-se no labirinto de ruelas. No dia seguinte, teria outra oportunidade para procurá-los quando já tivesse amadurecido seu plano.

* * *

Chegaram à casa de Frankenstein quando os sinos da Bela Nossa Senhora davam as cinco horas e as ruas estavam desertas. Max escolheu uma chave grande das várias que trazia presas em uma argola e colocou na fechadura.

– Você tem a chave da casa do seu amigo?

– Sim e não. Nós dois decidimos faz um tempo deixar uma cópia das chaves das nossas casas em um lugar secreto para qualquer eventualidade. Logicamente nossas caseiras não sabem disso, e até agora eu nunca tinha tido a necessidade de usá-las.

Subiram em silêncio como gatos até o sótão; não havia nenhuma luz, além de uma lamparina a óleo diante de uma imagem da Virgem no primeiro patamar. Max ia na frente, Sanne ia rezando entre os dentes agarrada na capa de Nora.

No final da escada, chegaram a uma porta maciça de madeira e ferragens que mal se podia ver. Depois de um tempo tentando encontrar a fechadura, Max conseguiu abri-la. Entraram rapidamente e voltaram a fechar atrás de si para não delatar sua presença.

– Já chegamos. Buscarei algo para fazer luz. O que eu trouxe não vai durar muito.

Pegou uma acendalha, bateu até fazer uma pequena faísca e aplicou à ponta de uma vela curta e grossa que também trazia na bolsa e que, de um instante para outro, pareceu desabrochar, iluminando um círculo ao seu redor. De repente perfilaram-se aparatos estranhos, brilhos de vidros e líquidos, ferramentas cortantes e perfurantes colocadas uma ao lado da outra em uma mesa com superfície de pedra.

Max conhecia o laboratório de Viktor, porém as duas moças aproximaram-se mais uma da outra e Sanne olhava tudo com os olhos dilatados de medo.

– Já vamos encontrar algum lampião ou candeeiro por aqui...

Tiveram sorte e, pouco depois, Max acendeu uma vela grande que em seguida colocou dentro de uma lamparina com paredes de vidro.

Nora estava desesperada. Nunca havia percebido a angústia e a impotência que se pode sentir quando não há como fazer luz no momento em que você necessita, quando não há interruptor que acenda a lâmpada do teto, quando não há telefone celular com função lanterna, quando você não tem à mão nem uma miserável lanterna barata a pilha. Tinha a sensação de ter ficado quase cega porque aquela luz que, aparentemente, fazia bem aos outros, a ela lhe dava vontade de gritar de incômodo.

– Bom, vamos ver se eu consigo descobrir por que Frankenstein foi embora.

Sanne puxou a capa de Nora para chamar sua atenção antes de falar.

– Sim?

– Eu não vou ter que ficar aqui sozinha a noite toda, não é?

Notava-se que ela estava realmente aterrorizada.

– Não – Max sorriu. – Os aposentos de Frankenstein estão no andar de baixo: um dormitório e um pequeno escritório. Já vamos descer e poderás descansar se queres.

Neste momento, vindo das profundezas do laboratório, do canto mais escuro, perceberam uma espécie de grunhido surdo, que fez com que eles se aproximassem uns dos outros. Max colocou-se na frente das duas moças e, com toda naturalidade, pegou uma das facas que repousavam sobre a mesa de pedra.

– Quem está aí? – perguntou.

Ele sabia que seu amigo, como todos eles, realizava de vez em quando experimentos com animais, mas não costumavam ser piores do que ratos e gatos ou cachorros de rua, ainda que, se Viktor tinha deixado ali algum gato faminto, poderia ser realmente perigoso enfrentá-lo.

Vindo do fundo, perceberam um movimento, talvez o barulho de um tecido, uma espécie de gemido desarticulado. Estremeceram. Apertaram a vista ao máximo tentando discernir o que era aquilo. Em seguida, surgindo da escuridão, começaram a perceber uns passos arrastados que se aproximavam deles.

– Frankenstein? Viktor? Meu amigo, és tu?

Não houve resposta. Os passos continuaram se aproximando pouco a pouco, e uma figura alta e encurvada foi-se destacando contra a pálida luminosidade da janela ao fundo.

Outro gemido, um pigarro e depois uma tentativa de fala.

– Aaa-juuu-daaa... – Eles pareceram entender.

As mãos estendidas de uma estranha criatura penetraram o círculo de luz: uma grande, grossa e morena e outra mais frágil e mais pálida. Pouco a pouco, os largos ombros desnudos, o corpo varado por costuras, a cabeça menor do que se esperaria para um ser tão alto, os dois olhos de diferentes cores e tamanhos sobre olheiras roxas, a boca suplicante que continuava repetindo "ajuda", "ajuda".

Ao ver que aquele ser estava desnudo e que evidentemente era um homem, Max tirou a capa e colocou por cima dele para cobrir suas vergonhas frente às duas mulheres que o contemplavam boquiabertas. O ser se enrolou na capa, agradecido pelo calor e ficou onde estava, tremendo, sem tirar os olhos deles.

– Quem és? – perguntou Max, em uma voz menos firme do que gostaria.

– Não sei – respondeu a criatura, depois de pensar um momento. – Não lembro.

A voz era rouca, mas compreensível, apesar de que estava claro que lhe custava um grande esforço articular as palavras.

– Onde está Frankenstein?

– Não sei. Eu... estou só. Fome.

– Terás que esperar um pouco. Não temos nada. Vem. Senta.

Max e Nora se entreolharam. Aquilo tudo lembrava muito o momento em que eles haviam se conhecido, quando Max, totalmente desorientado, não conseguia recordar sequer seu nome. Seria outro dos experimentos de Frankenstein? Será que ele havia tentado novamente trazer um morto à vida?

– Eu tenho algo – disse Sanne com timidez. – Quando me demitiram, em vez de me pagarem, me deram um pão, e eu o guardei para quando tivesse fome de verdade. – Tirou o pequeno filão do fardo, partiu um bom pedaço e o estendeu ao estranho ser, que agora, enrolado na capa de Max, havia sentado em uma banqueta perto da grande lareira apagada. A criatura agarrou o pão com avidez e começou a mordê-lo.

– Precisamos aquecer-nos. Aqui faz um frio horroroso. E temos que saber o que aconteceu. Moça! Acenda um bom fogo para nós! – disse Max.

Sanne tirou imediatamente a capa surrada que a cobria e foi para a lareira para ver de quais materiais dispunha. Estava claro que estava acostumadíssima a receber ordens para fazer coisas e nem passou pela sua cabeça não fazer o que Max havia mandado. Também estava claro que, para ele, dar ordens a Sanne para fazer o fogo era tão normal como para um rapaz do século XXI apertar o interruptor de um aquecedor. Devia ter sido criado com dúzias de serviçais que faziam tudo por ele. Nem tinha se incomodado em dizer "por favor".

Depois de um momento, as chamas começavam a surgir dos troncos que Sanne havia conseguido com uma habilidade incrível na lareira. Todos se aproximaram do fogo, atraídos pela luz e pelo calor, e até o estranho rosto da criatura se iluminou com um sorriso. O sino da catedral deu a meia hora.

– Nossa Senhora – sussurrou o homem.

– Sabes onde estamos? – perguntou Max.

Ele respondeu que sim com a cabeça.

– Em casa.

O simplismo fez com que Max sorrisse.

– Lembras como se chama a cidade?

– Ingolstadt.

– Bem. E tu, quem és?

– Não lembro.

– Sabes algo de Frankenstein?

– Não. Quem é?

"Um irresponsável", foi a primeira coisa que Max pensou, mas não disse.

– O... o inquilino deste aposento.

A criatura manteve a vista fixa em Max durante uns segundos, como se estivesse fazendo um esforço para lembrar. Depois, baixou os olhos e continuou comendo.

– Sanne – disse, então, entregando umas moedas –, vai buscar algo de comer para todos. Temos muito em que pensar e muito o que decidir, e não podemos fazê-lo com o estômago vazio.

A moça guardou as moedas na algibeira e colocou a capa sobre os ombros.

– Vou com ela – disse Nora.

– Nem pensar. Tu ficas.

– Você não pode me dar ordens.

– Não é uma ordem. Tenho que decidir o que vamos fazer. Isto está ficando muito complicado, e estou te dando a possibilidade de ajudar-me a tomar as próximas decisões. Apesar de que, se preferes que eu resolva sozinho...

Nora ficou entre Max e Sanne, indecisa sobre qual partido tomar. Parecia errado que uma moça grávida, com seu mundo desmoronando, tivesse que ir buscar comida para todos, mas Max tinha razão e ela queria participar da busca de soluções possíveis.

– Concordo. Eu fico.

– Deixa a porta de baixo encostada e volta rápido – disse Max à moça, que dobrou os joelhos em reverência.

Sanne saiu em silêncio. A estranha criatura continuava roendo o pão amanhecido com os olhos fixos nas chamas.

Max e Nora aproximaram-se da janela do fundo para poder conversar com um pouco de intimidade.

– Parece que Frankenstein enlouqueceu – disse Max em voz baixa, em um tom que denotava profunda tristeza. – É evidente que seguiu em frente com esses experimentos, sobre os quais tinha me contado apenas por cima, e teve êxito. Esse ser, além do que aconteceu comigo mesmo, é uma boa prova disso.

– Você acredita de verdade que ele conseguiu reanimar um cadáver? – Nora se sentia como se estivesse em um filme ou romance antigos. Tudo aquilo parecia demais com *Frankenstein*, o romance de Mary Shelley que ela sempre entendera como ficção.

– Mais do que isso. Tu deves ter percebido de que se trata de diferentes pedaços de cadáveres. As mãos são diferentes, a cabeça não corresponde ao corpo.

– Mas... como? Com que meios? – Fez um gesto circular englobando todo o laboratório.

– Depois investigarei com detalhes para tentar saber como. Agora o mais importante é saber o que aconteceu com ele e o que podemos fazer. Por enquanto, vamos descer para seus aposentos. Talvez ele tenha ficado adormecido lá depois de tanto esforço.

Nenhum dos dois mencionou a informação que a camareira da taverna lhes havia dado: de que havia visto Frankenstein tomando o coche da Mala-Posta que partia para o sul.

Max aproximou-se da lareira.

– Voltaremos logo. Vamos para o andar de baixo.

O monstro fez que sim com a cabeça. Nora teve a sensação de que seus olhos estavam mais claros e seu olhar parecia mais inteligente.

Tanto o dormitório quanto o pequeno escritório de Victor estavam desertos. Sob a luz do lampião, Max comprovou que não havia levado nenhuma bagagem e que não tinha deixado nenhum bilhete, nem uma mensagem para ele, nem para ninguém.

– Ele fugiu! – disse, incrédulo, sentando-se sobre a cama de seu amigo. – Abandonou sua criação e foi embora sem mais nem menos. Deve ter enlouquecido...

– Suponho que devolver a vida a um morto costurado é algo que pode causar esse efeito, sim. – Nora esperava um sorriso por parte de Max, mas seu rosto permaneceu sério. – Certamente está aterrorizado e não pensou no que pode acontecer...

– Mas... mas é responsabilidade dele... Como pode deixar abandonado à própria sorte um ser que não sabe quem é, que não se lembra de nada, que é grande como um castelo e não sabemos sequer se é um assassino?

Nora ergueu os ombros. Para ela também parecia loucura, mas, no fundo, era como se fosse um rapaz da sua época que atropela alguém com o carro e, em vez de descer, ver o que aconteceu e chamar a ambulância, sai correndo para que ninguém saiba que a culpa foi sua. Puro terror. Pura irresponsabilidade.

– Não esperava isso dele.

– Ele deve estar pensando que você vai cuidar de tudo... Começo a suspeitar que é o que ele sempre fez.

– Temo que não há outro remédio. Além disso, é o dever da amizade.

– E o que fazemos?

Max apoiou os cotovelos nos joelhos e o rosto nas mãos. Nos últimos dias, tinha passado de um feliz estudante de medicina a um homem atormentado por obrigações que nunca imaginaria possíveis. Estava acostumado a despachar duas vezes ao ano com seu tio Franz e com o procurador que se ocupava de suas terras enquanto ele terminava os estudos em Ingolstadt; sabia como tomar decisões que afetavam aos criados ou a resolução de pequenos problemas domésticos de sua casa ou de suas fazendas em Salzburgo, mas nunca havia tido que solucionar a situação de uma moça que vinha do futuro e pela qual, além disso, estava se apaixonando, nem resolver a existência de um ser que até horas atrás era simplesmente uma mistura de partes de cadáveres.

Sentia-se profundamente triste de que seu melhor amigo o tivesse deixado nessa situação sem nem avisá-lo, sem ter informado a ele o tipo de experimento que estava fazendo.

– O que podemos fazer com ele, Max? – insistiu Nora, levantando os olhos significativamente do teto ao local onde, em frente ao fogo, a criação de Frankenstein esperava.

– Há pouco tempo, eu pensava que solucionar o problema de Sanne iria ser difícil, mas agora já não me parece tão terrível comparado com este outro. – Sentou-se na cama ao lado dele, na quase total escuridão, apenas aliviada pelo lampião que haviam trazido e que repousava no chão a seus pés. Depois de alguns segundos de dúvida, segurou sua mão e ele, agradecido, retribuiu.

– Acredito que teremos que sair daqui. Temos que ir para as minhas terras, para Hohenfels. Lá, eu sou o senhor; podemos contratar Sanne como tua donzela e dizer que é uma jovem viúva e que seu marido, que era pescador no Danúbio, morreu em um acidente. E tu voltas a ser Eleonora.

– Tua prima?

Ele olhou em seus olhos, dois buracos de sombra sob a luz do lampião.

– Não, Nora; isso é impossível. Lá todos me conhecem. Todos sabem que minha única prima é Katharina, a filha do meu tio Franz.

– E então o quê? – Nora começava a ficar realmente assustada. E se agora tivesse que fingir ser criada e permitir que todo mundo lhe desse ordens?

– Terás que ser minha prometida – disse com uma voz cautelosa, neutra, que não deixava claro se aquilo o alegrava, o assustava, ou se era realmente só uma desculpa para um futuro próximo.

Ela se levantou da cama e deu dois passos para a porta, sem responder-lhe, sem saber o que dizer, aterrorizada por tudo o que estava acontecendo e por tudo o que aquilo implicava.

– E o que fazemos com... com esse pobre? – perguntou para se desviar da resposta que Max certamente estava esperando.

– Espero que ele seja capaz de trabalhar em algo, e aí podemos empregá-lo em qualquer coisa, de preferência onde ninguém o veja e não comecem a perguntar por que é tão estranho, tão feio ou por que está cheio de cicatrizes.

– Que generoso você é, Max! – disse Nora à meia-voz, na porta.

– Tu não me respondeste, Nora.

Ela pigarreou para ganhar tempo.

– É que... é que se vamos embora daqui, o que vai acontecer com a passagem? Como ficaremos sabendo se ela abrir?

Passaram-se alguns segundos. Nora praticamente podia escutar como o cérebro de Max remoía os pensamentos contraditórios que davam volta em sua mente.

– Tens razão. Temos que encontrar outro jeito.

Algo na sua voz a fez pensar que sua resposta o havia magoado, mas que ele era orgulhoso demais ou cavalheiro demais para dizê-lo. Entretanto, antes de poder tentar esclarecer, ambos escutaram os passos cautelosos de Sanne, que voltava com a encomenda. Foram recebê-la e voltaram juntos para o local onde se encontrava o monstro.

* * *

Da janela de seu alojamento, uma pousada miserável próxima a Ingolstadt, que era o melhor que se podia encontrar sem cruzar as portas da cidade, Johannes von Kürsinger viu ir embora o assassino que acabava de sair de seus aposentos, depois de ter esboçado um plano que, tinha que reconhecer, era realmente engenhoso.

Tinha despedido os dois idiotas que haviam fracassado na primeira tentativa e se alegrava de haver encontrado este a quem chamavam Wolf. O Lobo.

Era um homem alto e forte, rápido de reflexos e hábil com todo o tipo de armas. Algo em seu porte resultava mais elegante do que era de se esperar de alguém de seu calão; ocorreu-lhe que, se estivesse bem-vestido, quase poderia passar por um cavalheiro. Isso poderia ser-lhe muito útil. Talvez, se tudo desse certo e ele se convertesse em conde de Hohenfels, poderia contratá-lo como *garde de corps* e capanga. Acompanhado dele, já não teria que se preocupar em evitar lugares e ambientes que tinha muito interesse em visitar, mas não eram recomendáveis para alguém que quisesse conservar tanto a bolsa quanto a vida.

O plano do Lobo era arriscado, mas bom. Destruiria seu primo e também sua reputação, para sempre, e ninguém jamais poderia provar que ele tivesse intervindo em nada. Tinham combinado que ele pensaria até o dia seguinte e depois começariam a pôr tudo em prática. Havia pagado a metade do combinado e não pensaria em pagar mais. Afinal de contas, o Lobo apenas lhe havia oferecido uma ideia, uma simples ideia que também poderia ter ocorrido a ele mesmo. E se depois ele lhe oferecesse um emprego, já estaria tudo mais do que acertado. Entrar para trabalhar na casa do conde de Hohenfels era algo que bem poucos estavam em posição de pleitear.

Sem conseguir evitar, como tantas vezes, voltou ao tema que não lhe deixava dormir: a maldita sucessão do título. Seu pai havia sido o segundo filho de Friedrich von Kürsinger, conde de Hohenfels, e ele, ainda que fosse primogênito do seu pai, não tinha nenhum direito nem ao título nem às propriedades, porque o pai de Maximilian, como primeiro filho de Friedrich, era o herdeiro de tudo. Quando morreu seu pai, Maximilian herdara tudo o que existia, e ele, Johannes, que era mais velho, mais inteligente, mais valente e mais elegante, não passava de um mero segundo lugar na sucessão, e seguiria sendo assim enquanto o primo continuasse vivo.

Poderia tentar casar-se com a filha de um dos pequenos nobres vienenses ou, melhor ainda, dos comerciantes que enriqueceram com as guerras contra os turcos e com o comércio com o Oriente, mas isso só lhe daria fortuna, coisa que, ainda que não fosse de se desprezar, não lhe proporcionaria o prestígio e a honra de um dos grandes títulos da nobreza.

Era absolutamente necessário que Maximilian desaparecesse, e, assim, o título da família, com seu castelo, terras e camponeses, passaria para suas mãos.

Além do que, agora, com o que o Lobo acabara de lhe contar, até mesmo os escrúpulos morais haviam sido eliminados. Era justo, necessário e conveniente que Maximilian pagasse pelos seus pecados. Somente com sangue se poderia limpar a terrível mancha que havia caído sobre a honra dos Von Kürsinger, sobre o condado de Hohenfels.

Afastou-se da janela depois de ter seguido o Lobo com a vista até que ele e seu cavalo se perdessem no caminho que ia para Ingolstadt, serviu-se de uma taça de vinho e começou a concretizar seus planos.

A verdade era que seu primo lhe dava cada vez mais nojo, e a ideia parecia-lhe realmente deliciosa. Soltou uma gargalhada e terminou todo o vinho de uma vez só.

* * *

– Eu te acompanho até em casa, Leo – Max levantou-se depois do jantar que haviam feito no laboratório, sentados no tapete perto do fogo: pão, presunto e queijo, regados com uma garrafa de vinho tinto.

– Eu também vou – disse Sanne, nervosa. Tinha terror de ficar sozinha com aquele homem tão estranho.

– Não. Tu ficas. Eu já vou abrir o dormitório de Frankenstein e ali tu podes dormir até amanhã. Eu acompanho meu primo e volto aqui para passar a noite; vamos ver se nesse meio-tempo nosso amigo se lembra de algo, e então decidimos o que fazer.

O ser, que havia adormecido com a cabeça apoiada contra a lareira, abriu os olhos e olhou para todos, um por um.

– Continuo sem lembrar qual é o meu nome – desta vez, sua dicção estava distinta: mais clara, mais articulada –, mas quero agradecer-vos por vossa compaixão e generosidade em ajudar-me nessas tão terríveis circunstâncias.

Os três entreolharam-se, perplexos. Aquele monstro falava como um cavalheiro.

– Não sei de que forma posso contribuir com o vosso bem-estar, mas se posso fazer algo, será uma honra para mim. Gostaria de poder dizer isso vestido de forma decente, apoiado em minhas duas pernas, e tendo feito uma reverência ao terminar; infelizmente, as pernas ainda não me sustentam e não tenho certeza de conseguir inclinar a cabeça sem ficar tonto irremediavelmente.

– Para nós, é um dever de humanidade, cavalheiro – respondeu Max, e esteve a ponto de morder a própria língua ao se dar conta de que acabara de chamar de "cavalheiro" um engendro construído por Frankenstein à base de pedaços humanos, um ser monstruoso que não havia nascido de uma mãe como qualquer cristão.

– Sou consciente de que meu aspecto deve ser monstruoso – disse com calma, como se tivesse lido seu pensamento. – Nunca fui um homem bem-apessoado, mas agora que, por procedimentos que ignoro e que quase me atreveria a chamar de diabólicos, voltei à vida convertido nisto que vedes, sei que o normal seria que recuásseis espantados com minha pessoa. Eu agradeço vossa elegância em não o fazer.

– Como sabeis que não éreis bem-apessoado? – perguntou Max, fascinado.

– Porque, ainda que não lembre meu nome, tenho lembrança de mim mesmo e, pior ainda, tenho uma lembrança muito nítida da minha morte.

– Morte? – Nora tinha os olhos muito abertos ao perguntar.

– Sim, jovem, sou consciente de que morri, apesar de que não sei quando, em minha própria cama, empapado de suor, ardendo de febre. Lembro do olhar de tristeza do médico que me atendia e seu movimento negativo de cabeça para minha caseira, que chorava desconsolada enquanto secava as lágrimas com o avental. Lembro que pensei, naquele momento, sobre o que seria feito de meus livros, meus escritos, já que nunca tive filhos e nem me restava família a quem deixá-los. Pensei que talvez seriam distribuídos entre meus estudantes... Depois, não lembro de nada mais.

– Estudantes? Sois professor?

– Era. Professor de línguas vernáculas. O inglês era minha especialidade. Acabava de voltar de uma longa viagem que havia feito da Inglaterra até o Novo Mundo e estava entusiasmado, pensando em todos os conhecimentos que poderia compartilhar com meus estudantes quando, de repente, contraí umas febres que resultaram mortais. Soube disso quando veio o pároco da Nossa Senhora para me dar a extrema-unção. Fiz as pazes com Deus, fechei os olhos e, ao abri-los novamente, me encontrei em um corpo que não era o meu, senão muito mais jovem e forte, com uma mão que parece de mulher, com uma orelha faltando e um aspecto que, a julgar por minhas muitas cicatrizes, eu imagino que seja horrível. Temo, meus amigos e salvadores, que me tornei um monstro. Podeis dizer-me algo sobre o que me aconteceu?

Max passou a mão no rosto, nos olhos, tirou a peruca e, depois de alisá-la, a colocou cuidadosamente sobre a mesa onde havia estado estendido o engendro que agora fazia perguntas a eles.

– Meu nome é Maximilian von Kürsinger, conde de Hohen-fels e estudante de medicina nesta universidade. Meu colega de faculdade, Viktor Frankenstein, durante uns experimentos que decidiu não compartilhar com nenhum de nós, nem estudantes nem professores, conseguiu, ao que parece, encontrar um método para devolver a vida à matéria morta. – Levou a mão ao pescoço, desfez com calma o nó da camisa, abriu os botões e mostrou as costuras que atravessavam seu peito. – Eu sou a primeira prova; vós, a segunda, apesar de que, no meu caso, parece ser que a morte se havia produzido pouco antes e no vosso, a situação já foi muito mais complicada.

– E onde está Frankenstein?

– Devo confessar, para minha vergonha e para a sua, que tudo parece indicar que fugiu ao perceber a audácia do que fez.

O monstro não disse nada, ainda que se notasse em sua expressão o desagrado que lhe causava a covardia de seu criador.

– Que idade ele tem? – perguntou, ao final.

– Vinte e dois.

– Jovem, mas já homem feito. – Deixou passar uns instantes. – Infelizmente, a maturidade científica nem sempre vem acompanhada da maturidade emocional. Não é estranho que tenha se assustado com um milagre, mas sua obrigação seria a de aceitar sua responsabilidade e arcar com as consequências de seus atos.

Fez-se um longo silêncio. Max pensava a mesma coisa, mas não queria ter que dar razão a um desconhecido e, assim, insultar seu melhor amigo; então, preferiu ficar quieto. Depois de um minuto, disse:

– Vamos, Leo.

Desta vez, Nora não disse nada. Despediram-se do professor, deixaram Sanne nos aposentos de Frankenstein, alertando-a para que fechasse a porta com trinco até que ele voltasse, e desceram as escadas com a cabeça baixa, cada um perdido em seus pensamentos.

As ruas estavam desertas e úmidas. As pedras molhadas pelo relento da noite brilhavam nas esquinas onde tremeluzia a luz fraca de uma lamparina a óleo acesa diante de uma imagem. Não havia nenhum ruído, como se estivessem andando por uma cidade fantasma.

Nora tentou entrelaçar sua mão com a de Max, mas ele se afastou como se a tivesse queimado e sussurrou:

– Em público, jamais.

Ela soltou uma risadinha histérica.

– Você chama isso de estar em público? Nunca, mas nunca na minha vida toda estive em uma cidade tão morta, juro.

Ele não respondeu.

– Está ofendido? – perguntou ela, quando já estavam perto de casa.

– Por que estaria? És livre para recusar minha oferta.

– Que oferta?

– Tu crês que para mim é fácil? – Olhou de frente para ela no meio da rua, tentando manter a voz sob controle, que ameaçava subir de tom. – Tu crês que serás um pé nas costas apresentar-me em minha casa, em minhas terras, com uma prometida tirada de não se sabe onde, uma mulher que não tem família, que nem sabe comportar-se, que se veste de qualquer maneira e contradiz os homens em público, que tem opinião sobre tudo o que se pode opinar e que não respeita seu prometido? Não percebes o que significa, para mim, fazer-te uma oferta dessa natureza? E tu nem sequer respondeste...

Nora ficou perplexa pela violência verbal do que Max acabara de dizer. Pode ser que ele tivesse razão, e era verdade tudo o que havia dito, mas, para ela, ter sua própria opinião e comportar-se livremente parecia o normal. Nunca se acostumaria a ser considerada um ser de segunda ordem somente por ser mulher.

– Vamos dar uma olhada na despensa – disse, engolindo a raiva que começava a sentir. – Se a passagem estiver aberta, vou embora e te livro de um problema.

Entraram em silêncio, no meio de uma tensão quase palpável.

A porta da despensa se abriu sem ruído. Dentro, não havia mais do que escuridão; mesmo assim, Nora entrou com os braços estendidos até que suas mãos tocaram a parede do fundo.

Então, apoiou os cotovelos na barreira que a separava de seu mundo e de sua vida e começou a chorar desconsolada.

* * *

No dia seguinte, depois das aulas da parte da manhã, Max voltou à casa de Frankenstein, falou com sua caseira para explicar-lhe que seu amigo teve que viajar precipitadamente por um assunto familiar de muita gravidade e que, até seu regresso, ele se encarregaria do laboratório onde já havia instalado um criado de confiança para que lhe servisse de fâmulo e instalaria em seus aposentos uma serviçal que se encarregaria de sua roupa e da de seu primo, Leonhard, assim como de vários outros afazeres.

A mulher não gostou muito e estava claro que pensava que aquela criada era uma dessas mulheres que os cavalheiros chamam de *protegées*, e que não são nada mais que prostitutas, e temia pela reputação de sua casa. Max conseguiu que ela aceitasse de bom grado o novo acerto em troca de subir um pouco o valor que Viktor havia combinado com ela. Parecia-lhe repugnante que tudo se pudesse solucionar com dinheiro, mas assim era como sempre havia funcionado o mundo. Por isso gostava da loja a qual pertencia, porque todos compartilhavam o sonho de que, em um futuro, o mundo fosse um lugar regido pela boa vontade entre os seres humanos, livres e iguais, uma fraternidade na qual todos pudessem aspirar à felicidade e à paz do universo.

Depois de despedir-se da caseira, encontrou Sanne e a mandou fazer outra pequena compra que lhes permitisse almoçar e jantar no laboratório, a salvo de olhares indiscretos. Em seguida, abriu o armário e o baú de Frankenstein e, com menos escrúpulos do que imaginava que teria, foi depositando roupas sobre a cama, até que conseguiu encontrar o mais adequado para tentar vestir o pobre ser que o esperava enrolado ainda em sua capa mais quente. Por sua culpa, havia passado frio toda a manhã. Por culpa dele e de Nora, que tinha sua segunda capa e que não havia se dignado a aparecer na universidade.

Quando chegou na porta do laboratório, bateu de leve e entrou sem esperar resposta. Também não era para se gastar muita cortesia com um monstro.

O homem esperava já de pé e, apesar de que continuava sendo horrível, seus traços haviam melhorado porque a inteligência animava suas feições, apesar de que um dos olhos era tão azul como o céu de verão e o outro profundamente negro.

– Lembrei de quem sou – disse, orgulhoso. – Sou o doutor Samuel Plankke, ou pelo menos fui. Estou a vosso dispor, senhor conde.

Max entregou-lhe a roupa que havia trazido e umas botas de Viktor muito surradas, o que talvez permitissem que ele pudesse usá-las, estando já bastante laceadas. Enquanto o doutor se vestia e ele, de costas, olhava pela janela, foi lhe contando a conversa com a caseira.

– Lamento ter tido que converter-vos em meu criado, mas no momento não me ocorreu outra solução. Receio que voltar à vossa casa, à vossa cátedra e à vossa vida não será possível, por mais que a cabeça, com sua inteligência e seus conhecimentos, siga sendo a mesma.

– Penso o mesmo, de fato. Acredito que terei que acostumar-me ao meu novo aspecto e ao fato de que, de repente, sou vinte anos mais jovem do que era ao morrer.

– Como sabeis vossa idade? Ou melhor, a idade de vosso novo corpo?

O sorriso no horrível rosto, de onde ainda não haviam desaparecido as olheiras roxas, foi quase um choque para Max.

– Por um processo muito natural nos homens que se pode observar ao acordar e que, aos meus cinquenta anos, já não me acontecia com tanta frequência.

Agora foi Max quem sorriu. Pelo que parecia, nem tudo era desvantagem.

– Tendes algum projeto em que eu possa ajudar? – perguntou o doutor depois de ter se vestido.

– Não. A verdade é que eu nunca aspirei outra coisa além de terminar meus estudos, atuar como médico e tentar diminuir, na medida das minhas possibilidades, a dor e a miséria de meus semelhantes.

– Lindo projeto de vida.

– E que pensais fazer, professor Plankke?

– Ainda não sei. Se não vos incomodais, eu vos pediria que me concedêsseis o favor de ficar aqui por um tempo para refletir sobre o futuro.

– É claro que sim. O aposento é vosso até o final do ano letivo. Somente peço que, para todos lá fora, comportai-vos como se fôsseis meu fâmulo. Deixo-vos algum dinheiro aqui para pequenos gastos. Hoje mesmo escreverei a Frankenstein para informar a respeito do resultado do experimento dele e exigir que assuma sua responsabilidade convosco.

– Pensei sobre isso e acho que ela não existe.

– Responsabilidade?

– Afinal de contas, eu já estava morto. E suponho que as outras pessoas que fazem parte de mim também estavam.

– Mas o resultado é um ser vivo que não tem existência legal neste mundo nem um pai que cuide dele.

– Por sorte, meu cérebro funciona e minha alma continua comigo. Minhas pernas estão boas. Vou poder ganhar a vida de um modo ou de outro. Não tenho idade para ter pai e nem necessito, de modo nenhum, desse moço covarde.

– Esse moço é vosso criador.

– Meu criador é Deus, igual ao vosso. Não há outro criador.

Max ficou em silêncio. Não podia contestar algo tão evidente, mas, apesar disso, também era evidente que, contra os desígnios divinos que haviam levado à morte tanto o professor Plankke quanto o jovem cujo corpo habitava, a criatura que tinha diante de si havia sido, se não "criada", ao menos "construída" por Frankenstein, e isso o fazia responsável por sua existência.

– Eu lhe escreverei de todo modo.

– É vosso direito.

– Esta noite voltarei e jantaremos juntos, se vos agrada.

– Estarei aqui. Tenho muito o que pensar. Obrigado, novamente.

Max foi embora angustiado e incomodado. Era capaz de lidar com um ser desvalido, inepto e abandonado, mas lhe parecia muito mais difícil relacionar-se com um homem que até uns dias antes havia ocupado uma cátedra em sua universidade, que raciocinava e falava como ele, que tinha livre-arbítrio e estava em perfeito uso de suas capacidades mentais, além de ser quase trinta anos mais velho que ele e ser professor universitário.

Mas estava claro que ainda não tinha se visto no espelho. Se saísse de casa, as crianças o perseguiriam jogando pedras, os cachorros latiriam até ficarem roucos e as mulheres desmaiariam ao vê-lo passar. Onde poderia encontrar um espelho grande o bastante para que pudesse ver o seu corpo e se convencer de que suas possibilidades de levar uma vida independente eram muito reduzidas, por mais inteligente que fosse?

Sua tia Charlotte tinha um presente do tio Franz por sua boda de vinte e cinco anos; inclusive ele possuía um espelho grande, mas estava em Salzburgo, a vários dias de viagem. Teria que perguntar a Sanne; as mulheres sabiam desse tipo de coisa.

Pensar em mulheres o levou a pensar em Nora e em como a escutou soluçar no quarto durante toda a noite. Teve o impulso de descer para consolá-la mil vezes, mas tinha medo do que pudesse passar entre eles se voltassem a se abraçar como haviam feito na margem do rio e, além disso, estava realmente ofendido pela falta de resposta dela à sua generosa oferta. Não lhe pareceu tão ruim deixá-la sofrer umas horas; era uma maneira adequada de aprender. Com ele, isso tinha acontecido durante muitas noites.

Muitas, muitas vezes, sobretudo depois da morte de sua mãe, havia dormido depois da meia-noite, esgotado de chorar sem que ninguém viesse consolá-lo, nem a preceptora, muito menos o pai, que (depois soube) também se trancava para chorar na biblioteca. Teriam podido ser companhia e consolo um do outro, mas não havia acontecido assim. Pela manhã, ambos tinham os olhos secos, ainda que avermelhados, e os cabelos convenientemente penteados.

Nora também tinha que aprender. Era fundamental, sobretudo se a passagem se negasse a abrir de novo e ela ficasse condenada a permanecer em seu mundo, em seu tempo, no ano do Nosso Senhor de 1781, sem poder alcançar jamais o que até muito pouco tempo atrás era a sua vida de todos os dias.

Repetiria a oferta. Explicaria que sua única possibilidade real era aceitar esse compromisso e talvez dissesse também que gostava dela, apesar de que isso era uma consideração secundária. Agora o importante era resolver os problemas que acabavam de surgir. Já teria tempo para as emoções.

· 8 ·

O PROFESSOR PLANKKE SAIU À RUA SEM QUE PUDESSE comprovar realmente que seu aspecto com as roupas emprestadas fosse pelo menos aceitável. Nunca havia sido um homem elegante, mas, com exceção das viagens por lugares mais selvagens, também nunca tinha se vestido com tão pouco gosto e com roupas que realmente não combinavam ou não fossem do seu tamanho. Entretanto, neste momento não tinha escolha. Por sorte, se tudo desse certo, logo poderia comprar um modesto vestuário novo e seus irmãos o ajudariam a encontrar onde morar e um trabalho que lhe permitisse seguir adiante.

Havia pensando muito e tinha chegado à conclusão de que não podia continuar escondido naquele laboratório à mercê da caridade daqueles jovens aristocratas. Sabia que não iria ser fácil, mas afinal de contas ele era membro de pleno direito da Irmandade da Rosa, e todos os irmãos haviam jurado ajudar-se uns aos outros em caso de necessidade, independentemente dos motivos que os tivessem levado à situação de apuro. O grão-mestre de sua loja, que para todos os demais habitantes da cidade não era mais do que Maese Gruber, o mestre encadernador, vivia quase em frente à catedral, no andar de cima de sua oficina. Primeiro, tinha pensado em ir durante a noite ao lugar onde aconteciam as sessões, mas, ao final, tinha achado melhor visitá-lo em privado e falar com ele nos fundos da loja. Quando o grão--mestre já tivesse decidido o que era melhor para seu caso, ele comunicaria aos demais.

Simplesmente por sair na rua, apesar de estar bem enrolado em uma capa surrada e quente, observou os olhares espantados de seus concidadãos; inclusive um resolveu seguir seus passos, o que o fez baixar mais o chapéu sobre os olhos e embrulhar-se melhor na capa. Felizmente, o chapéu era um modelo antigo de aba larga, em vez do galante de três bicos que estava na moda e não teria permitido ocultar seu rosto.

O corpo que tinha agora era bastante alto e magro, também muito mais forte, e era estranho usá-lo, como quando nos acostumamos a conduzir um carro pesado, puxado por uma mula velha, e de repente temos que conduzir outro leve, com um cavalo jovem e irrequieto. Sentia-se exatamente assim: irrequieto. A inquietude se estendia por todo o seu interior, como as raízes de uma planta. Felizmente, logo estaria nos fundos da loja de seu irmão e poderia contar-lhe seu problema.

Custava-lhe acreditar, mas a prova estava à vista. Se conseguissem localizar esse Frankenstein, poderiam roubar-lhe o segredo da vida com o qual a Irmandade da Rosa se converteria na ordem mais poderosa do mundo, porque seus membros não morreriam jamais e poderiam conseguir qualquer meta ou favor em troca de ressuscitar algum morto que fosse importante para uma pessoa que tivesse poder.

Não só tinha um corpo jovem, como também estava a ponto de entregar a seus irmãos o segredo mais importante que os olhos humanos já viram, muito mais do que qualquer uma das pequenas conquistas da alquimia.

Soou uma sineta ao abrir a porta, e o professor ficou parado diante do balcão, esperando que o mestre viesse. Não havia ninguém; nem sequer um aprendiz. A cortina que separava a loja da oficina se abriu e Maese Gruber apareceu com cara de poucos amigos.

– Em que posso ajudar-te? – perguntou sem sequer cumprimentar.

A descortesia ao recebê-lo o atingiu com uma força quase física. Nem tinha dado bom-dia! E acabava de chamá-lo por tu!

– Maese Gruber, creio que será melhor que conversemos nos fundos. O que tenho que revelar é segredo.

– Podes dizer-me aqui mesmo, o que quer que seja.

O professor aproximou-se do balcão e, discretamente, mas para que o encadernador o visse, colocou os dedos da mão esquerda, a própria, na posição que usavam os irmãos para reconhecerem-se em lugares públicos. O mestre não reagiu, apesar de que estava claro que tinha visto.

– Irmão... – sussurrou o professor Plankke.

– Não sei de que me falas.

– Excelência...

– Sou mestre encadernador. Não tenho título de excelência. Vai embora de minha oficina e não voltes, monstro!

– Por favor, mestre. Sou membro da Ordem, quase desde sua fundação. Sou Plankke; Osiris, na loja – falava com voz baixíssima enquanto se inclinava no balcão perto do outro.

– De onde saíste, escória? Não sei como pudeste inventar tantas tolices. Isso demonstra como teu cérebro é limitado. Deixa-me em paz ou te denunciarei aos guardas!

– Mestre... juramos ajudar-nos em momentos de necessidade. Tenho algo para entregar à Ordem, algo muito importante. Mas preciso de ajuda.

Debaixo do balcão, Maese Gruber sacou uma pistola e apontou para ele.

– Vai embora e não voltes. Escutaste? Nunca. Não voltes nunca.

Plankke saiu da loja cambaleando, como se estivesse bêbado. De todos os cenários possíveis, o único que não lhe havia ocorrido era aquele. Como era possível que o tivessem tratado tão mal, ele, um membro da Ordem a qual havia servido por mais de dez anos?

Ficou paralisado na metade da praça olhando ao redor sem ver. Uns dias atrás ele era um respeitável membro do Collegium Academicum, um professor apreciado pelos seus estudantes, um homem viajado, que havia visto maravilhas em lugares tão belos e longínquos, que pareciam tirados da imaginação. Depois, havia chegado a doença e a morte, mas, em vez de descansar e de ser chamado mais tarde pela trombeta do arcanjo no dia do Juízo Final para ocupar seu posto na vida eterna, havia acordado em um laboratório malcheiroso, e tudo o que alguma vez tinha sido e tido fora arrancado de si sem piedade para sempre.

As portas da Nossa Senhora pareciam chamá-lo com doçura. Entrou na igreja. Não tinha outro lugar para onde ir. Cruzou com duas mulheres que saíam, e a expressão de terror em seus rostos o deixou perplexo. Ele era tão horrível assim? O aspecto exterior das pessoas era tão importante assim? As duas se benzeram e uma inclusive fez-lhe uma figa, um gesto antigo para espantar o diabo que ele não via desde a infância longínqua.

Caminhou devagar até o altar e ajoelhou-se na primeira fila, espantado. Queria rezar, mas não conseguia acalmar-se o suficiente; seus pensamentos davam voltas e mais voltas em sua cabeça, e as palavras do Pai-Nosso confundiam-se com imagens em que se via agarrando com as duas mãos a cabeça de Maese Gruber e a golpeava com uma pedra até que tudo se enchia de sangue.

Ele sempre foi um homem pacífico e, no entanto, agora sentia que o ódio enchia seu coração e que não podia fazer nada para mudar isso.

Ouviu uns passos lentos que se aproximavam do banco onde estava ajoelhado. Não quis levantar o rosto para ver quem era e abaixou mais o chapéu sobre os olhos, rezando para que fosse embora. Não teve sorte.

– Deves tirar o chapéu na casa de Deus – disse uma voz profunda.

Sentiu vergonha por não o ter feito e tirou o chapéu. Ouviu claramente a inspiração do homem que deixava evidente sua surpresa ou seu medo. Levantou a vista e teve a confirmação imediata. O sacerdote deu dois passos para trás.

– Estava a ponto de começar a Santa Missa. Peço para ires embora.

Outro que o tratava de tu, como se o conhecesse desde sempre ou como se fosse uma criança, um criado ou um trabalhador.

– Por que teria que ir embora desta santa casa? Estou batizado e sou um fiel.

– Nesta hora vêm muitas mulheres e damas que poderiam estranhar a tua presença. Será melhor que, se queres assistir à missa, voltes mais tarde, depois das seis.

– Ninguém tem motivos para assustar-se comigo. Sou um bom cristão.

– Faz o que eu te digo ou mandarei alguém que não te tratará com tanta simpatia! É uma doença contagiosa o que tens?

A pergunta o deixou petrificado. Por isso tinham medo dele! Negou com a cabeça.

– Sofri um acidente.

– Vai, filho, vai. Deus está em todas as partes. Reze para Ele onde quer que estejas, que Ele te escutará.

Levantou tonto. Nunca, nem nos países mais distantes e selvagens, havia sofrido um tratamento daquela forma. A humilhação fazia com que o sangue sibilasse em seus ouvidos e o coração batesse na garganta.

Saiu para a rua sem saber o que fazer nem para onde ir, com um vago desejo de destruição que não se acalmou quando, ao cruzar com um cachorro em seu caminho, lhe deu um pontapé que o arremessou uivando para o outro lado da rua.

* * *

Depois de quase vinte e quatro horas sem se verem nem se falarem, já que Nora não havia ido ao laboratório para o almoço ao meio-dia, Max estava desesperado, assim como ela, que dava voltas para ganhar tempo e se fazer de difícil, mas acabou confessando para si mesma que aquilo era uma bobagem e que tinham que se encontrar, esclarecer as coisas e buscar a melhor solução para todos.

Encontram-se na escada de sua casa quando ela descia a toda a velocidade para ir ao laboratório e ele subia pela enésima vez para ver se ela estava no quarto. Esbarraram ao fazer a curva que dava para o patamar e, por instinto de sobrevivência, para não cair, agarraram-se um ao outro.

Durante um instante, ninguém disse nada. Limitaram-se a desfrutar do contato do corpo do outro, de seu cheiro; odor que, para Nora, de uma forma geral, era forte demais porque a presença de chuveiros ali era inexistente, mas odor que, no caso de Max, parecia maravilhoso: um cheiro como o dele mesmo, misturado com o de livros, couro e café.

Ele aproximou a cabeça de seu pescoço e inspirou fundo, como se quisesse bebê-la, enquanto aumentava a pressão de seus braços. Depois de uns segundos, percebendo a situação real, soltou e se separou dela.

– Aonde ias? – perguntou.

– Ao laboratório, buscar você. E você?

Max sorriu.

– Aos teus aposentos. Buscar-te.

Nunca em toda a sua vida tinha falado com tanta clareza com uma mulher, mas parecia que para ela não fazia nenhum efeito, como se fosse a coisa mais normal do mundo. Isso o deixava terrivelmente confuso.

– Então vamos para lá. Estou morrendo de fome.

Sob outra perspectiva, era muito mais fácil, mais cômodo, poder tratá-la como um homem ou companheiro de estudos sem dar mil voltas para tudo, nem pensar quais palavras podia usar, nem como formular as coisas para que não se ofendesse; então, ergueu os ombros e lhe atualizou sobre o que o monstro lhe havia dito sobre si mesmo.

– Ah, tá, agora essa criatura é mais velha que nós, não precisa da gente pra nada e, além disso, é professor! Que beleza de monstro nos arranjaram! Max, tem algo que eu ainda não lhe disse porque até agora não tive oportunidade. – Percebeu o olhar de alarme nos olhos do moço e acrescentou: – Nada grave, não se preocupe. É só que, no meu mundo, no meu tempo, Frankenstein é muito conhecido...

– Viktor? É conhecido como cientista dois séculos depois?

Ela balançou a cabeça.

– Cientista? Não, de jeito nenhum. É um personagem de um romance e de muitos filmes.

– O que são filmes?

Nora mordeu o lábio inferior com os dentes de cima enquanto pensava em como explicar.

– É como uma peça de teatro, digamos. Talvez... – pensou rápido em qual personagem de teatro poderia ser conhecido por Max no século XVIII –, Frankenstein fosse como... como Fausto, por exemplo – viu o olhar de incompreensão –, de Goethe, Johann Wolfgang von Goethe, conhece?

Max negou com a cabeça. Nora pensou que, de novo, tinha se enganado de época; para ela parecia velhíssimo, mas ainda assim era contemporâneo de Max, um jovem poeta que ainda não tinha escrito nada de importante e que ninguém conhecia. Iria dar o exemplo de Hamlet, de Romeu e Julieta, mas pensou que as obras de Shakespeare também não seriam conhecidas, porque eram estrangeiras.

– Édipo – lembrou. – Antígona. Medeia. – Os clássicos gregos eram quase tão antigos para ela como para ele.

– Sim. Esses, sim.

– Bom, Frankenstein é algo assim. Todo mundo o conhece ou pelo menos ouviu falar. Eu li o romance faz muito tempo, e Heike, minha companheira de república, adora. Deve ter sido escrito por agora, por essa época, quero dizer, ou um pouco depois. É a história de um estudante de medicina, Viktor Frankenstein, que cria um monstro com pedaços de cadáveres e lhe dá vida de um modo que não fica muito claro no livro. Depois, ele se assusta porque o monstro é tão horrível, se dá conta do que fez e foge, deixando-o abandonado à sua própria sorte. O pobre monstro, que é bom de nascença, vai se tornando mau ao sentir-se abandonado e rejeitado por todos, começando por quem o criou. Frankenstein não chega nem a dar-lhe um nome, imagine. Pouco a pouco, começa a aprender a falar, a pensar, a tudo... Mas as pessoas se assustam com ele; num momento em que está salvando uma criança, acontece um mal-entendido, pensam que ele queria matá-la e atiram nele. Ele descobre quem foi seu criador e vai atrás dele. Quando seu criador o rejeita, o monstro mata o irmãozinho de Viktor e a violência vai aumentando... Não lembro de todo o final, mas lembro que o romance fala que não devemos brincar de Deus e sobretudo não podemos fugir das consequências de nossos atos.

Quando Nora acabou de falar, inspirou fazendo um ruído, como se estivesse sugando a mucosidade que se havia acumulado no nariz. Ao observá-la, Max percebeu que ela tinha os olhos cheios de lágrimas. Gostaria de tê-la abraçado, mas estavam atravessando a praça do mercado, para todas as pessoas eles eram dois homens, e havia muita gente ao redor.

– Isso foi o que aconteceu comigo, Max – disse Nora em voz baixa e chorosa, com soluços que tentava controlar. – Atravessei essa passagem pensando que seria divertido, e agora você vê... As consequências... Nunca poderei voltar para casa. Não pensei no que podia acontecer.

– Eu também não – disse ele em voz baixa. – Perdoa-me.

– Por que tenho que perdoar você? Eu fui a boba que deixou tudo para seguir você e ver no que isso iria dar.

– Mas eu sou o homem. Eu deveria ter calculado os perigos; não devia ter permitido que viesses aqui.

– Veja bem, Max, não dificulte as coisas para mim, está bem? Pare com essa coisa de homem e mulher e outras bobagens. Somos seres humanos e estamos em paz.

– Concordo. Mas os seres humanos erram às vezes. *Errare humanum est.*

– Você tem toda razão! Resumindo, nós dois fizemos besteira e agora não temos outra alternativa senão enfrentar o problema.

Caminharam uns metros em silêncio, desviando das pessoas que pareciam decididas a caminhar na direção oposta a deles.

– E como termina esse romance?

– Não me lembro. Creio que mal. Acho que morrem todos. E, nos filmes... essas obras de teatro de que eu te falava... é quase pior, porque apresentam o monstro como um ser horrível, sanguinário, bastante perigoso. São filmes de terror, sabe? Feitos para assustar as pessoas que vão assistir. Acho que eu levei tudo com muita naturalidade até agora porque para mim parecia estar dentro de um livro ou de um filme, como se o que está acontecendo não tivesse nada a ver comigo, entende?

Max fez que sim, ainda que não compreendesse tudo o que Nora tentava lhe dizer. Para ele, aquilo era muito real e um dos piores problemas nos quais havia se metido em sua vida, que, até o momento, com exceção da morte de sua querida mãe, sempre tinha sido muito simples e convencional.

– Sabe o quê? – começou, quase na porta da casa de Frankenstein, mesmo sabendo que não iria ter tempo de explicar tudo o que tinha na cabeça. – Estive pensando que talvez, somente talvez...

– O quê? Anda, homem, não me deixe ansiosa.

– Que talvez Frankenstein não tenha fugido, como pensamos.

– Não?

– Tu te lembras que me apunhalaram e me deixaram morto no meio da rua? Talvez tenha acontecido a mesma coisa com Viktor. Talvez estejamos culpando-o pela falta de responsabilidade por sua criatura e agora ele esteja morto, mal enterrado em algum lugar.

– Por que estaria?

Max ergueu os ombros.

– Não conseguimos pensar em nenhum motivo pelo qual queriam matar-me quando falei com ele sobre as facadas. Mas talvez queiram matar os...

– Os quê?

Max fechou os olhos por uns instantes. Tinha jurado guardar o mais absoluto segredo sobre a existência dos Illuminati, grupo ao qual pertencia desde o ano anterior.

– Se esse pingente que levas no pescoço significa algo para ti, saberás que não posso falar disso – disse muito sério. – Sinto muito.

Nora olhou para ele, incomodada. Não tinha nenhuma ideia do que falava. Colocou a mão no pingente. Era uma coruja do tipo mais normal que tinha comprado num centro comercial porque no começo do curso estava na moda e ela tinha achado bonito. O fato de que simbolizava a inteligência e de que fosse o animal de Atenas, a deusa grega, também era um ponto positivo, mas para ela não significava nada de especial, como Max parecia acreditar.

– Está bem, está bem, então deixa, segredo absoluto. Se um dia desses encontrar você esfaqueado na rua, não contarei para ninguém. Deixa pra lá! Não quero saber! Vamos subir, estou morta de fome. Agora nos espera um jantar maravilhoso com um monstro tipo zumbi e uma moça desonrada, sem falar de uma estranha que anda disfarçada de homem e não tem para onde voltar e de um jovem conde cheio de segredos e mistérios que, como é homem e aristocrata, sabe de tudo e muito melhor do que todos.

Bufando, deu um empurrão na porta que Max acabara de abrir com a chave e, deixando-o para trás, subiu os degraus de dois em dois sem se preocupar em não fazer barulho. Afinal de contas, agora ela também era um homem e podia fazer o que bem entendesse.

* * *

Quando chegaram na parte de cima, encontraram duas surpresas, uma agradável e uma desagradável. A boa era que Sanne havia feito uma sopa que cheirava maravilhosamente bem. A má era que o monstro havia desaparecido sem nem deixar um bilhete.

– Quando eu cheguei, ele não estava – explicou a moça.

– Menos mal! Porque a verdade é que ele me dá um pouco de medo, apesar de que fala bem e que se nota que antes tinha sido um cavalheiro.

– Os que deviam deixá-la com medo são os cavalheiros, Sanne – disse Nora, ainda brava com Max. – Parece brincadeira que você ainda não tenha percebido. Principalmente aqueles bonitos e que parecem príncipes.

A moça mordeu os lábios, fungou e agachou-se de costas para retirar a sopa que estava pendurada em um tripé sobre o fogo.

– E agora, o que faremos? – perguntou Max em voz alta, apesar de que provavelmente estava falando somente para si mesmo. Curiosamente, ele se fez de desentendido com aquela coisa de moços bonitos.

– Nada – respondeu Nora. – Jantar e depois ir dormir. Se ele não voltar, nos livramos de um problema.

– Eu tenho uma reunião às oito. Acompanho-te até em casa quinze minutos antes, se não te importa.

– Eu agradeço, mas não preciso de companhia de ninguém, querido primo – respondeu Nora com ironia. – Sei muito bem como chegar aos meus aposentos e já estou me familiarizando com a cidade.

Max já estava com a boca aberta para responder quando voltou a fechá-la porque a cabeça já não aguentava mais. Aquela mulher estava deixando-o louco. Na maior parte das vezes, se comportava como um homem: falava quando tinha vontade, dava opiniões pra um lado e pro outro, fazia o que bem entendia, não parecia ter medo de caminhar sozinha pelas ruas, olhava-o nos olhos, punha a mão onde queria com total intimidade e liberdade, lhe dava até tapinhas no ombro, apoiada nele, segurava seu braço sem olhar onde estavam; e o pior é que ele gostava disso. Se estivesse sozinho com ela e ninguém os visse, adoraria ter uma companheira que se sentisse totalmente à vontade com calça, como ele, e que não achasse necessário encher a cara de maquiagem, nem desmaiar de vez em quando, nem dar gritinhos de susto ao passar por um cachorro de rua.

Mas, no entanto... também... lhe angustiava que fosse tão pouco feminina, que não lhe bastasse ser tratada com cortesia e cavalheirismo como tinham ensinado que ele deveria tratar as mulheres. Ela queria que a tratassem com o mesmo respeito que se deve a um homem, a um cavalheiro, e isso, se bem observado, tinha seu fundamento, no sentido de que todos os seres humanos possuem a mesma dignidade e foram criados por Deus, mas, para ele, era muito difícil de fazer, porque, por mais maravilhosa que fosse, Nora não era mais do que uma mulher e jamais poderia ser igual a um homem.

Sanne serviu os pratos, colocou dois copos de vinho sobre a mesa, onde até pouco tempo jazia o engendro, e retirou-se a um canto.

– Você não come? – perguntou Nora.

A moça olhou para ela, espantada, e olhou para Max, que nem percebeu.

– Depois, Excelência – disse, alguns segundos depois em voz muito baixa.

– Venha, por Deus, sirva-se um prato e vá para teu canto se quiser, mas coma, mulher.

Max levantou a vista justamente quando Sanne, obedecendo à ordem de seu "primo Leo", havia se retirado ao fundo com um prato de sopa. Agora, Nora, não contente em comportar-se como homem, parecia ter decidido que também não era necessário respeitar a separação taxativa e necessária entre amos e criados. Teria que falar com ela e explicar-lhe que, se quisesse viver ali, havia certas normas de conduta que eram necessárias seguir à risca.

Durante um tempo, não se escutou mais nenhum ruído além das colheres batendo contra a louça e o crepitar do fogo. No lado de fora havia começado a nevar, e a neve havia engolido todos os ruídos da cidade.

– Leo – começou Max, tateando o humor de Nora –, tu crês na fraternidade universal?

– Eu creio na igualdade e na equidade entre homens e mulheres, entre pobres e ricos, entre gente de todas as raças e todas as religiões. Com relação à fraternidade, teria que acrescentar também a *sororidade*.

– Como?

– É a mesma coisa, mas incluindo as mulheres.

– Entre si, suponho.

– Não. Isso seria um convento de freiras. Fraternidade e *sororidade* para que todos sejamos iguais diante da lei e em nosso trato cotidiano.

– E sobre as raças e as religiões? Tu não queres dizer, imagino, que não acreditas que nossa raça seja superior à negra, por exemplo, e que nossa religião não seja superior ao paganismo de outros lugares?

– Sim. É justamente isso que quero dizer. Não acredito que os brancos nem os cristãos sejam superiores.

Max engoliu em seco notavelmente.

– Isso é ainda mais do que meu mestre acredita.

– Eu estou um pouco à frente de meu tempo... – disse ela, e um segundo depois estava rindo quase histérica, primeiro, por ter conseguido controlar-se e não dizer "eu venho do futuro" e, depois, por ter se lembrado de usar o masculino ao falar de si mesma. Começava a pensar que acabaria ficando louca.

– Gostarias de vir esta noite a uma reunião de cavalheiros em que se discute esse tipo de coisa?

Nora ficou olhando para ele sem poder acreditar no que ele dizia. A risada de repente se interrompeu. Ele a estava convidando de verdade para compartilhar seu segredo? Era isso? Talvez ela tivesse entendido mal, mas era preciso se arriscar e aceitar sua proposta, ainda que ele a tivesse chamado de "cavalheiro" e a estivesse levando a uma reunião sob um nome e um gênero falsos.

– Será uma grande honra, Maximilian – respondeu com total seriedade, olhando-o nos olhos, tentando transmitir seu agradecimento nesse olhar sem que Sanne notasse nada, mas a servente estava de pé, olhando pela janela enquanto comia em sua cumbuca, e felizmente não percebeu quando Nora deu um sorriso a Max que esquentou seu coração.

* * *

Em uma taverna de pescadores perto do rio, o homem que havia sido o professor Plankke tinha consumido já a sua segunda jarra de vinho e começava a sentir-se agradavelmente distante de tudo, tanto da realidade que o rodeava como de seus próprios problemas, que eram muitos, demasiados.

Primeiro havia ido até a pousada que costumava frequentar quando ainda era um respeitável membro da universidade, mas o tinham expulsado com maus modos. Por um tempo não soube o que fazer, sozinho, humilhado, tremendo sob a neve... mas, em seguida, de um modo quase milagroso, alguma coisa o havia encaminhado até onde estava agora, uma espelunca que não conhecia, onde ninguém teve problemas em aceitar suas moedas em troca de uma jarra de vinho. Era certamente o homem mais feio do local, a julgar pelos olhares dos outros para ele, até que cansaram de observá-lo, mas tinha uns outros que poderiam ter disputado o título com ele: velhos decrépitos, homens de todas as idades com terríveis cicatrizes na cara em consequência de algum acidente, amputados que tinham sobrevivido à operação, um com um olho faltando e com um tampão sujo cobrindo, outro que se apoiava em uma muleta de madeira e em uma perna de pau, um com uma pele enrugada como pele de cabra queimada por fogo... escória humana. Entretanto, pelo menos entre essa escória, ele havia sido recebido, enquanto que na pousada onde se reuniam os cavalheiros cristãos de boa reputação fora expulso a pontapés, apesar de seus impecáveis modos e de ter dinheiro no bolso.

Por um tempo, até que o vinho começou a fazer efeito, sentiu que o ódio e a impotência ameaçavam sufocá-lo. Desejava provar a força de seu braço, de seu punho, que nunca tinha sido tão forte como o que tinha agora. Entre os vapores do álcool, pensou que seria bom começar uma briga com alguém para ver se, com seu corpo novo, era capaz de lutar e, pela primeira vez, ganhar. Deu uma olhada na sala malcheirosa, somente iluminada por algumas velas de sebo que produziam uma fumaça gordurosa que grudava na garganta e fazia tossir. Um jovem sentado com outros na mesa perto da janela olhava para ele embasbacado. O homem que tinha sido Plankke levantou-se tropeçando e se colocou diante dele, com vontade de destroçar-lhe a cara a socos.

– Que raios me olhas?

O moço balançou a cabeça com uma negativa.

– Nada, é que, assim no canto onde estavas, lá no fundo, eu o confundi com um amigo que tive; mas não pode ser.

– Por que não pode ser?

Fazia um esforço para usar poucas palavras para que ninguém percebesse que, apesar das aparências, não eram da mesma classe.

– Porque está morto. – Deu um grande gole do seu copo até tomar tudo.

– Te pago uma e tu me contas.

Com um sinal, o taverneiro depositou outra jarra sobre a mesa pegajosa. Plankke alcançou uma banqueta e se sentou. Os outros se afastaram, arrastando-se pelo banco de madeira até amontoarem-se na mesa ao lado. O jovem encheu o copo com pressa, antes de que quem o convidasse mudasse de ideia.

– Ele se chamava Michl. Tinha a minha idade, uns dezoito. Pescador, como eu, até que um senhor lhe ofereceu um trabalho de jardineiro em sua casa e ele deixou o rio. Ele nunca gostou mesmo. Depois de um tempo, a esposa desse senhor, que era jovem e estava entediada, começou a persegui-lo, mas Michl não era tonto e sabia como essas coisas acabam, então disse que não. Com toda a educação do mundo, pode ter certeza... Mas não adiantou nada. Ela disse ao marido que Michl tinha roubado uma joia sua; encontraram-na em sua cama, no estábulo onde dormia, e o enforcaram. Não adiantou nada protestar e dizer que era mentira. Mataram-no. Se pelo menos ele tivesse tirado sua... teria levado algo para o outro mundo.

– E por que não quis?

– Porque era bobo, estou dizendo. Porque dizia que, se o descobrissem, iriam matá-lo, o que é verdade, óbvio... Nenhum patrão gosta que sua mulher lhe ponha os cornos, e, por outro lado, porque ele gostava de uma pretendente daqui. Não se atrevia a falar com ela e sofria muito quando ela paquerava os estudantes. Agora não adianta mais. Está morto, o coitado.

Plankke encheu o copo dele e serviu-se de outro. O moço continuou falando.

– Então, ao ver-te aí no fundo... não sei... tua forma de mover-te, a largura de teus ombros... não sei... me lembraste dele. Agora de perto, não. O que te aconteceu? – Apontou vagamente para as cicatrizes que marcavam seu rosto.

– Um acidente. Na mina. Fiquei soterrado por um desmoronamento.

O jovem estalou a língua.

– Que azar. E os olhos?

– Nasci assim. Um de cada cor. – Estava escondendo a mão direita para que não perguntasse sobre ela; felizmente era canhoto e podia servir o vinho com a esquerda com toda tranquilidade. – Como te chamas?

– Heinz. E tu?

– Samuel.

Os dois beberam sem brindar, sem dar a mão nem fazer nenhum tipo de reverência. A vulgaridade também tinha certas vantagens, pensou Plankke.

– Não és daqui, não é? – perguntou Heinz. – Sendo mineiro...

– Não, estou de passagem. Vou para o sul, ver se encontro alguma coisa que me permita ganhar a vida. Talvez nas minas de prata de Tirol precisem de gente.

Curiosamente, encontrava-se à vontade com aquele jovem pescador, como se o conhecesse há muito tempo, e pouco a pouco o ambiente ia deixando de ser desagradável; aquela taverna cada vez mais acolhedora, com suas mesas escuras e pegajosas, seu cheiro a fumaça, era como se tudo aquilo lhe trouxesse lembranças de uma vida que não era a sua.

Levantou-se apoiando-se na mesa, e percebeu que Heinz tinha adormecido com a cabeça apoiada contra a parede de troncos. Serviu em seu copo o que sobrava na jarra e saiu para o exterior, para uma paisagem nevada tão pura, que, iluminada pela lua crescente, quase causava dano à vista.

Do batente da porta, o Lobo, que tinha ido atrás dele desde que, de manhã, o havia visto sair dos aposentos de Frankenstein, o seguiu com o olhar até que se perdeu na ruela que levava para cima. Estava evidente que já não ia encontrar-se com ninguém e nem ia fazer nada que interessasse para sua missão.

Perguntou-se, como tantas vezes ao longo do dia, de onde teriam tirado aquele engendro. Não se tratava somente de que fosse espantosamente feio – o que realmente era –, mas havia algo nele que lhe parecia repugnante, ofensivo, sórdido. Se ele fosse crente, teria dito que algo naquele ser era diabólico, mas como só acreditava em sua inteligência, força e reflexos, e na bolsa de dinheiro que levava bem enfiada no colete de couro de búfalo, eliminou mentalmente aquela ideia de "diabólico" e a substituiu por "estranho". Muito estranho.

* * *

A reunião para a qual Max a tinha convidado não era nada secreta nem misteriosa, como ela supunha, senão um grupo de estudantes de vários cursos, mais ou menos de sua idade, que se encontravam periodicamente em uma taverna chamada O Urso Cinza para debater sobre as novas ideias que, com certas dificuldades, iam chegando sobretudo da França, também da Inglaterra e inclusive do Novo Mundo, dos chamados agora Treze Estados Unidos da América, que havia apenas cinco anos tinham se tornado independentes do Reino da Grã-Bretanha e estavam trabalhando para proclamar uma Constituição. Max explicou isso enquanto iam para lá sob a luminosidade esbranquiçada da Lua, pisando na neve recém-caída que soava como se caminhassem sobre bolachas crocantes.

Fazia frio, mas Nora se sentia como imersa numa paisagem mágica, como se estivessem os dois dentro de um peso de papel de vidro. Ela teria gostado mais de continuar passeando juntos, de mãos dadas, de se beijarem de novo, em vez de ir discutir coisas que, para ela, seriam óbvias, mas que custaria um mundo para que eles aceitassem; além do que tinha medo de que Max, que agora estava radiante, voltasse a chatear-se por algumas de suas opiniões, ou porque não havia formulado sua fala com o devido respeito. Prometeu para si mesma dizer o menos possível. Ver, ouvir e calar, apesar de que ela se conhecia o bastante para saber que isso de calar dependeria muito das bobagens que tivesse que aguentar.

Depois de uma hora e duas jarras de vinho compartilhadas entre seis, Nora, para todos, Leo, começou a esquecer do que tinha prometido a si mesma; além do mais, Max não parecia se importar que expressasse sua opinião diante de seus amigos, e isso a estimulou a ir participando com uma ou outra opinião.

Franz estava dizendo que os "americanos" (as aspas eram claramente audíveis quando pronunciava a palavra) deviam estar loucos de pedra, porque tinha ouvido que pensavam que os homens tinham direito a ser felizes e tinham escrito isso ao rei da Inglaterra na sua Declaração de Independência.

– Como é que a felicidade é um direito? – perguntava, claramente sem esperar resposta. As Escrituras Sagradas dizem bem claro que este mundo é um vale de lágrimas. Nós, homens, temos que ganhar o pão com o suor de nossa testa e as mulheres devem parir com dor. A felicidade, se existe, é o prêmio que teremos no céu.

– Eu também acho uma burrice ou, muito pior, uma frivolidade imperdoável – disse Ferdinand, que era suíço como Frankenstein.

– O mais provável é que não tenham escrito algo assim de verdade na Declaração de Independência – interveio Max. – As pessoas inventam todo tipo de despropósitos.

– Sim, é verdade que escreveram – disse Nora, quase mordendo a língua, ao perceber que já tinha falado e que os outros cinco a olhavam. Percebeu que era necessário dar algum tipo de explicação e continuou, improvisando feito louca. – O melhor amigo do meu pai é jurista, e eu escutei faz pouco tempo eles comentando sobre a Declaração de Independência dos Treze Estados. Se querem, posso citar o texto.

– De memória? – perguntou Friedrich, que estudava jurisprudência. – Bravo! Estamos esperando!

Para Nora, a coisa era muito fácil, porque sendo seu pai norte-americano e tendo vivido em Nova York durante a maior parte de sua adolescência, sabia de memória a frase concreta que Lincoln pronunciou em seu discurso de Gettysburg, ainda que isso fosse quase um século mais tarde. Tinha esperanças de que não fizessem muitas perguntas, mas, se ela simplesmente não mencionasse Lincoln, estaria tudo bem. Se lhe pedissem mais detalhes, lembrava ainda que o maior propulsor da independência foi Thomas Jefferson. Limpou a garganta, lembrou da frase inteira e foi traduzindo do inglês original:

– "Consideramos estas verdades como evidentes por si mesmas, que todos os homens são criados iguais, dotados pelo Criador de certos direitos inalienáveis, que entre eles estão a vida, a liberdade e a procura da felicidade." Assim que, como veem, por um lado é verdade, mas não estão loucos, porque o que postulam é que nós, seres humanos, temos direito não a ser felizes, isso seria realmente uma bobagem, mas sim a buscar nossa felicidade e a lutar por ela. Isso me parece perfeitamente razoável.

– Os "seres humanos", tu disseste, Leo?

– Óbvio. Ou você pensa que somente os homens têm direitos? – Apesar de saber que estava se metendo em terreno perigoso, Nora se deixou levar.

– Te referes a que os homens e as mulheres deveriam ter os mesmos direitos?

– Evidentemente.

Passou a vista por todos os rostos masculinos que a olhavam sem expressão.

– O que é que lhes parece tão estranho? – perguntou por fim.

– Nada, nada... – foram respondendo.

Franz levantou-se da mesa e se perdeu no fundo da taverna; Friedrich foi buscar o taverneiro para pedir mais vinho; Ferdinand começou a perguntar a Max e a Simon se sabiam algo das novas bulas que haviam sido autorizadas por Roma para comer carne durante a Quaresma e que pareciam mais razoáveis que as vigentes.

Nora estava a ponto de levantar-se para ir ao banheiro quando percebeu que era impossível. Não havia banheiro. Naquela taverna somente entravam homens e, quando tinham alguma necessidade, iam ao pátio e urinavam de pé, contra uma das paredes; já tinha percebido isso na última vez que tinha ido com Max comer em uma pousada. Teria que aguentar até que voltassem para casa. Não tinha planos de sair, abaixar a calça e agachar-se sobre a neve com medo de que aparecesse alguém a qualquer momento e percebesse que era mulher.

Depois de outra rodada, na qual ela deixou os rapazes falarem e não entrou com tudo quando debateram sobre o termo "igualdade" como o concebido nos escritos franceses que haviam chegado recentemente para eles, saíram para a rua bastante influenciados pelo vinho que haviam consumido. Simon e Ferdinand caminharam com eles durante algumas ruas e depois se separaram na altura da Moritzkirche.

– Sinto muito – disse Nora antes mesmo de que Max começasse a reprimir sua intervenção. – Eu me deixei levar, mas não aguento essa ideia de superioridade masculina, como se homens e mulheres fossem dois tipos distintos de animais.

– A verdade é que tu te saíste muito bem, Leo. O parágrafo que tu sabes de memória me impressionou. Não sei como podes conhecer tantas coisas.

– Você já vai ver... – brincou ela.

– Sabe de uma coisa? Não consigo parar de pensar em como é possível que Frankenstein tenha se convertido, na tua época, em um personagem conhecido não por suas conquistas científicas, mas pela sua atuação horrível com esse pobre ser.

– Quer que eu te conte o que sei sobre quem escreveu sua história?

– Com muito prazer.

As ruas estavam desertas, a neve, iluminada pela Lua, fazia a cidade brilhar, e era possível ouvir ao longe os golpes que o guarda noturno dava com seu cassetete contra as esquinas, o sino da Bela Nossa Senhora bateu às onze.

Nora tentou reunir todos os dados que tinha, que não eram poucos, porque Heike era uma grande admiradora de *Frankenstein*. E como precisamente em 2018 se cumpririam duzentos anos da publicação do romance, ela iria participar de um festival de música e fantasias que iria ocorrer no verão. A amiga tinha lhe contado mil coisas e agora só precisava resumi-las para Max.

– Olha só, há mais de duzentos anos, no verão de 1816 – o moço sentiu um calafrio ao perceber que o que ela contava como se fosse um passado remoto ainda era futuro para ele –, vários poetas ingleses viajaram de férias para o lago de Genebra na Suíça.

– O que são férias?

– Tempo de ócio – disse ela, sem alterar-se; já estava acostumando-se ao fato de que as coisas mais normais eram desconhecidas para Max.

– Dois deles eram famosos na sua época e agora são considerados os grandes poetas ingleses de todos os tempos: Lord Byron e Percy Bysshe Shelley.

– E certamente ainda nem nasceram, por isso eu nunca ouvi falar de nada – acrescentou ele, pensativo.

– Eram cinco no grupo, se bem me lembro: esses dois poetas, o secretário de Lord Byron, que se chamava Polidori, e duas moças que eram meias-irmãs: Claire Clermont e Mary Godwin.

– Suas esposas? Também poetas? – perguntou, surpreso.

– Não. As duas escreviam, mas principalmente contos e romances; e, naquele momento, as duas eram amantes dos dois homens: Claire, que estava grávida de Byron, e Mary, que tinha fugido com Shelley; depois, quando a mulher dele se suicidou, se casaram.

– Nora, eu te peço, não me contes mais sobre essas pessoas desprezíveis. Não desejo saber. Não me estranha nada que meu amigo tenha sido caluniado desta forma por essa gente sem princípio nem moral.

– Pode ficar tranquilo – disse Nora tentando ocultar seu sorriso. Para ela, parecia algo entre ridículo e singelo o puritanismo de Max, mas não queria que ele percebesse. – Quando Mary escreveu seu romance, ela já tinha se casado, era uma mulher respeitável e se chamava Mary Shelley. Ela inventou essa história porque aquele verão fez um tempo horrível; acontece que, do outro lado do mundo, no Oceano Pacífico, uma ilha vulcânica entrou em erupção e, durante um ano, toda a atmosfera do planeta esteve encoberta por uma fina camada de cinzas que ocultou o Sol e provocou frio e chuvas. O ano de 1816 é conhecido como "o ano sem verão". O caso é que eles estavam o tempo todo dentro de casa, porque não se podia sair para a montanha, nem passear de barco pelo lago, nem fazer piquenique. Ficavam lendo e contando histórias – estava a ponto de dizer que também passavam o tempo tomando o láudano, que era uma droga derivada do ópio, muito consumida nessa época, e praticando todo tipo de diversões sexuais, mas decidiu ficar calada para não escandalizar Max –, e, uma noite, Byron teve a ideia de cada um deles escrever uma história de terror, depois lê-la em voz alta e dar um prêmio para a que fosse melhor. No final, os únicos que escreveram algo foram Polidori e Mary. Ela escreveu *Frankenstein ou o Prometeu Moderno*, o romance que foi publicado em 1818 e que, hoje em dia, bom, quero dizer, na minha época, em 2018, continua sendo lido. Entretanto, ninguém sabe que Frankenstein foi uma pessoa real.

– Não pode ser casualidade que a senhora Shelley tenha escrito algo tão parecido com a realidade do meu amigo Viktor.

– Quem sabe? Talvez nesse verão de 1816 ela tenha sido apresentada ao Viktor Frankenstein real e ele tenha contado algo de sua história.

– Dentro de trinta e cinco anos.

Os dois se sentiram invadidos por um arrepio. Nessa data, ambos teriam mais de cinquenta anos. "Se ainda estivermos vivos", pensou Max, lembrando de seus pais que não chegaram a viver tanto.

Nora pegou a chave e entraram, tomando cuidado para não fazer barulho. Max achava incrível como tinha se acostumado tão rápido a estar com ela, a chegar em casa juntos, conversando sobre tudo o que é humano e divino. Como era bonito ter uma companheira em quem confiar tudo o que se passava na mente e no coração. Fazia tempo que não se sentia tão feliz. De fato, nunca na vida havia experimentado a sensação que tinha agora de estar completo quando estava com ela.

Pelo fato de não ter tido irmãos e devido ao seu caráter retraído voltado aos livros, sempre esteve sozinho e aprendera a desfrutar da solidão. No entanto, agora, quando pensava em ter que prescindir da companhia de Nora, algo dentro de sua alma se contorcia de pura dor e estaria disposto a qualquer coisa para evitar isso.

– Você se importa que eu experimente outra vez? – ela sussurrou, ao passar na frente da despensa.

Tinha a intuição de que tudo estaria da mesma forma, mas não podia deixar de tentar; então, passou na frente de Max, entrou no quarto e, com os braços estendidos, deu dois passos que a levaram até a parede do fundo. Girou e regressou, desta vez sem chorar.

– Nada?

– Nada.

Na escuridão quase total, ele a abraçou.

– Alegro-me – sussurrou ao seu ouvido. – Não suportaria ficar sem ti.

Beijaram-se com doçura. Uma vez, e outra, e outra.

– Anda – disse ela, separando-se um pouco de Max.

– Vamos subir.

Algo em sua voz deixou claro que Nora não falava em separar-se ou que cada um fosse a seus aposentos ao chegarem no primeiro andar.

– Tens certeza?

– Sim, claro que sim.

Subiram em um silêncio total, de mãos dadas, sentindo as batidas do coração.

– Espera. – Ao chegar ao patamar do primeiro andar, Max tornou a abraçá-la apenas um instante; depois ajoelhou-se, tomou a sua mão e, apesar de que mal podia vê-la, disse em voz baixa: – Tu me dás a honra de conceder-me tua mão? Serás a minha esposa, Eleonora?

Nora sabia que aquilo era uma loucura, mas não podia evitá-la porque, ainda que fosse absurdo ter se apaixonado por um rapaz duzentos anos mais velho e ter que viver em uma época na qual as mulheres eram praticamente propriedade dos homens, tinha que confessar a si mesma que era isso mesmo. Tinha se apaixonado como nunca em sua vida e não podia imaginar nada melhor do que estar com Max para sempre.

– Sim – sussurrou. – Eu me casarei com você; mas que fique claro que jamais vou jurar obediência a você. O restante, sim; obediência, não.

Ele ficou em pé, voltou a abraçá-la e a beijou delicadamente nos lábios, mas antes de que pudesse dizer qualquer coisa, a porta do quarto de Nora se abriu violentamente e a luz de um lampião feriu seus olhos, e então o ruído inconfundível de uma espada saindo da bainha fez com que Max abraçasse mais forte Nora e tentasse protegê-la com seu corpo.

Assim que se acostumaram com a luz, o que viram os deixou desconcertados: dois guardas, um sacerdote e um homem alto e forte, de cabelo e barba grisalhos, e sorriso de lobo, os contemplavam com diferentes expressões de nojo.

– Prenda-os em nome do rei e da Santa Madre Igreja! – quase gritou um dos guardas.

– Acusados de quê? – perguntou Max com enorme frieza.

– Não está evidente? De sodomia – respondeu o sacerdote com uma careta de desprezo. – Todos aqui presentes fomos testemunhas de vosso pecado. Dois homens abraçados na escuridão e a ponto de entrar em um dormitório!

– Há uma explicação – interveio Nora, soltando-se de Max.

– Não, Leo! Cala, eu te peço! Deixa que eu falo! – E virou para seus captores. – Sou o conde de Hohenfels e não suportarei que nem eu nem meu primo sejamos tratados como vilões. Exijo a presença do professor Weishaupt. Ele falará por nós.

O nome do famoso catedrático de direito canônico fez com que o rosto dos guardas e do sacerdote aparentassem um ligeiro respeito, mas não o do homem de cabelo grisalho, que continuava com o mesmo sorriso de lobo de quando os havia recebido, enquanto acariciava com um gesto malandro a empunhadura da adaga que trazia no cinto com o colete de couro que lhe cobria o torso e o chapéu de aba larga que lhe ocultava grande parte do rosto.

– Por ora, passarão a noite na prisão de guarda – disse o sacerdote. – Amanhã cedo os guardas vão falar com o professor. Depois veremos. Andando!

– Não pensais em dar-me nenhuma recompensa por haver apontado o pecado nefasto em nossa própria cidade? – perguntou o malandro.

– Vosso prêmio é a satisfação de ter feito o bem, meu filho. Ide com Deus.

O homem inclinou-se diante do sacerdote, varrendo o chão com a aba de seu chapéu, mas tanto Nora como Max viram que sua expressão não era precisamente submissa. Colocou novamente o chapéu, enrolou-se em sua capa e saiu antes que eles, lançando-lhes um olhar que os deixou confusos, uma mistura de diversão e perigo.

Quando desceram as escadas, Max aproveitou para sussurrar a Nora:

– Não digas a verdade, Leo. De forma alguma. Não suportarias o castigo. Confia em mim.

Um grunhido do guarda pôs fim às suas palavras.

Depois saíram à rua, ao frio e à neve, que já começava a endurecer.

· 9 ·

O LOBO APEOU-SE EM FRENTE À TAVERNA ONDE ESTAVA esperando por ele o homem que o havia contratado. Era uma espelunca encostada na muralha da cidade onde só frequentavam a escória e gente que fazia negócios entre mãos que não eram exatamente limpas. No entanto, ele tinha a vantagem de ainda estar dentro dos muros da cidade e de não precisar subornar os guardas para poder chegar à pousada de fora da cidade onde estava hospedado aquele patrãozinho, nem esperar até o dia seguinte para dar a notícia sobre o acontecido. O homem tinha muita pressa em saber o que tinha acontecido; Wolf esperava que ele tivesse a mesma pressa para lhe pagar. Desse modo poderia ir embora logo, rumo à Itália. Ele estava já há muito tempo na região da Baviera e começava a ser conhecido, o que não era nada conveniente, porque a força de alguém com a sua profissão se fundava, entre outras coisas, em ser o mais discreto possível.

O interior da taverna fedia a humanidade, a fumaça e a gordura, e a maior parte das velas já tinha sido consumida sem que ninguém tivesse pensado em repô-las, porque estava a ponto de fechar. Não havia mais do que quatro ou cinco bêbados cochilando nos bancos de madeira e um homem de mãos brancas com um bom casaco. O capuz com a borda de pele de raposa cobria o rosto quase inteiro, mas era evidente que se tratava do mesmo homem que o contratara.

Sentou-se em frente a ele sem esperar seu sinal, o que fez com que os lábios dele se contraíssem em um trejeito de raiva.

– Missão cumprida – disse sem sequer cumprimentar.
– Os dois passarinhos estão na jaula neste exato momento.

– Bom. E agora?

– Agora já não está mais nas nossas mãos. Com sorte, para a fogueira. Com menos sorte, açoitamento público. De todas as formas, ele ficará desonrado e, portanto, será desprovido de seus títulos e privilégios. O senhor não queria a destruição de vosso primo? Conseguiu.

– Eu estaria mais tranquilo se ele estivesse morto.

– Pode-se solucionar isso. A escolha é do senhor.

– Hummm... – O homem ficou pensativo, com a barba apoiada nas juntas da mão onde cintilava uma grande pedra preciosa.

– Por agora – continuou o Lobo – quero receber pelos meus serviços enquanto o senhor pensa se vai necessitar de alguma outra coisa.

– Receber? – O homem parecia genuinamente surpreso.
– Por que motivo? Tu és um simples assassino e não matou ninguém, que eu saiba. Por que teria que te pagar?

Wolf tirou a adaga com naturalidade, como se ela o tivesse incomodado ao inclinar-se, colocou-a sobre a mesa e olhou para ele.

– Eu sugeri como tirar da vossa frente esse rapaz sem correr o perigo de ser acusado de assassinato de um familiar. E também lhe avisei que teria um preço.

– Não me lembro – terminou de um só gole o vinho que tinha ficado no copo. – Eu te avisarei quando finalmente decidir se necessitarei dos teus serviços. Agora vou me retirar.

Colocou-se de pé, tirou algumas peças de cobre da sacola e deixou sobre a mesa, olhando desafiadoramente o Lobo, que não tinha mudado de expressão.

Assim que deu o primeiro passo em direção à saída, o assassino, rápido como um relâmpago, atravessou com sua adaga a capa do homem e a cravou na madeira do banco, o que o fez tropeçar; arrancou-lhe o abrigo dos ombros e o deixou de joelhos no solo, com uma expressão de perplexidade que parecia quase cômica. Em seguida, passou o braço pelo pescoço dele, inclinando-o para trás, perto do seu corpo.

– Meu dinheiro – falou Wolf no seu ouvido em voz baixa, quase suave. – Se o senhor não me pagar, não sai vivo daqui.

O homem deu uma olhada à sua volta: os bêbados roncavam, o taverneiro não estava, as velas estavam se apagando. Mordendo os lábios, começou a puxar os cordões do moedeiro, colocou a mão lá dentro e tirou uma moeda de prata. O Lobo sorriu. Com toda a fluidez, com um só gesto, arrebatou o moedeiro de couro e guardou debaixo do colete.

– Agora já pode se retirar, grão-senhor. A conta já está paga.

Tirou a adaga da madeira e, sem deixar de sorrir, rasgou o tecido até a borda de pele.

– Vossa capa. Arre! O senhor terá que mandar costurar, apesar de que tenho certeza de que o senhor terá hábeis costureiras a vosso serviço às quais também não deveis estar pagando o salário justo.

A ponto de explodir de raiva, mas sabendo que não podia enfrentar um assassino profissional, o homem jogou a capa sobre os ombros em silêncio.

– E não me procure para o próximo trabalho. Acabo de decidir que minha adaga já não está mais a vosso serviço.

* * *

No calabouço, Max e Nora estavam acorrentados ao muro, um ao lado do outro, mas longe o suficiente para que não se tocassem.

O nome do professor Weishaupt e o título esgrimido por Max não haviam sido suficientes para evitar as correntes, mas para permitir que tivessem um banquinho de madeira que, por um lado, os salvava de ter que sentar sobre as geladas placas de pedra e, por outro, permitia que ficassem com os braços a uma altura razoável. Se tivessem fechado as grilhetas estando sentados no solo, depois de meia hora a dor nos braços e nos ombros teria enlouquecido os dois.

A escuridão era quase total, apesar de que pela janelinha passava um pouco da luz da Lua, tão branca e gelada como a neve que cobria a cidade. O frio era terrível na cela.

– Quem é esse professor que você pediu para vir? – sussurrou Nora depois de um tempo, quando se convenceu de que estavam realmente sozinhos e, pelo menos naquele momento, iriam continuar assim.

– Uma eminência em direito canônico.

– E de onde vocês se conhecem?

Max mordeu os lábios.

– Não tenho liberdade para te contar.

Nora virou os olhos com irritação.

– Ele se chama Weishaupt, não? Adam Weishaupt?

– Sim.

– O grão-mestre dos *Illuminati*.

Se Nora tivesse visto com clareza a expressão de susto de Max, teria dado uma gargalhada.

– *Shiii!* – exclamou ele, olhando a porta da cela, alarmado. – Como tu sabes disso? Quem te contou? Tu não podes saber disso, e menos ainda sendo mulher. É um segredo. Só sabe quem é iniciado como eu.

– Você sempre esquece de onde eu venho.

– Mas... mas... como?

– Eu estudo na Universidade de Ingolstadt, de modo que, antes de eu me matricular, entrei no site... Bom, as informações gerais sobre a história e o que é mais relevante sobre a instituição que eu queria cursar. Assim, eu soube da existência dessa Ordem, de várias outras coisas mais e também que, dentro de alguns anos, será dissolvida.

– Não é possível.

– Se me lembro bem, em 1784 ou 1785. Dentro de três ou quatro anos. Mas agora o mais importante é o que vamos fazer e por que não posso simplesmente dizer que sou uma mulher e que estamos comprometidos.

– Porque o castigo por usar roupa de outro sexo é uma pena de açoitamento, com cassetetes ou com látegos, aos quais tu não sobreviverias, além do escárnio público. De todas as formas, assim que eu conseguir me encontrar com o professor, eu vou explicar a situação e faremos o que ele nos aconselhar. Talvez a pena não seja tão terrível aqui na Baviera, ou talvez ele tenha uma solução melhor.

– E se nos condenarem por sodomia, o que pode acontecer?

– Seremos queimados vivos em praça pública.

– Por sermos homossexuais? – Nora estava escandalizada.

– Nunca tinha ouvido essa palavra, mas sim, esse é o castigo quando dois homens têm relações... íntimas.

– Que grotesco!

– A Igreja Católica considera que não há pecado pior.

– Pois então vamos parar com essa bobagem. Prefiro ser açoitada do que queimada.

– Esperemos por Weishaupt.

– E se ele não vier?

– Virá. Não é só uma questão privada. Está claro que alguém quer destruir nossa loja ou talvez até nossa Ordem.

– Quem?

– Os jesuítas, os maçons, os Rosacruzes, os da Irmandade da Rosa... há muitas possibilidades. Temos muitos inimigos. Já mataram um irmão nosso, Frankenstein está desaparecido, tentaram me matar, e agora isso. Não pode ser casualidade.

– Todos vocês são da mesma loja?

– Sim.

Ao escutar um barulho de correntes no corredor, ambos fizeram silêncio, mas ninguém abriu a porta, então suspiraram aliviados. Moveram os braços e os ombros para aliviar a dor que começavam a sentir, na intenção de se aquecerem. Em seguida, voltaram a ficar quietos.

– Posso te fazer uma pergunta? – disse Max, em voz muito baixa depois de um tempo, quando Nora estava quase dormindo, com a cabeça apoiada na parede.

– Óbvio – respondeu, adormecida.

Ele pigarreou várias vezes antes de falar.

– É verdade que tu terias te entregado a mim antes, em casa, mesmo que não estivéssemos casados ainda?

Nora sorriu na escuridão, contente por ele não poder vê-la.

– Sim, Max.

– Por quê?

Ela sabia a resposta e, no entanto, não conseguia decidir qual era a melhor maneira de formular, então acabou decidindo pelo modo mais simples e, provavelmente, o mais sincero.

– Porque eu te amo.

– Ah! – Houve um silêncio no qual ele tentava organizar na sua mente toda a informação, fazendo um esforço para não julgá-la como o faria se fosse uma mulher da sua própria época. Ela era tão clara, tão direta... Não deveria saber que uma jovem nunca diz "te amo" se antes isso não tivesse sido dito pelo homem. A pobre Nora era tão inocente, que, se não tivesse topado com ele, qualquer pessoa poderia se aproveitar dela e destruir sua reputação. Por um feliz acaso, ele estava disposto a protegê-la a todo custo, de modo que acabou dizendo:

– Eu também te amo, Nora, mas eu gostaria de fazer as coisas mais devagar, como devem ser. Não quero te machucar.

– Eu... confio em você, Max – disse ela, sabendo que era o que ele mais necessitava naquele momento. – Sei que posso confiar em você. E agora... me deixe dormir um pouco, por favor.

– Vou te tirar daqui do jeito que for, Nora. Eu juro.

* * *

Sanne acordou cedo. Pela primeira vez na vida ela não tinha nada concreto para fazer, então voltou para se espreguiçar na cama (a melhor cama da sua vida) e tentou dormir de novo. Uma luz cinzenta entrava pela janela. Pensou que a cidade deveria estar toda nevada devido ao barulho surdo que faziam os cascos da cavalaria. Tinha a ponta do nariz gelada e as orelhas bastante frias, apesar da touca, mas debaixo da coberta estava quente, tanto que ela não tinha vontade de sair dali. Ela poderia acordar mais tarde, subiria ao laboratório e começaria a preparar algo para o almoço; talvez umas lentilhas com verdura e um pouco de presunto defumado que Sua Excelência lhe havia mandado comprar.

Ela teve muita sorte, sobretudo com o mais jovem dos primos, que tinha se tornado seu protetor. Esperava que sua ajuda durasse os meses necessários para poder ter seu filho em paz; depois veria como continuar. Se dependesse de sua vontade, ficaria com o bebê, apesar de não acreditar que fosse possível. Ninguém queria ter a seu serviço uma mãe solteira, ninguém gostaria de se casar com uma moça que iria ter um filho de outro. Teria que deixá-lo em um convento ou, se tivesse sorte, ficaria com algum casal sem filhos que o criaria como se fosse seu.

Como todos os dias, ela disse a si mesma que era uma tonta um monte de vezes seguidas por ter acreditado nas promessas daquele senhorzinho que agora não queria saber nada dela nem da criança que iria nascer, seu próprio filho. Como os homens podiam ser tão cruéis? Dar a vida e negar-se a cuidar e proteger. Nem os animais tinham índole tão má.

Entretanto, era a mesma coisa que tinha feito o estudante Frankenstein: dar a vida e abandonar a criatura à sua própria sorte. Desprezível.

Sanne sentia bastante pena daquele ser monstruoso, mas como não tinha sido ela quem o criara, não tinha nenhuma obrigação com ele. No entanto, sentia-se mal por ser tão má cristã e não lhe oferecer ajuda.

Apesar de estar muito bem debaixo das cobertas e do frio que fazia lá fora, ela se levantou, se vestiu depressa, quase tremendo, e, depois de lavar o rosto e as mãos na bacia, tirou o urinol debaixo da cama, cobriu-o com o avental e levou-o até a janela da escada para esvaziá-lo no pátio. Certificou-se de que não tinha ninguém lá embaixo e verteu seu conteúdo o mais próximo que conseguiu da parede. Guardou-o de volta debaixo da cama e, reunindo toda a sua coragem, subiu as escadas disposta a oferecer ao monstro algo para o café da manhã, chamando-se de estúpida por dentro. Era a única vez que ela não tinha mil coisas para fazer, apenas se levantar, e que não tivesse ninguém lhe gritando nem chamando-a de preguiçosa! Enfim, ela não podia evitar. Estava claro que tinha nascido para trabalhar e, além disso, já estava com fome.

Abriu cuidadosamente a porta, desejando que ele estivesse dormindo, para poder comer seu pão velho com tranquilidade; ainda sobrava um pouco de manteiga com torresmo, e lhe dava água na boca só de pensar.

Jogado na frente da lareira apagada, o estranho ser jazia envolvido numa capa e coberto por uma manta que ela não tinha visto nunca; pelo menos parecia estar dormindo. O laboratório estava ainda mais frio que o dormitório de onde vinha; quase teria preferido sair para a rua onde o ar deveria ter cheiro bom, mas tinham dado ordem para que ela saísse o menos possível, e ela não pensava em desobedecer. Quando chegassem os senhores, ela lhes pediria permissão para ir à missa; neste momento, não havia mais remédio que permanecer ali mesmo.

Não foi a primeira vez em sua vida que Sanne pensou o quão maravilhoso seria saber ler e poder sentar na poltrona, bem enrolada no cobertor, e ler um livro que lhe contasse coisas de lugares distantes e as aventuras que viveram os heróis, para além das muralhas de Ingolstadt, mas ler era um luxo reservado aos nobres e a alguns burgueses, e quase não havia mulheres, por mais damas que fossem, que soubessem ler.

Começou a roer o pão velho com manteiga sem tirar o olho da lareira e do vulto que jazia em frente. Poderia tentar se aproximar, ajoelhar-se e fazer um fogo, ainda que fosse pequeno, para não morrer de frio, e que depois serviria para ir preparando a comida? Ou seria muito cedo e gastaria demasiada lenha? E se despertasse o monstro? Não queria ter que olhar para ele, não queria que ele falasse com ela; sentia medo de estar com ele sem ninguém mais por perto, ainda que, no dia anterior, ela tivesse percebido que, apesar de seu horrível aspecto, o monstro era um homem educado.

De qualquer forma, Sanne vinha há tanto tempo servindo em uma taverna onde frequentavam estudantes e professores, que sabia muito bem que isso não significava muito. Havia muitos homens educados que tratavam as mulheres pior do que os animais e pensavam que tinham direito a tudo, só porque eles eram homens, e ela não tinha ninguém para defendê-la.

Depois de um tempo, entretanto, quando já não sobrava nada para roer, ela se levantou da cadeira e foi se aproximando aos poucos da lareira, cuidando para não fazer barulho sobre o chão de madeira. Acabava de decidir que faria esse fogo. Com certeza o monstro também gostaria de um pouco de calor, e os senhores o tratavam com bastante consideração, o que queria dizer que eles não se aborreceriam se percebessem que ela teria usado mais lenha do que era estritamente necessário para fazer a comida.

Rodeou o monstro, se ajoelhou em frente à lareira e começou a armar a construção de troncos que melhor garantiria um fogo constante e duradouro. Sanne acendeu e ficou olhando, feliz, percebendo o calor na sua cara.

De repente, sem saber como, duas garras a levantaram pela cintura e ela se viu jogada por cima do homem, olhando seus olhos de cores diferentes e as terríveis olheiras quase pretas. O hálito tinha um cheiro horrível de vinho barato e vômito. Deveria ter ficado bêbado na noite anterior.

– Ora, ora – disse com voz grossa. – Que boa forma de começar o dia! Uma pombinha veio me acordar. A primeira coisa boa que acontece para mim depois de séculos.

Ela começou a chutar, lutando para se soltar das garras que a seguravam e tinham começado a passear pela parte de trás do seu corpo.

– Me solta, me solta! Tu estás me machucando. Me deixa em paz! Vou gritar! Vou gritar até que venha alguém!

O monstro começou a rir.

– Aqui? Quem vai vir aqui, estúpida? A caseira? Para salvar a uma qualquer que já sabe o que é um homem, apesar de ser solteira? Não me faças rir... Tu fizeste muito bem em acender um fogo, assim tu vais passar menos frio quando eu te deixar nua.

A ponto de começar a gritar, o monstro girou sobre si mesmo e Sanne ficou esmagada pelo seu enorme peso. Apesar de todas as coisas horríveis que ele poderia lhe fazer, a única coisa que ela pensava era "que não tente me beijar, por favor, que não me beije", misturado com "que não machuque o meu menino". Ela sacudia a cabeça de um lado para o outro e, quando quis gritar, a mão esquerda do monstro, a grande, chocou contra a sua boca, fazendo-a sangrar.

– Fica quieta, pimentinha. Ninguém vai te salvar daqui. E tu já sabes que não é assim tão ruim. Se tu ficares quieta, terminaremos o quanto antes e eu não terei que bater em ti.

– Nãoooo!!! – conseguiu gritar.

Por que não vinham os senhores? Por que não se abria logo a porta com os primos, tão elegantes e bonzinhos? Por que a tinham deixado sozinha com um monstro, pensando que, só porque em outra vida ele tinha sido um catedrático na universidade, agora era uma boa pessoa?

A outra mão do monstro se aferrava ao tecido da sua saia, tentando levantá-la. Sanne continuava se debatendo, arranhando tudo o que podia, gritando quando a mão que lhe tampava a boca deixava um mínimo espaço. Ela pensou que ele poderia matá-la, mas naquele momento dava na mesma. Só queria se defender até onde pudesse.

O monstro começou a grunhir, como se estivesse lutando também por dentro contra algo que o incomodava profundamente. De repente, ele se virou, saindo de cima dela como se alguém tivesse dado um empurrão, apesar de que não tinha mais ninguém lá.

Ela aproveitou para ficar de pé enquanto ele ficava se debatendo no chão, grunhindo e se mordendo, com os olhos revirados. Sanne tinha visto uma vez, na taverna, um homem que teve um ataque e que saía espuma pela boca. Agora o monstro estava sofrendo algo similar, e ela não pensava em colocar um graveto entre os seus dentes, como tinha visto os estudantes de medicina fazer com o homem na taverna. Se ele mordesse a própria língua, melhor.

Com as costas grudadas na parede, ela foi deslizando até a porta sem tirar o olho do ser que se retorcia no chão, tentando se colocar de pé sem conseguir.

– Saia já daqui! – ela o ouviu dizer, como se falasse consigo mesmo. – Me deixe, demônio!

Sanne se benzeu, com os olhos a ponto de sair das órbitas pelo terror. Aquele ser estava possuído por outro pior! Frankenstein tinha animado um cadáver, colocando no seu interior um diabo! Por isso ele a tinha atacado daquele modo! Tinha que ir procurar os senhores, contar o que estava acontecendo. Já não podiam ficar ali e dissimular o que fizera aquele estudante. Por isso ele tinha ido embora! De puro terror pelas consequências dos seus atos.

Chegou até a porta, abriu e deu uma última olhada para dentro. O monstro tinha conseguido se colocar de joelhos e agora, de repente, de modo incompreensível, olhava para ela com uma expressão totalmente distinta em seu horrível rosto. Uma expressão que poderia chamar de doce.

– Sanne! Fuja! – disse, com uma voz distinta a que ela conhecia. – Fuja e não volte sozinha!

Em seguida ele se derrubou de novo sobre o tapete e ficou imóvel.

Sanne fugiu pelas escadas, confusa e aterrorizada.

* * *

Max e o professor Weishaupt estavam há duas horas reunidos em uma sala da municipalidade, dois andares acima do calabouço onde haviam estado detidos o estudante e Nora, quando entrou um guarda, inclinou-se até o ouvido do catedrático e sussurrou algo.

– O senhor conhece uma moça chamada Sanne? – perguntou o professor a Max.

– Conheço. É uma criada minha. Deve ter ficado sabendo do meu problema e veio ver se necessitamos de alguma coisa que ela possa trazer.

– Parece que ela é algo mais do que vossa criada... Não tenho que fazê-los lembrar do juramento de não faltar jamais com a verdade. – A expressão do professor era severa.

– Não sei o que o senhor quer dizer, doutor.

– Pelo que acaba de me contar o guarda, a moça... acaba de confessar que espera um filho do senhor.

Max ficou desconcertado.

– Ela está mentindo.

– O senhor tem certeza?

– Óbvio que tenho certeza.

– Às vezes, o senhor sabe, uma noite de bebedeira... uma aposta entre camaradas... um momento quando se está cansado de estudar, e a menina vem trazer a comida...

– Não. Nunca. Quem o senhor pensa que sou?

– É muito comum entre os estudantes. E mais ainda se são ricos e nobres.

– Não.

Ficaram calados por alguns segundos se olhando até que o professor abaixou a vista.

– Além disso – continuou Max –, acabo de confessar que amo Nora e vou casar-me com ela.

– Isso não é um obstáculo. O senhor não seria o primeiro.

– Nunca estive com uma mulher, doutor. É uma pena que, nos homens, um médico não seja capaz de comprovar sua virgindade, assim como acontece com as mulheres. Adoraria submeter-me à prova. Acolhemos esta mulher por pura pena; de fato foi Nora quem me convenceu a ajudá-la. Sei quem é o pai, ainda que não venha ao caso: um colega de curso que, se não estou equivocado, é membro da Irmandade da Rosa.

– E por que diz a moça que a criança é do senhor?

– Não faço ideia.

Weishaupt guardou silêncio enquanto acariciava o queixo e mordia os lábios, concentrado em seus pensamentos.

– É possível que esteja tentando ajudá-los – disse por fim. – Se é uma moça agradecida e de bom coração, pode ter pensado que, dizendo que está esperando vosso filho, fica suficientemente claro que a acusação de sodomia é falsa. O senhor crê que ela seja capaz disso?

Max pensou por um instante e concordou. Ainda que Sanne não fosse tão esperta nem tão atrevida como Nora, ele achava que ela seria capaz de ter pensado desse modo.

– Pois não é má ideia... – continuou o professor. – Não tem nada de estranho que um jovem abastado se divirta um pouco com uma criada, apesar de estar comprometido; isso não afetará sua reputação. O que é importante é deixar claro que o suposto primo Leo é uma mulher.

– E que castigo pode-se esperar por vestir-se de homem?

– Na Baviera, pouca coisa. Uma multa e uma advertência.

– Em Salzburgo seria açoitamento público.

– Salzburgo é um Principado-Arcebispado. As leis são diferentes e algumas muito cruéis. Aqui, assim que possamos provar que Eleonora é uma dama, não deve sofrer consequências, ou algo muito leve. Teremos que dizer que estavam apaixonados em segredo, que ela veio encontrá-lo para resolver o casamento e que... Não sei. Como justificamos que de repente se vista de homem?

– Poderíamos dizer que fizemos isso para que, neste momento, ela pudesse morar na mesma casa que eu, de maneira que eu estivesse em posição de protegê-la até que se realizasse o casamento e pudesse apresentá-la oficialmente como minha esposa.

– Assim o faremos. – Weishaupt sorriu por fim. – E assim que o senhor conseguir sair daqui, peço que abandone Ingolstadt o quanto antes. Aqui o senhor não está seguro. Investigaremos o caso do *minerval* apunhalado, da tentativa de assassinato e do desaparecimento de Prometeu, mas enquanto isso vou me sentir mais seguro se o senhor for para casa.

Prometeu era o nome que Frankenstein havia escolhido para tomar parte da Ordem dos Illuminati, assim como Max era chamado pelo nome Chronos. Escolher um codinome garantia o anonimato.

– O senhor poderá continuar seus estudos em Salzburgo, apesar de que neste momento há muitas tensões com a

Baviera pelo controle da universidade, e se tudo sair como eu espero, no próximo ano letivo o senhor poderá regressar, já com vossa esposa, se assim desejar, ainda que meu conselho seja de que a deixe em casa. Para este momento, certamente ela já estará grávida e para o senhor será muito mais produtivo estudar sem ter que se preocupar com uma dama.

Quando abandonaram a sala onde tiveram a conversa e desceram até o pátio principal, Sanne os esperava sentada em um banco de pedra, esfregando as mãos para aquecê-las. Levantou-se imediatamente e cumprimentou-os com uma reverência.

– O que tu estás fazendo aqui? – perguntou Max.

– Não me deixaram esperar lá dentro, Excelência. – Enfiou a mão em algum lugar entre o avental e a saia e tirou um papel. – Trouxeram isto para o senhor. Entregou-me vossa caseira quando eu saía da casa de Herr Frankenstein.

Weishaupt suspirou com alívio. A moça era educada e digna. Não haveria nenhum escândalo. Agora a levariam para tomar declaração e em algumas horas tudo estaria resolvido.

– Vou buscar Eleonora e ver se já chegaram as religiosas que vão examiná-la.

– É necessário fazer com que ela passe por essa vergonha? – perguntou Max, aborrecido.

– Pior seria se ela tivesse que desnudar-se na frente do juiz, não acha?

– Efetivamente. Confio no senhor, doutor.

Deixando Von Kürsinger e Sanne no pátio – ele, lendo a carta que acabara de receber, e ela, novamente, sentada no banco –, Weishaupt dirigiu-se para a sala onde Eleonora estava esperando, ainda vestida de homem; porém, antes de chegar, virou-se para trás.

– Moça! Tu sabes como conseguir roupa de mulher?

– A roupa da Nora está no seu dormitório, na casa onde ambos temos os quartos alugados – disse Max, afastando da vista a carta.

– Pois então corre até lá e busca rápido.

Sanne olhou para um e depois para o outro, sem saber bem o que pediam a ela.

– É um vestido amarelo, uma bolsa, a peruca... não sei bem – ajudou Max. – Tu vais encontrar tudo rápido, é tudo o que ela tem.

– Mas... mas... quem é a mulher?

– Oh! – Max acabara de perceber que Sanne não tinha nem ideia de como estavam as coisas. – É a minha prometida, Nora. Tu a conheces como Leo.

* * *

Em um pequeno dormitório quase vazio, com exceção de um grande crucifixo de madeira escura, uma mesa e duas poltronas, Nora, com os braços cruzados bem apertados, passeava como uma fera enjaulada, cinco passos para um lado, cinco passos para outro, há bastante tempo, sem que ninguém se aproximasse para dizer o que estava acontecendo.

Desde que a separaram de Max sem dar explicações, havia passado já por todas as fases de medo, terror, desespero, choro e, agora, felizmente, pouco a pouco, uma certa indiferença que poderia ser por esgotamento, fome e frio.

Após dois toque educados na porta, um cavalheiro de peruca branca vestido de cinza adentrou no dormitório. Adam Weishaupt, o mesmo que ela conheceu ao acessar o site da Universidade de Ingolstadt, só que agora em carne e osso, e bastante mais jovem do que parecia nas gravuras antigas, ainda que igualmente feio.

Sentaram-se nas duas poltronas. Depois de Adam beijar a sua mão, só ele falou, explicando o que tinham decidido para o futuro próximo.

– Então... agora tenho que passar por um exame para demonstrar que eu sou mulher.

– Sim, senhorita.

– Um médico?

– Não, meu Deus! Sois uma dama! Duas religiosas, da congregação das Irmãs da Ordem de Santa Clara, farão o exame atrás de um biombo, na presença do juiz. Somente elas poderão ver vosso corpo.

Ela esteve a ponto de ter um ataque de riso. Naquele momento, estava disposta a desnudar-se diante de meio mundo se isso lhe garantisse a liberdade, mas sabia que Weishaupt esperava que ela se mostrasse agradecida e por isso abaixou a vista e disse:

– Eu vos agradeço, professor.

Ela não disse que dentro de muito pouco tempo a Ordem que ele havia fundado seria proibida e seus membros estariam dispersos por toda a Europa. Talvez mais adiante, quando fosse a ocasião, diria que, graças a muitas de suas ideias, a antiga ordem acabaria sendo subvertida pelas revoluções que eclodiriam uma depois da outra, imitando a francesa, para a qual só faltariam oito anos. Mas agora não era o momento adequado; tinham outros problemas mais práticos e urgentes.

– Vinde, Eleonora. Logo a senhorita recuperais vosso sexo e vossas roupas.

"Gênero", pensou de modo automático, "o que vou recuperar é meu gênero; o sexo não foi perdido nem modificado."

Seguindo Weishaupt, saiu ao pátio e entrou em outra sala, desta vez uma enorme, que se encontrava no final do corredor. O medo não a deixava respirar. Lá, um homem vestido com uma toga negra e uma grande peruca branca, escoltado por dois guardas, escrevia algo com uma pena de ave em um papel amarelado.

Quando eles entraram, os três ficaram olhando-a de um modo que a fez enrubescer. Era evidente que eles estavam interessados particularmente nas pernas que as calças marcavam com toda a clareza e que também tentavam distinguir seus seios através da camisa e da jaqueta. Por sorte era inverno e a capa cobria toda a parte posterior. Não queria nem imaginar como eles teriam olhado para o traseiro bem definido pelas roupas masculinas.

– Vamos terminar logo – disse o juiz de mau humor. – Tenho coisas mais importantes para fazer do que me preocupar com as fantasias de uma menina mimada e imprudente.

Dois pigarros simultâneos fizeram com que ela olhasse para trás. No fundo da sala, duas freiras vestidas com hábito marrom e véu corneta branco, com as mãos ocultas nas mangas e o olhar para baixo, esperando ao lado de um grande biombo de pergaminho.

Ela passou para trás e, antes de que alguém pedisse, começou a tirar as roupas. Primeiro havia pensado em ficar com o sutiã e a calcinha, mas em seguida percebeu que essas peças não formavam parte do vestuário normal da época, sobretudo as calcinhas, e decidiu tirá-las com a calça. Felizmente, o sutiã era daqueles que abrem na frente e também pôde se livrar dele com a camisa.

As duas freiras olhavam sem expressão, com as bochechas vermelhas, como se o fato de ver os seios de outra mulher fosse algo espantoso. Nora percebeu como, cumprindo com seu dever, as duas passaram os olhos pelas genitálias para ter certeza de que não havia lá nada que não pertencesse a uma fêmea.

– Irmãs! – proclamou o juiz. – Vós estais bem seguras de que não há engano?

– Vós podeis... abrir um pouco as pernas? – pediu uma delas com um fio de voz.

Nora fez o que lhe pedia, e a religiosa, totalmente atormentada, se abaixou um pouco para olhar se não tinha nada oculto.

– Já podeis vestir-se – disse a outra, assinalando uma cadeira que Nora não tinha visto ao entrar, onde repousavam suas roupas, as que ela tinha alugado no teatro num tempo que parecia incrivelmente distante, quando pensava que tudo aquilo seria uma aventura divertida.

Ela fez o que lhe pediam e só ao colocar aquelas peças voltou a perceber o frio que fazia na sala. Com a pele arrepiada, sentia que estava a ponto de desmaiar de fome e esgotamento. Tinha dores terríveis nos braços e nos ombros, por causa das malditas grilhetas, e a sensação de estar a ponto de pegar um resfriado.

As freiras a ajudaram a sair de trás do biombo porque, de repente, ela se sentia tão fraca, que pensou que suas pernas não a sustentariam.

Os olhares dos homens a arrebataram outra vez. Nunca, em toda a sua vida, ela havia se sentido como um pedaço de carne. Era asqueroso.

Nora aguentou como pôde o discurso do juiz e sua advertência, enquanto Weishaupt recebia o documento que a liberava. Em seguida, apoiada no braço do jurista, ela saiu da sala a pequenos passos, como deveria fazer uma mulher, e, assim que chegou ao corredor que dava no pátio, deixou-se cair no primeiro banco e desabou a chorar.

* * *

Querido amigo:

Escrevo-te a toque de caixa, a caminho da minha amada Genebra, de uma pousada onde vamos passar a noite. Quero que esta carta saia com a Mala-Posta ao amanhecer para que chegue o quanto antes, de modo que é possível que eu não tenha tempo para dormir, mas é absolutamente necessário que estas linhas cheguem a ti rapidamente, porque eu temo que tu estarás gravemente preocupado e não há nada mais longe de minha intenção do que ser causa da tua angústia.

Sei que o que eu fiz é imperdoável e não tentarei dar justificativas do meu comportamento, mas sim uma explicação que tu mereces mais do que ninguém.

Há quase quatro anos comecei a fazer experiências com cadáveres de animais e meus pequenos progressos foram confirmando que existia uma possibilidade – remota, porém real – de atingir o maior sonho da Humanidade: devolver a vida à matéria morta.

Tu me conheces bem e sabes o quanto eu sofri desde criança a perda da minha querida mãe; não é algo que tu ignores. Sei perfeitamente que tu, infelizmente, compartilhaste deste terrível sentimento de impotência quando a pessoa que mais ama no mundo perde a centelha vital e, ainda que seu corpo continue presente, sua alma já não está lá para iluminar seus olhos nem acender seu sorriso.

Creio que foi precisamente essa dolorosa experiência que me levou, desde muito pequeno, a me interessar pela química e pela medicina; suponho que de ti se poderia dizer o mesmo, apesar de que no teu caso há um grande componente de empatia e compaixão com quem sofre, enquanto que as minhas paixões me levaram mais para a experimentação e o descobrimento, deixando de lado os doentes concretos.

Nestes últimos dois anos, eu avancei de um modo que quase poderia chamar diabólico, se não fosse porque nem tu nem eu acreditamos no diabo. Lembrarás que, em uma ocasião, um dos professores franceses que veio dar umas conferências nos falou sobre os experimentos de Von Guericke, do século passado, depois continuou com as pesquisas que estavam sendo produzidas na Universidade de Leyden e terminou com o postulado de Franklin, de que as nuvens estão carregadas de eletricidade e os raios com descargas elétricas.

Durante um tempo, eu estive mexendo com a ideia de produzir uma descarga para reanimar o cadáver e cheguei inclusive a ter certo êxito nos experimentos com rãs, porém, logo percebi que este não era o melhor caminho e, então, comecei a trabalhar quimicamente.

Não posso me estender; somente te direi que chegou o dia em que eu consegui sintetizar um elixir no qual eu tinha grandes esperanças. O problema era fazer chegar o líquido até o interior do cadáver que eu queria reanimar. Por sorte, certos escritos vieram ajudar-me e finalmente encomendei e consegui uma agulha oca e um aparelho com um cilindro que conteria o elixir, que depois seria injetado no corpo mediante um êmbolo.

O resultado pode ser apreciado em ti mesmo. O que eu não pude explicar e não me deixa dormir é como as veias e as fibras fissuradas puderam voltar a se soldar de maneira que todo o organismo funcione como se nunca tivesse sido danificado. Seria muita soberba pensar que o líquido que eu consegui sintetizar tenha, além da propriedade de devolver a vida, ou evitar o trânsito da alma, como preferes chamar, a incrível capacidade de consertar e vedar tudo o que ficou destruído no corpo. Conduzi vários experimentos a respeito disso, entretanto ainda não pude tirar nenhuma conclusão.

O que eu consegui sim – Deus me perdoe – é dar de novo a vida, não ao cadáver de um semelhante, mas a um obsceno ser construído com pedaços de outros cadáveres. Posso dizer, por descarga de consciência, que nunca foi minha primeira intenção. Estive muito tempo esperando uma ocasião para roubar um cadáver recente, se fosse possível de um enforcado jovem ou de um homem que tivesse sofrido um ataque do coração, com a esperança de que o restante do corpo estivesse em perfeitas condições. Assim, quando por fim eu consegui o corpo que ambicionava, depois dos dois dias de exposição ao escárnio público, o resultado foi que o carrasco de quem eu havia comprado o cadáver me trouxe um quase esquartejado: sem a cabeça, uma só mão e sem alguns dedos de um pé.

Consegui reunir o que eu necessitava e inclusive pude levar ao meu laboratório uma cabeça nova, a de um homem que havia morrido de febres e que faltava uma orelha, ignoro o motivo.

Tudo aquilo estava me destruindo, Maximilian. Sei que tu suspeitavas e eu gostaria de ter contado, porém sei que tu tentarias ou me dissuadir dos meus projetos, ou ajudar-me a executá--lo, e eu não podia permitir nenhuma das duas coisas. Temia por tua alma, me compreendes? A minha já havia dado por perdida.

Não acredito no diabo, é certo, mas sei que há um castigo para os que se esquecem da condição humana e, ainda que seja por um breve tempo, acreditam que são deuses. O Purgatório me espera. Talvez o Inferno, que seguramente não será um lugar cheio de demônios com cornos, mas sim um vazio, uma solidão, uma au-sência... o total distanciamento de Deus para toda a eternidade.

Sei que um homem cabal teria enfrentado as consequên-cias de seus atos, mas eu não pude, amigo meu, não pude. Quando aquele ser começou a se mover, o pânico que eu senti foi de tal magnitude, que pensei que meu coração deixaria de bater no ato. Deveria ter deixado mesmo!

Não pensei, não refleti, não decidi. Saí do meu laboratório como alma que leva o diabo, sem confiar-me a ninguém, sem bagagem, sem meus remédios nem instrumentos, tratando só de colocar a maior distância possível entre mim e aquele espantoso ser que, na minha soberba, eu havia construído.

Espero que tu não tenhas encontrado com ele, porque é grande e forte, e ignoro completamente o que há dentro de sua mente. Fique longe dele, Maximilian, e se podes, trate de matá-lo ou, melhor ainda, procure alguém que o mate. Essa abominação não merece viver, e não somente porque se trata de um ser criado artificialmente por um aprendiz de bruxo como eu fui, mas por ser algo ainda pior. Tenha certeza, amigo meu, que só de pensar em confiar ao papel o que eu vou te dizer agora me tremem as mãos.

Necessitei fazer uma pausa e tomar uns goles de aguardente para continuar.

Nestas horas que passei na diligência, bebendo e pensando, me passou pela cabeça algo ainda mais monstruoso: cheguei à conclusão de que a criatura que, para minha desgraça, eu criei, poderia ter duas almas reunidas naquele enorme corpo.

Todos ignoram qual é a sede da alma e, na falta de melhores ideias, nos conformamos pensando que a personalidade de um indivíduo tem que residir no cérebro. Será por que é o maior órgão? Será por que ainda não sabemos bem quais são todas as suas funções? Possivelmente. Mas... eu me pergunto... e se o cérebro fosse só o motor e a alma estivesse dividida por todo o restante do corpo, ou tivesse a propriedade de mudar de sede quando quisesse? Neste caso, poderia ser que, ao transplantar um membro ou um órgão de um ser a outro, fosse também a alma, a personalidade de cada ser humano, a que migraria com ele.

Essa ideia não me dá trégua, querido Maximilian. Porque, se fosse assim, agora terias que enfrentar um monstro de um só corpo, mas com duas almas confrontadas por seu domínio. E não me refiro aos impulsos bons e maus que convivem em todos os seres humanos, senão a algo pior, muito pior.

Não sei se estou delirando. Tomara que seja só pesadelo meu! Não houve nunca um homem sobre a Terra que tenha feito tanto mal como eu, apesar das minhas boas intenções. Peço-te perdão do fundo do meu ser.

Fiz bem em escolher o nome de Prometeu. Também ele, como eu, tentou presentear os homens com algo roubado do céu para melhorar suas vidas. Também ele foi castigado.

Imploro-te, amigo meu, que, assim que for possível, passes pelo meu laboratório para deixar bem guardadas duas coisas: uma, a maleta grande e bojuda que encontrarás no armário escondido, à direita da lareira; a outra, a caixa de madeira cheia de frascos que ocupa o lugar central na estante. Ali está também o aparelho de injeção e as duas agulhas ocas. Se não estiverem onde indico, procure e guarde, eu te imploro.

Na maleta deveria estar também um bom maço de papéis, anotações minhas nas quais eu documentei todo o processo. Não quero que se percam, mas, sobretudo, não quero que caiam em mãos de gente sem escrúpulos. Podes destruí-las se quiseres, mas não as deixe ao alcance de ninguém.

Isso é tudo.

Se ainda desejas me ver, tu me encontrarás na casa de meu pai, em Genebra. Não sabes a alegria que representaria para mim que viesses. Creio que estou perdendo a razão. Não durmo e, quando à força do vinho ou da aguardente consigo conciliar o sonho, os pesadelos me matam. Vejo aquele horrível ser caminhando por uma cidade com uma tocha em cada mão, queimando tudo o que encontra pelo caminho, ou com um machado de lenhador talhando braços e pernas das honradas gentes que tentarem detê-lo, ou estrangulando com suas próprias mãos – uma de homem e uma de mulher – uma criança vestida de branco.

Não sei quanto mais aguentarei, querido Max. Sei que mereço este castigo, mas sei também que minha intenção foi boa, que só tentei ajudar a humanidade a vencer a morte.

Tenho que terminar já esta missiva. Levei toda a noite na sua redação porque os soluços me detiveram muitas vezes. Escuto movimentos debaixo da minha janela. O condutor da Mala-Posta sabe que vou mandar uma carta, mas não confio que ele se lembre a tempo.

Tomara que nos encontremos de novo! Que Deus me perdoe! Um abraço deste teu amigo,

Viktor.

* * *

Quando Max terminou de ler, tremiam suas mãos e os lábios e, por um instante, pensou que desmaiaria ali mesmo; por isso, sentou-se no banco, ao lado de Sanne, que olhava espantada, e fechou os olhos.

– O senhor se sente mal? Está muito pálido.

Ele moveu a cabeça de modo negativo.

– Fome, cansaço... – disse em voz baixa pouco depois.

– Se o senhor me der umas moedas, vou buscar algo para comer.

– Não pode ser. Ainda falta o depoimento.

Ela abaixou o olhar e ficou vermelha.

– Por que tu fizeste isso, Sanne?

– Vós me salvastes.

– Não gosto da ideia de me salvar com uma mentira, mas te agradeço.

Ficaram em silêncio um momento, enquanto ela fazia rodeios para decidir se contaria o que havia acontecido com o monstro ou se seria melhor deixar para mais adiante. O pobre senhor estava a ponto de desmaiar de esgotamento e de nervoso; e, pelo que parecia, a carta de seu amigo havia dado o golpe de misericórdia. Decidiu esperar até que, pelo menos, tivesse comido algo.

Neste instante, abriu-se a porta do fundo do corredor e apareceu o professor Weishaupt, dando o braço a uma dama vestida com as roupas que ela tinha levado, de modo que devia ser a pessoa que até bem pouco tempo ela havia pensado que era Leonhard, o primo mais novo do conde.

Estava também muito pálida e parecia doente, mas seu olhar se iluminou quando viu entrar Sua Excelência, e ele se colocou imediatamente de pé e avançou ao seu encontro rapidamente. Quanto ela gostaria de encontrar também alguém que gostasse dela assim! Infelizmente nunca seria possível. Nenhum homem decente iria querê-la como esposa. Estava condenada à solidão para sempre. Por burrice. Por ter acreditado nas mentiras de um estudante que a havia tratado como uma rainha e até tinha lhe dado bombons de presente, como se dá a uma dama, para conseguir o que queria.

Nora se soltou do professor e já estava a ponto de lançar--se aos braços de Max quando este a deteve, oferecendo as duas mãos que ela apertou, perplexa.

– Aqui, não – sussurrou ele. – Tudo bem?

Ela assentiu com a cabeça.

– Pois agora tu vais para casa, ou melhor, para o laboratório, e descansa até que eu consiga chegar.

– Ao laboratório não – disse Sanne atrás deles.

Max se virou, com rispidez. Aquela criada começava a tomar demasiada liberdade.

– Por que não?

Sanne olhava para eles alternadamente enquanto mordia os lábios e passava a língua pelos dentes. Não podia falar na frente do professor, e eles não pareciam perceber isso.

– Te fiz uma pergunta.

– Não é um bom momento para ir ao laboratório. Faz muitíssimo frio lá – improvisou. – Não tive tempo de acender o fogo e a senhorita sofreria muito. Melhor irem para casa e pedir à senhora que lhe prepare algo quente.

– A caseira não sabe quem sou eu, Sanne. Ela espera por Leo. – Nora estava esgotada, mas seu cérebro ainda conseguia pensar o suficiente.

– Pois que tal um café, senhorita? Abriu um novo e muito elegante onde também frequentam damas sozinhas. O Café de Paris, bem pertinho da praça do mercado. Se a senhorita quiser, quando eu terminar de dar o depoimento, passo para buscá-la por lá e a acompanho até... onde quiser – terminou sem saber bem o que dizer.

– Parece ser uma boa ideia – interveio Weishaupt. – É, efetivamente, um local bem apresentável, pensado sobretudo para as senhoras de qualidade, apesar de que a notícia ainda não se espalhou e continue sendo um pouco ousado deixar-se ver por lá. Entretanto, pelo menos Fräulein Eleonora estará aquecida até que terminemos com tudo.

Um guarda se aproximou deles e pediu que o acompanhassem para dar o depoimento. Max deu a Nora um último aperto de mãos e se foi pelo corredor, acompanhado do jurista. Sanne ficou um momento atrás, aproximou-se de Nora como se fosse arrumar o laço das costas e, colocando-se na ponta dos pés, sussurrou ao seu ouvido:

– Nada de ir ao laboratório, senhorita. É melhor morrer de frio na rua, eu juro. Assim que for possível, eu explicarei tudo.

Um chiado de impaciência da parte dos homens a fez separar-se de Nora e sair quase correndo pelo corredor para encontrar com eles.

· 10 ·

Johannes von Kürsinger estava furioso. Nunca havia estado tão furioso em toda a sua vida. Havia sido roubado, humilhado e tratado como um vilão, como um senhor ninguém. Ele não teve escolha, a não ser dormir em uma pousada dentro da cidade, e, para aliviar sua raiva e seus desejos de vingança, se viu obrigado a tomar uma quantidade de láudano de Sydenham superior à normal.

Agora, depois de umas horas de um sono que não havia sido tão reparador como ele gostaria, sua fúria tinha se purificado e condensado, de modo que podia voltar a pensar com relativa clareza, e todos seus pensamentos se encaminhavam para se vingar daquele bastardo que havia se atrevido a enfrentá-lo. Ele ainda não tinha nenhum plano, mas estava certo de que ao longo do dia tramaria algo. Até aquele momento de sua vida, ele sempre tinha conseguido tudo o que desejara, por uns meios ou por outros. Isso lhe dava a certeza de que, assim que conseguisse traçar um novo plano, tudo se encaixaria no seu lugar: o Lobo teria o merecido e seu odiado primo Maximilian desapareceria da face da Terra, deixando-o como herdeiro do condado.

Dirigiu-se até a taverna que se localizava na parte de baixo da pousada para comer alguma coisa. A comida, de preferência uma boa carne vermelha, sempre fazia com que seu cérebro funcionasse melhor, e, de passagem, talvez pudesse captar alguma notícia sobre como estava o assunto do primo. Se o Lobo não tivesse mentido, teria passado a noite na prisão e, neste momento, toda a cidade saberia que havia sido preso por sodomia, o que lhe fez sorrir. Ele sempre odiou o primo, porém jamais havia passado pela sua cabeça que não fosse um homem cabal, que pudesse ser um desses degenerados que desejam outros homens. Para sua grande sorte, terminou sendo assim e isso, ainda que não o levasse à fogueira, poderia ser usado contra Max pelo que indicava de desonra à família. Apesar da sua fúria contra o Lobo, ele tinha que reconhecer que as coisas não pareciam tão ruins.

Expulsou dois camponeses que ocupavam uma mesa perto da janela e, enquanto esperava a carne, mordiscando o pão recém-saído do forno, regado com abundantes goles de vinho tinto, perguntou ao taverneiro pelas notícias da cidade.

Como era esperado, o nome de sua família não se fez esperar. O homem parecia estar bem informado (não é em vão que sua pousada estava só a duas quadras da municipalidade), mas o que ele contou não era o esperado.

– Então – terminou o taverneiro suas explicações –, parece que o jovem conde está comprometido com uma dama que tinha se vestido de rapaz para poder estar próxima dele e, além disso, o espertinho já tinha deixado grávida uma criadinha enquanto esperava pelo seu amor. – Soltou uma gargalhada depois de uma piscada de olho. – De modo que agora estão todos contentes. Os jovens vão se casar, a mocinha terá um bastardo e a mandarão para bem longe de Ingolstadt, e o mundo seguirá sendo o que sempre foi. Com a vossa permissão, "Senhorita", vou ver se a carne já está pronta.

Quando o homem se retirou, as mãos de Johannes tremiam de fúria em estado puro. Ele queria pegar a jarra de vinho e estraçalhá-la contra a parede, mas isso o deixaria em evidência e, agora que seu primo tinha saído livre, ele não queria se arriscar que alguém soubesse que tinha passado por lá.

Ele perdeu o apetite, mas se forçou a comer a carne porque sabia, por experiência, que necessitava ter o estômago cheio para tomar decisões importantes e ter a força necessária para que se cumprissem.

Teria que encontrar de novo com o Lobo? O assassino tinha deixado claro que não estava disposto a aceitar outra encomenda, mas poderia ser só uma questão de dinheiro. Desta vez certamente lhe pediria um pagamento adiantado. Talvez ele mesmo deveria oferecer isso, em vez de esperar que o Lobo lhe pedisse, e assim evitar a sensação de ser intimidado.

Limpou a gordura na manga, que já estava começando a brilhar (não quis trazer nem seu criado de confiança porque pensou que a coisa não demoraria mais que uma semana, contando a viagem), palitou os dentes, terminou o vinho e, depois de arrotar sonoramente, saiu até a rua para procurar o assassino.

* * *

Wolf, o Lobo, tinha pensado em ir embora de Ingolstadt pela manhã cedo. Entretanto, depois de seu encontro noturno com o imbecil do primo do condezinho, tinha decidido aproveitar um pouco os prazeres da civilização, já que tinha uma bolsa cheia que permitia umas horas de bom vinho e boa companhia feminina em uma das melhores casas da cidade. Assim, tinha acordado tarde e, antes de abandonar a

Baviera, passou pela municipalidade por pura curiosidade para ver como tinha terminado seu plano.

– Um indivíduo inteligente, o condezinho! – Foi a primeira coisa que passou pela sua cabeça quando soube o que tinha acontecido. – E tu, Wolf, um soberano estúpido, por não ter percebido que o rapaz que acompanhava o conde era uma moça.

Mas aquela moça caminhava e se comportava como um homem, não como uma mulher fantasiada. Uma mulher decente, que coloca pela primeira vez na sua vida uma calça masculina, não faz mais do que tampar as pernas e lhe dá terror a ideia de que todo mundo possa ver os contornos da parte inferior do seu corpo, enquanto que uma mulher indecente quer que todo mundo veja o que tem a oferecer e goste da oferta. Entretanto, aquela moça estava vestida de homem com absoluta naturalidade; por isso tinha, inclusive, conseguido enganá-lo. Estava claro que era uma mulher estranha.

As coisas eram assim, e assim tinham que ser. Não havia sobrevivido a tantos perigos para ficar de mau humor por causa de qualquer erro. Sempre tinha que levar em conta os possíveis desvios em qualquer plano que se faz.

Perguntou-se o que aconteceria agora. Permaneceriam os três na cidade, em paz e amor? Ou não seria mais razoável que os dois pombinhos escapassem para as terras do conde para contrair matrimônio com tranquilidade, rodeados por seus familiares, e não regressassem até que as águas se acalmassem? E a criada grávida do bastardo? Levariam ela também? E o estranho monstro que morava na casa de Frankenstein e que, pelo que ele averiguou, era o fâmulo de Von Kürsinger? Pensariam em viajar também com um sujeito que dava medo só de ver?

Uma de suas melhores qualidades, e também a que o havia colocado em mais enroscos, era a curiosidade. No final das contas, ele não tinha tanta pressa para ir embora de Ingolstadt. Poderia atrasar um pouco a sua saída e averiguar o que pensavam fazer. Talvez necessitassem de alguém que os protegesse na viagem e assim ele poderia matar dois coelhos com uma só cajadada: viajar para o sul e tirar dinheiro disso.

* * *

Quando finalmente chegaram ao laboratório, depois de terem comido algo em uma pousada modesta e de Sanne, com muitos titubeios e algumas lágrimas, ter-lhes contado o que havia sucedido com a criatura criada por Frankenstein, Max estava muito mais nervoso do que gostaria de confessar às duas moças. A carta do amigo, cujo conteúdo resumiu por cima às moças, deixando de lado as partes mais preocupantes, queimava-o por dentro, já que coincidia perfeitamente com o que Sanne havia relatado.

Ele havia conversado com o professor Plankke, um homem educado e elegante, já idoso, com experiência de vida e tolerância suficiente com os erros alheios para ser capaz de desculpar Viktor pelo seu atrevimento, e agora Sanne lhe havia falado de um ser vulgar, luxurioso e violento, o que vinha a confirmar que o temor de Frankenstein se tornara realidade: havia duas almas no interior de um só corpo. O problema era que ele não apresentara nenhuma indicação do que poderia ser feito para retirar uma delas; além do que, ainda que fosse possível, isso colocaria um segundo problema ético de grande envergadura: qual das duas almas deveria permanecer no corpo e qual deveria ser expulsa para sempre? Não eram as almas iguais em dignidade e direitos, mesmo que os comportamentos não o fossem?

Além disso, depois de ter lido várias obras de Monsieur Rousseau, o filósofo de Genebra que Max havia conhecido por intermédio de Viktor, tinha se convencido da bondade fundamental dos seres humanos. Toda criança nasce boa. É a sociedade que, com o tempo, a má educação e as más experiências, acaba tornando-a vil.

Se isso fosse assim, e Max não duvidava disso, o ser criado pelo seu amigo era, até certo ponto, um novo ser e, portanto, bom. Ainda que, no seu caso, isso não estava tão claro, porque a personalidade de Plankke tinha sido formada pelos seus cinquenta anos de vida, e a outra personalidade, que ainda não era conhecida, era provavelmente a de um criminoso, a julgar por como havia terminado sua existência, na forca.

Ao abrir a porta, o engendro, que no tempo que estavam sem vê-lo parecia ter emagrecido, olhou para eles com apreensão, como se tivesse esquecido quem eram. Estava encolhido na frente de um fogo agonizante, envolvido em uma capa estreita. Ao final de um segundo, quando também Sanne entrou no laboratório atrás deles, os olhos da criatura brilharam e um sorriso pareceu iluminar seu rosto. Estava claro que ela sim tinha sido reconhecida.

– Professor – começou Max –, lamento haver-lhe abandonado durante tanto tempo. Circunstâncias alheias à minha vontade impediram meu regresso até este preciso momento. Sanne, dê ao professor o que trouxemos para ele comer.

A moça olhou para ele estreitando os olhos. Como era possível que, depois do que acabara de contar, lhe pediam para que se aproximasse do monstro? No lugar de levar as marmitas, ela se limitou a deixar na sua frente a cesta que levava no braço, onde havia um pedaço de pão e queijo.

– Obrigado, Sanne – disse em uma voz que todos acharam diferente da voz que conheciam.

– Como podes saber o meu nome? – Desde que havia fugido dali, ela não tinha parado de pensar por que o monstro a havia chamado pelo seu nome quando disse que teria que ir embora e que não voltasse sozinha.

– Porque eu te conheço. Fui muitas vezes à taverna só para te ver, mas tu só tinhas olhos para os estudantes.

Os três ficaram se olhando sem saber o que estava acontecendo.

– Onde está o professor Plankke? – perguntou Max. – Quem é o senhor? – perguntou de novo Max com a boca repentinamente seca.

– Nunca ninguém havia me tratado com formalidade – disse o monstro sorrindo. – Não sei nada do Plankke, exceto que ele tentou estuprar a Sanne e eu consegui neutralizá-lo.

– O professor Plankke? Não é possível. Quem és tu? – perguntou de novo Max.

– Todos me chamam de Michl. O senhor é médico? O que está acontecendo comigo?

Sanne respondeu antes que Max ou Nora pudessem decidir o que iriam lhe contar.

– Morreste enforcado por ser ladrão, por roubar uma joia da tua senhora. Depois, Herr Frankenstein te ressuscitou ou algo parecido com isso. – A moça fez o sinal da cruz ao falar de ressurreição, e Michl tampou a cara com as mãos. – Mas como teu corpo havia perdido alguns pedaços, ele completou com outros, de outras pessoas, não é verdade, Senhoria?

Max assentiu. Sanne havia entendido perfeitamente o que tinham lhe contado e, ainda que em princípio havia

demonstrado um terror supersticioso, duas horas depois –
e uma boa comida – já tinha passado quase todo o medo
por estar convivendo com um cadáver animado. Para Max,
o valor daquela moça cada vez parecia maior.

– Eu não sou nenhum ladrão, nunca roubei nada de ninguém. Frau Grete me acusou por despeito. – Michl cruzou
o olhar com o outro homem presente, implorando para que
não o obrigassem a dar mais explicações. Ele não queria ter
que dizer para duas mulheres que Frau Grete havia tentado
levá-lo para a cama e ele havia se negado.

Houve um silêncio. Ninguém sabia bem o que fazer.
Max comprovava ali que Viktor tinha razão quanto ao
que estava na carta; agora o problema era seu e ele não
tinha ideia do que fazer com aquela situação. A única coisa que começava a ficar evidente era que eles precisavam
sair de Ingolstadt e resolver seus problemas em algum
lugar onde ninguém os conhecia ou onde estivessem suficientemente isolados e protegidos para tomar todas as
decisões necessárias.

– A primeira coisa – disse Nora, respondendo às perguntas mentais de Max – é recuperar o instrumental de
Viktor e todas as suas anotações. É possível que lá encontremos algo que nos possa servir para solucionar alguns
dos problemas. Depois, teremos que ver como vamos sair
de Ingolstadt. – Parecia evidente que ela tinha chegado à
mesma conclusão.

– Nora, se formos embora daqui... se sairmos da casa
onde estão nossos aposentos... – Não se atrevia a dizer de
modo mais claro, mas seu medo era que, se fossem embora
de Ingolstadt, passaria muito tempo até que pudessem voltar a tentar atravessar a passagem que, além disso, estaria
em uma casa onde eles sequer teriam direito a entrar.

– Eu sei, Max, mas não há mais remédio. Nós vamos voltar. Depois. Quando for possível.

– Vem comigo. – Ele a tomou pela mão e saíram até o patamar da escada. – Supondo que fôssemos embora agora... o que faríamos com Sanne e com...

– Levamos com a gente. Não podemos fazer outra coisa. Ela está grávida, e ele... ele não tem nenhuma culpa de ser o que é, nem tem para onde ir. Temos que ajudá-lo, mesmo que eu também não saiba como. Não podemos deixá-lo aqui.

Max virou para a parede e apoiou a testa na pedra gelada.

– Como se já não tivéssemos bastante problema tu e eu! Isso é terrível, Nora.

– Sim – disse ela, colocando uma mão no ombro.

Eles se abraçaram durante alguns minutos, procurando no outro a força que cada um deles já não tinha mais.

Dentro do laboratório, Michl estava acabando de comer um pão e olhava para Sanne, que não tirava o olho de cima dele porque não confiava no que poderia acontecer.

– Sanne...

Ela mordeu os lábios.

– Eu juro que farei tudo o que for possível para que esse velho verde não coloque as mãos em ti. Eu... quando estava vivo, tinha medo de falar contigo, sabes? Mas agora... agora não. Quero te ajudar. Por favor. Deixe que te ajude.

– Foste tu, de verdade, quem tirou o velho de cima de mim, quando ele me atacou?

– Sim. Foi muito difícil, porque eu não sabia como, nem sabia o que estava acontecendo, nem quem era eu. Só sabia que não poderia permitir que ele te machucasse.

– Obrigada – disse em voz baixa, com um pequeno sorriso que para Michl foi a glória.

Antes que pudesse dizer algo mais, entraram Nora e Max para expor o plano de saírem da cidade e ir embora para Salzburgo.

* * *

Enquanto os dois homens foram procurar um meio de transporte (Max não quis deixar o engendro fora da vista e sozinho com as duas moças), elas foram buscar roupas e utensílios que necessitariam na viagem.

– Espero que não encontremos com Frau Schatz. A coitada deve andar bem atordoada com as notícias que comentam por aí, e ela me conheceu uma vez como prima de Max e outra como primo.

– Subirei primeiro eu, dizendo que venho por parte de Sua Excelência. Se não tiver ninguém, chamo a senhorita.

A casa estava tranquila. Passando pela despensa, Nora teve que se conter para não entrar e ver se a passagem continuava fechada. Não podia se arriscar pois, se por uma casualidade estivesse aberta, isso a colocaria em uma situação de ter que decidir se abandonaria Max nas circunstâncias em que ele se encontrava ou se ignoraria a saída. Melhor não saber. Haveria outras ocasiões... De todo modo, seu coração ficou apertado quando parou um segundo ali, perto da porta da despensa, sem que sua mão se esticasse para abri-la. O "psiu" de Sanne a salvou e logo estava mais adiante buscando o que era necessário. Alguns minutos mais tarde, saíram as duas carregadas com duas grandes sacolas de viagem que pesavam como se estivessem cheias de pedra.

– Um minuto, senhorita. Vou procurar um menino.

Nora permaneceu na porta da casa, indecisa. Logo em seguida, Sanne voltou com um rapaz alto e robusto de uns dezesseis anos que, batendo na testa em sinal de respeito, pegou as duas sacolas e começou a andar atrás delas, sem perguntar sequer aonde iam.

Sanne deu-lhe umas moedas ao chegar à casa de Franken-stein, e o rapaz foi embora muito contente, deixando a bagagem atrás da porta.

Elas subiram, escutando barulho de vozes no andar de cima. Max, a criatura e um homem desconhecido falavam bem sérios.

– Minha querida – disse Max, virando-se para elas –, te apresento Wolf Eder. Ele vai nos acompanhar na nossa viagem e será nosso protetor se houver necessidade.

Ela inclinou a cabeça sem palavras. E não gostou que ele tivesse ignorado totalmente a Sanne, mas não era o melhor momento para comentar sobre aquilo. O homem era forte, magro e tonificado, como um bailarino ou um escalador, e tinha o olhar semicerrado, carregado de perigo, apesar de que seu sorriso fosse encantador. Estava com a barba minuciosamente aparada e tinha o cabelo mais curto do que ditava a moda. Mesmo que não fosse absolutamente parecido, pensou em Han Solo: um canalha simpático em quem ela não deveria confiar jamais. Não foi explicado por que Max o tinha contratado, mas o que sabia ela de como se faziam as viagens no século XVIII?

– Quero que passemos esta noite já além-muros. Escrevi dois bilhetes para as duas caseiras. Agora tu vais levá-los, Sanne. Em seguida, terás que voltar a toda velocidade e sairemos.

A moça saiu sem piscar.

– Nora, lá embaixo está o coche que alugamos. Se tu preferes, podes esperar sentada lá dentro enquanto nosso homem carrega toda a carga.

Ela esteve a ponto de dizer algo, mas decidiu se calar. Estava esgotada e, como sempre quando estava esgotada, tudo começava a dar na mesma, então desceu e, sem esperar que alguém lhe abrisse a porta, entrou no coche, apoiou a cabeça em um canto, perto da janelinha e, quando quis perceber o que acontecia, já estavam trotando sobre as pedras. Max estava ao seu lado e no banquinho da frente estava Sanne.

– E os outros? – perguntou com a língua boba.

– Wolf tem as rédeas. O... a... criatura, ao seu lado, na boleia, convenientemente amarrada.

– Amarrada?

– Até que não saibamos quem é quem, nem quais propósitos tem, é o mais seguro. Ademais, ele está usando um véu de gaze na cabeça e um chapéu de aba larga. Não queremos chamar a atenção mais do que o necessário.

Apesar de que Nora não tinha muita certeza se concordava com o combinado, ela não se sentia capaz de pensar, foi vencida pelo cansaço e novamente dormiu. Sequer passou pela sua cabeça ver como Ingolstadt era por fora.

* * *

Nunca havia passado pela sua cabeça, em sua vida normal, coisa que agora começava a chamar de sua "vida anterior", que fosse custar tanto fazer uma viagem. Ela lembrava que uma vez Toby disse que a palavra inglesa para viagem, *travel*, vinha diretamente do latim *tripalium*, que era uma forma de tortura. Ela nunca tinha esquecido disso porque naquele momento pensou que era uma bobagem, própria de uma sociedade preguiçosa, sem horizontes nem ambições. Entretanto, agora, cada vez que paravam em algum lugar para esticar as pernas, deixar os cavalos descansarem ou comer alguma coisa, ela tinha a sensação de que o nome estava muito bem colocado.

A carruagem não tinha amortecedores, por isso a cada pedra no caminho que pegava nas rodas era um salto e, no final de um dia, tinha as costas desconjuntadas. Nas paragens, o frio era espantoso, isso porque Max tinha se preocupado em conseguir peles de ovelha e mantas para abrigá-los; a comida era entre ruim e pior; e as melhores camas tinham uns horrorosos colchões de lã que afundavam no centro e endureciam logo em seguida, sem falar no fato de que em muitas camas havia pulgas e percevejos que tinham deixado seu corpo todo cheio de mordidas dolorosas, que ela não sabia como combater, e que aos outros não parecia fazer tantos efeitos como a ela. Contra as pulgas, a vitamina B teria funcionado perfeitamente, mas não havia forma de consegui-la nem se poderia comer um quilo de amendoim, porque ainda não estava difundida sua importação da América.

Nos filmes sobre viagem no tempo passado, tudo parecia muito fácil; não se percebia que levavam mais de uma semana sem tomar banho nem lavar o cabelo, que morriam de vontade de comer batata, ou arroz, ou macarrão, ou pizza, ou um bom hambúrguer, ou um simples tomate, que não havia papel higiênico. E, conforme se aproximava o momento, Nora estava começando a pensar com pânico como faria quando lhe viesse a menstruação.

Não sabia aonde iam, mas estava desejando chegar, porque outra coisa que nunca havia passado por sua cabeça era que os duzentos e poucos quilômetros que havia entre Ingolstadt e Salzburgo, e que na sua época podiam ser feitos em duas horas por umas estradas fenomenais, agora significavam uma viagem de vários dias.

A única coisa realmente boa de tudo aquilo era a sensação de intimidade que às vezes se estabelecia entre ela e Max quando Sanne dormia (o que acontecia quase sempre). Eles estavam sentados bem juntos, com as mãos enlaçadas debaixo das mantas, e ela podia apoiar a cabeça no seu ombro, em silêncio, deixando-se levar pelo balanço da carruagem, falando em voz baixa ou limitando-se a sonhar em um cochilo maravilhoso. Outras vezes, no entanto, discutiam calorosamente porque ele parecia incapaz de compreender certas coisas.

No primeiro dia da viagem, o engendro, que Nora, para escândalo de todos, havia começado a chamar de Frankie simplesmente porque não podia decidir com quem estava falando a cada vez, havia se transformado de novo; a personalidade de Plankke tinha conseguido se impor e ficou reclamando com toda a sua eloquência, que era muita, pelo fato de estar amarrado e de não acreditarem que fosse o legítimo dono daquele corpo. Nora, sentindo que Max estava a ponto de ceder e dar razão só porque ele falava como um cavalheiro, chamou-o em um canto para fazê-lo se lembrar de que aquele cavalheiro tão razoável e de bons modos havia tentado estuprar Sanne.

– Como podemos ter certeza de que foi ele? Não seria mais provável que tivesse sido Michl?

– Por quê? Porque Michl é um simples trabalhador e Plankke, um professor universitário?

– Pois, sim, por exemplo. Pessoas da classe de Michl fazem esse tipo de coisas e mulheres como Sanne estão acostumadas.

– Acostumadas a serem estupradas e espancadas?

– Exageras, querida Nora. Pensa que cada classe tem seus hábitos e suas medidas.

– Não há nenhuma mulher que esteja acostumada a ser estuprada e espancada. Estuprar e espancar um ser humano, homem ou mulher, nunca é aceitável, em nenhuma classe. E não venha me dizer que você, na tua maravilhosa classe nobre, não conhece homens que fazem essas duas coisas não só com as criadas, mas também com suas esposas. – Nora estava ficando furiosa e cada vez mais subia a voz.

– Eu não permitiria que nenhum homem da minha casa, nem pobre nem rico, tratasse assim a uma mulher.

– E os que estão fora da tua casa?

– Não me parece bem, mas não posso me meter.

– Pois agora sim você tem que se meter. Sanne está sob nossa proteção. Você não pode confiar em Frankie. Não conhecemos nenhuma das duas personalidades, e eu me nego a pensar que Michl é necessariamente o malvado só porque é pobre e analfabeto. Em minha... – esteve a ponto de dizer "minha época", mas conseguiu se controlar a tempo, porque tinha a sensação de que Wolf não estava perdendo nada do que falavam – experiência, há muitos "cavalheiros", sejam professores, artistas, políticos, filósofos... qualquer coisa, que se comportam de maneira desprezível, mesmo sendo ricos e cultos.

Ela viu pelo rabo de olho que Wolf assentia com a cabeça, com um brilho travesso nos olhos, como dizendo: "Boa, moça, segue por esse caminho; tens toda a razão". Max não se deu conta.

– Então o que sugeres? Que continuemos mantendo-o amarrado na boleia e que ele passe a viagem contando ao senhor Eder tudo o que queira? Eu preferiria manter em segredo tudo isso, especialmente no que se refere ao meu amigo Viktor. Tu não?

Ela concordou com a cabeça, enquanto pensava a toda velocidade.

– Trouxe os fármacos, certo?

– Sim.

– Tem algum sedativo, sonífero, algo que tranquilize e o faça dormir? Assim poderíamos levá-lo dentro da carruagem, amarrado e dormindo, até que cheguemos.

Max repassou mentalmente o conteúdo da sua frasqueira.

– Tenho láudano.

– Isso é ópio!

–Sim, na sua maior parte – respondeu Max com tranquilidade, sem compreender que ela estivesse tão escandalizada. – É um grande remédio.

– É. – Nora pensou em tudo o que na sua época se sabia sobre o ópio, mas decidiu que, naquelas circunstâncias, dava tudo na mesma. – Concordo. Vamos dar láudano e depois vemos.

A partir daquele momento fizeram quase todo o caminho com Frankie dormindo. E algo que a princípio lhes deixava os cabelos arrepiados, mas com o qual terminaram se acostumando, era ver seu rosto mudando de expressão e quase de forma, com as duas diferentes personalidades que se alternavam no interior de sua mente.

A pobre Sanne se afastava de tudo o que podia, sobretudo quando era Plankke quem ocupava o corpo, e em duas ocasiões pediu e obteve a permissão para ficar umas horas lá em cima, com Wolf, ao ar livre, na boleia.

No segundo dia, Max tirou da bagagem os papéis de Frankenstein. Nora e ele começaram a lê-los, ou melhor, a decifrá-los, porque a letra de Viktor era terrível, especialmente quando escrevia depressa e só para seu próprio uso.

Sanne olhava com inveja enquanto liam até que, por fim, em uma parada que fizeram para aliviar a bexiga, as duas moças foram juntas ao estábulo da pousada, e ela acabou perguntando a Nora:

– Senhorita, é muito difícil aprender a ler?

– Não me lembro, na verdade. Eu comecei a aprender aos cinco anos. Mas suponho que não, que é uma questão de querer e de praticar. E ter quem te ensine, óbvio.

– A senhorita me ensinaria? – Ela ficou com um pouco de vergonha de ser tão atrevida, mas com a senhorita Nora acreditava que poderia.

– Claro! Nunca fiz isso, mas podemos tentar.

– Que alegria!

– Para que você quer saber ler? Se você me dá licença de perguntar...

Sanne ficou olhando para ela, perplexa. Ninguém nunca tinha falado com ela assim. Ninguém nunca tinha pedido licença para nada.

– Para ler romances, aprender coisas de outros países, conhecer as aventuras das personagens, não estar nunca sozinha e com tédio.

– Pois então pode dar por feito. Assim que chegarmos em um lugar tranquilo, começaremos. Ou... espere... na carruagem não temos muito o que fazer, não é? Podemos começar agora mesmo.

Um tempo depois, sob o olhar cético de Max, Sanne aprendeu suas quatro primeiras letras: as que formavam seu nome, maiúsculas e minúsculas.

· 11 ·

ESTAVAM EM HOHENFELS HÁ APENAS ALGUMAS HORAS, no castelo da família Von Kürsinger, quando, pouco antes do jantar – e antes de que Nora tivesse tido tempo de explorar a região, que era o que mais queria –, apareceu um coche de cavalos com grande barulho de sinos, do qual desceram duas mulheres, evidentemente mãe e filha.

Pouco tempo depois, uma criada bateu na porta do quarto de Nora e lhe pediu, da parte do senhor conde, que ela descesse para conhecer sua família.

Sanne e ela cruzaram o olhar.

– Não se preocupe, a senhorita está muito linda, mesmo usando esse vestido tão estranho.

– É estranho o vestido? – Era a primeira vez, desde que havia chegado naquela época, que alguém lhe dizia algo assim.

Sanne abaixou a vista.

– Bastante. Por aqui nunca se viu nada igual.

"Malditas figurinistas de teatro!", pensou Nora. "Parece que o que eu visto não é um vestido aceitável e todo mundo já se deu conta da estranha que eu sou. E agora ainda mais." Mas como não tinha outro, não podia nem propor trocar de roupa, ela deu de ombros e desceu as pomposas escadas até o térreo. As vozes vinham do salãozinho que dava para o oeste; os raios do Sol poente se filtravam pela janela e vinham lamber as madeiras avermelhadas e polidas do piso; um bom fogo ardia na lareira. Era a viva estampa de um filme; só que era verdade e não havia retorno.

Max tinha trocado de roupa e estendeu-lhe a mão ao vê-la entrar.

– Querida Nora, vem conhecer minha tia Charlotte e minha prima Katharina. Eu lhes apresento minha prometida: Eleonora.

– Não sabes a vontade que eu tinha de que este sobrinho meu se animasse por fim a casar, minha filha! Porque... Tu vais se casar, não?

– Obviamente, tia.

– Viemos tão rápido precisamente por isso, querido Maximilian. Não é conveniente que tu e tua prometida vivam sob o mesmo teto antes de ser marido e mulher sem ninguém mais em volta, de modo que Kathy e eu ficaremos aqui até a boda. Teu tio tem assuntos pendentes em casa e virá amanhã ou depois. Também avisamos teu primo Johannes, apesar de que parece que ele está viajando e ninguém sabe exatamente onde encontrá-lo, mas ele já voltará... Vaso ruim não quebra – disse com um tom depreciativo referindo-se a seu outro sobrinho. Acomodou-se em uma poltrona junto ao fogo e ficou olhando para Nora como se estivesse pensando em comprá-la. – Deixe-me ver, filha, diga-me quem és.

Ela se engasgou, pedindo ajuda para Max.

– Eu sou... Nora.

– Sim, isso já sabemos, mas de onde vens? De que família, quem são teus pais e onde ficam as terras da família? Tens irmãos? Quem foi a tua preceptora? Com quem te relacionas?

– Eu... é complicado... e longo para contar.

– Sem pressa, querida minha. Tu és a donzela dela? – perguntou, dirigindo-se a Sanne. – Vá até a cozinha e diga a Edeltraut que nos sirvam aqui um chá e algumas rosquinhas para aguentar até a ceia. Vamos ver, conte...

Nora se sentia tão mal ali de pé no centro de todos os olhares, que acabou se sentando em uma cadeira de rígido espaldar.

– Meu pai é inglês e tem terras no Novo Mundo, onde agora se chama Os Treze Estados, desde que se tornaram independentes da Grã-Bretanha. Eu fui criada lá até os quinze anos, por isso a minha língua é mais o inglês que o alemão, daí o meu modo de falar um pouco estranho. Minha mãe, que era tirolesa, morreu quando eu era muito pequena – Nora preferiu não ter que falar da mãe, do que verdadeiramente ela fazia e de como havia sido negligenciada por ela desde que conseguia se lembrar. – Depois, já com quinze anos, fui morar com meu avô porque meu pai contraiu matrimônio novamente e as relações com minha madrasta não eram muito boas. Meu avô, que é médico, me levou com ele para morar na Ásia e, a partir desse momento, passei a morar lá, viajando para muitos lugares na região e aprendendo com ele tudo o que foi possível. – Ela trocou sua autêntica avó por um avô porque supôs que seria mais fácil que acreditassem que um homem fosse médico, esperando que esse currículo recém-inventado pudesse ser uma desculpa suficiente para todas as coisas que não sabia ou para todos os seus estranhos comportamentos.

– E o que tu estás fazendo agora na Europa?

Vendo-a perdida, interveio Max:

– Seu avô pensou que, como já estava na idade de procurar um esposo, e na Ásia não havia mais do que militares e grandes proprietários de terra muito mais velhos e dependentes de bebidas alcoólicas – piscou um olho de cumplicidade –, seria conveniente que ela passasse um tempo aqui e a mandou para a casa de uma tia segunda que morava na Baviera. Apenas chegou, entretanto, descobriu que a coitada da senhora havia morrido há pouco de umas febres, e Nora não conhecia ninguém. Felizmente, fomos apresentados em uma recepção que deu o alcaide de Ingolstadt e eu me tornei seu protetor, porque não podia suportar a ideia de que uma mulher tão linda estivesse tão sozinha e perdida.

– Fizeste muito bem, filho – a tia Charlotte moveu afirmativamente a cabeça coberta por uma peruca branca com reflexos azuis e voltou a fixar a vista em Nora –, assim se explicam certas coisas... – disse, enigmaticamente. – Enfim... se tu necessitas aprender alguns costumes daqui para fazer honra a teu esposo e a tua nova família, nós te ensinaremos com todo prazer. Vai, Kathy, suba com Nora e faça-a experimentar alguns dos teus vestidos para o jantar!

As duas moças subiram ao segundo andar, acompanhadas por Luzia, a donzela que trouxeram de casa para as duas, e lá Katharina indicou um dormitório contíguo ao dormitório que ocupavam ela e sua mãe, onde havia um espelho de corpo inteiro fixado em uma moldura de madeira brilhante e cheia de motivos florais.

– Olha que coisa mais preciosa, Nora! Quando meu pai deu de presente à minha mãe o espelho de casa pelo seu aniversário de boda, convenceu Maximilian de que comprasse um para sua futura esposa. Ai! Sinto muito. Talvez fosse uma surpresa e ele mesmo queria ter te mostrado... Bom, não vamos dizer nada. Vem ao meu quarto. Não trouxe muita coisa, mas acho que tenho cinco ou seis vestidos para escolher. Que cor preferes?

Enquanto a prima de Max falava, Nora não conseguia tirar o olho da sua própria imagem no espelho. Fazia tanto tempo que ela não se via em nenhum lugar, que quase não se reconhecia. Tinha o cabelo pegajoso, bem esticado e preso por um laço apertado feito por Sanne, estava extremamente pálida e havia emagrecido tanto, que seu rosto tinha secado e os pomos se destacavam na cara, como uma caveira. O vestido de teatro estava pendurado nos ombros como se vestisse um espantalho. E o pior de tudo era o olhar, um olhar de louca, de perdida em terra de ninguém, de desespero. Parecia um fantasma de si mesma. Não entendia como Max poderia querer se casar com ela que não fosse por puro dever.

– Que cor tu gostas? –A voz de Katharina a tirou de seus pensamentos.

– Não sei. Eu gosto de todos.

– Deixa-me ver... – Luzia havia aberto o baú de viagem e Katharina, com meio corpo para dentro, se entusiasmava procurando. – O que achas deste rosa claro? Creio que possa ficar perfeito com tua cor de cabelo, com esses reflexos castanhos tão bonitos. Eu adoraria ter uns reflexos assim! Queres que Luzia te ajude a se vestir?

Nora fechou bem forte os olhos, lembrando o mau momento que passara na municipalidade de Ingolstadt, quando aquelas freiras a haviam examinado na frente do juiz e dos guardas. Não queria ter que voltar a se desnudar na frente de ninguém.

– Não, obrigada. Eu mesma faço isso. Já, já eu volto – disse, recolhendo o vestido.

– Aonde vais?

– Aos meus aposentos procurar por Sanne.

Katharina e Luzia se olharam, agitaram a cabeça, mas não disseram nada.

– Volto logo mais. Esperai vós aqui – disse, tentando se adaptar ao modo como se falava naquela época.

"Deveriam estar proibidos os espelhos", pensou. "Antes de me ver, eu não achava que estava tão mal como agora. Tenho pinta de cadáver e jamais vou conseguir passar por uma moça normal neste ambiente."

Enfiou-se em seu quarto, e se não desabou a chorar foi simplesmente porque não queria que seus olhos ficassem vermelhos e que todo mundo perguntasse o que estava acontecendo com ela. Um segundo depois soaram uns pequenos toques na porta e entrou Sanne, tão fresca e bonita como sempre, a viva imagem da juventude e da alegria.

– Você me ajuda a vestir isso?

– Pois claro, senhorita. Deixe-me ver... Que maravilha de tecido! Ficarás preciosa com ele!

Nora colocou a roupa, que ficou um pouco larga, mas que Sanne consertou, apertando as cintas, e seu aspecto melhorou bastante. Em um pequeno espelho de toucador ela continuava parecendo um fantasma com o cabelo sujo, mas não havia muito mais o que fazer.

– Espera, senhorita, vou pedir emprestada uma peruca para a prima do senhor. Com certeza ela trouxe várias.

– Poderia lavar o cabelo amanhã, o que você acha?

– Amanhã pedirei ao senhor que me permita preparar-lhe um banho.

Nora se sentou ao tocador e ficou olhando suas sobrancelhas sem depilar, seus olhos afundados, sua face sem carne, seus lábios secos. Nunca, nunca em toda a sua vida havia estado tão horrível.

Então ela lembrou de algo que a fez se levantar com pressa e buscar entre seus poucos pertences até encontrá-lo. Na bolsa que tinha trazido de casa estava o que ela lembrava: um delineador, um batom, um rímel, uma sombra de olhos... Colocou mãos à obra e, quando Sanne voltou com a peruca, quase a deixou cair, de tão impressionada.

– Estás belíssima! Deixe-me colocar isto.

Ajustou a peruca branca, e, de repente, as duas permaneceram olhando a bela desconhecida cuja imagem devolvia a pequena lua do espelho.

– O senhor conde vai cair para trás quando a vir – disse Sanne, apertando uma mão contra a outra sobre o avental.

– Vem comigo. Vamos encontrar os outros.

* * *

Max havia dedicado muito tempo de reflexão para saber o que fazer com a criatura de Frankenstein, uma vez instalados em casa. Primeiro, havia pensado em deixá-lo nos estábulos, sob supervisão de um dos capatazes, Thomas, que era o mais antigo. Depois, ocorreu-lhe que lá ele estaria exposto e poderia ser visto por muita gente, e daí começariam as falações, de modo que havia acabado de subir ao sótão e pensou em deixá-lo sob os cuidados de Eduard, o mordomo que estava na casa desde a juventude do seu pai, com a ordem expressa de que ninguém soubesse de sua presença lá.

Não deixava de dar voltas na sua cabeça a carta de Viktor que pedia que matasse a criatura. Era impressionante pensar que seu pobre amigo tivesse chegado a esse ponto de falta de responsabilidade, a esse nível de crueldade com sua própria criação, e, ao mesmo tempo, algo em seu interior dizia que essa poderia ser a melhor maneira de resolver o problema. Ele e Nora iam começar uma nova vida, haveria muitas dificuldades para superar, muitas questões para resolver. O fato de ter que se responsabilizar por um ser monstruoso que, ademais, abrigava duas almas em seu íntimo, das quais ao menos uma era claramente perigosa, era algo que pesaria de modo desnecessário em uma relação que já era difícil por si só. A morte do monstro solucionaria bastante as coisas, e, no final das contas, a criatura já estava morta. Tanto Plankke como Michl haviam perdido a vida original, a que lhes havia sido dada pela Divina Providência, e o que tinham agora era um pobre simulacro de vida feito por um simples mortal.

Max pensou que deveria ter perguntado para um teólogo, mas não quis envolver mais ninguém e sobretudo não queria que a Igreja soubesse dos experimentos de Frankenstein. Poderiam acabar todos na fogueira.

Também não sabia bem o que fazer com Wolf Eder. Ele tinha sido acompanhante e protetor durante a viagem, porém, agora que terminara sua tarefa, o melhor seria dispensá-lo e deixá-lo ir embora. Se ainda não tinha feito isso, era simplesmente porque algo em seu interior não havia decidido se necessitaria de alguém que pudesse se encarregar do monstro.

O Lobo, como ele confessou que costumavam chamá-lo, não tinha dito com todas as palavras que era um assassino por encomenda, mas tinha deixado bastante claro que seus escrúpulos eram menores do que o comum e que, se ele achava que com a morte de algum malfeitor outras pessoas de bem ficariam protegidas, não teria problemas em usar sua adaga contra essa pessoa.

Ele sentia uma autêntica vergonha de estar ponderando a possibilidade de se converter em assassino (pois seus princípios deixavam claro que quem dá a ordem de matar é tão culpado como quem a executa) e gostaria de se negar a considerar isso, pois ainda não havia chegado tão longe.

Assim, estava com dois problemas graves: a existência do engendro sob seu próprio teto com a decisão sobre seu futuro e o problema de ter um assassino ocioso a seu serviço, passeando pela sua casa e terras. E um outro problema, ainda que menor: sua tia, nos três dias que ficou em sua casa, já tinha percebido que Nora não era normal.

Na tarde anterior, aproveitando o tempo ensolarado, a tia havia pedido a Max que a acompanhasse ao roseiral para ver como estavam crescendo as plantas e lá, com os dois sozinhos, comentou que não havia explicação o fato de ele ter escolhido aquela jovem como companheira por toda a vida.

– Não me interpretes mal, Maximilian. A moça é amável e bonita, mesmo que tenha uma beleza um tanto... original. – Max esteve a ponto de perguntar o que queria dizer com isso, mas a verdade era que não lhe importava, em absoluto, que a tia achasse Nora mais ou menos linda. Para ele, Nora era a mulher mais bela do mundo. Quando a viu descer a primeira noite com o vestido que havia emprestado de Kathy, a peruca e algo que ela tinha feito no rosto e que não se sabia o que era... essas coisas que fazem as mulheres quando os homens não estão presentes... sentiu que iria desmaiar de amor. A *Tante* Charlotte continuou falando como se ele estivesse prestando toda a atenção. – O problema é que ela não tem a menor ideia de como costurar, não sabe organizar uma casa, não toca nenhum instrumento, não fala francês, não conhece ninguém, parece não ter sentimentos religiosos... – Ele assentia com a cabeça em silêncio, enquanto *Tante* Charlotte ia contando os defeitos nos dedos. – Opina demasiado, pensa demasiado, fala veementemente sobre muitas questões que não são femininas, te trata sem nenhum respeito, que é o que mais me dói, e te toca demasiado, ainda que eu suponho que essa seja uma das coisas que tu mais gostas. Não serias um homem, do contrário. Mas esse é o meu medo, filho, compreendes? Que o que verdadeiramente tu gostes de Nora seja a parte... mais física da relação. Lamento ter que te falar de modo tão claro, mas me parece importante dizer tudo isso. Ela não estará grávida, verdade?

– Não, tia. Se a senhora está mais tranquila assim, posso dizer que nós nunca tivemos nenhum tipo de intimidade que não seja a correta entre duas pessoas comprometidas.

– Retiras um peso dos meus ombros. Ainda assim me preocupa que uma perfeita desconhecida com uma história inverossímil vá ser a próxima condessa de Hohenfels. Porque o que termina sendo realmente inadmissível, perdão por falar outra vez tão claro, filho meu, é que tenha pelo menos passado pela tua cabeça a ideia de contrair matrimônio com uma plebeia desconhecida. A ti, precisamente, ao conde de Hohenfels, uma das famílias aristocráticas mais antigas da Europa. Tu, unido a uma mulher que não é das nossas, que não tem família, nem árvore genealógica, nem educação, que não sabe organizar uma casa como a tua. Uma moça da rua, como diríamos... Tu perdeste o juízo? Não te importas que todos os teus ilustres antepassados estejam se revirando em suas tumbas?

– Agradeço vossa preocupação, que é uma amostra de profundo carinho, querida tia, porém rogo que seja outorgado a mim o benefício da confiança, em mim e no meu critério. Escolhi Nora como esposa e assim será.

– Como tu queiras, sobrinho – disse a mulher apertando os lábios. – Tu és o conde.

Tinham voltado para a casa em silêncio, com uma certa tensão no ambiente. Ele respeitava e gostava da tia Charlotte. Era uma mulher inteligente, boa e que o tinha ajudado muito quando perdera sua mãe. Entretanto, não podia dizer quem era Nora e por que parecia tão estranha. Do mesmo modo que não podia dizer por que estava apaixonado por ela, por que seu coração saía voando quando a via, por que tinha a sensação de que o único sentido de sua existência era amar, cuidar e estar com Nora. Nem ele mesmo sabia; mas era assim, e não iria permitir que ninguém arrebatasse essa felicidade. Ninguém.

* * *

No meio da bruma da poção que o obrigavam a tomar, Michl procurava uma saída para aquela espantosa situação na qual se encontrava. Aquilo era pior do que a morte, porque no tempo em que havia estado morto, não sentia nada nem tinha nenhuma lembrança, enquanto que, agora, ele sofria quase constantemente, sobretudo pela angústia de compartilhar tudo de mais íntimo e precioso que tem uma pessoa, que é seu próprio corpo, com outra alma. Com uma alma em guerra, além disso. Alguém que não estava disposto a compartilhar ou a fazer combinados de algum modo para seguir adiante, que queria expulsá-lo de seu corpo e enviá-lo de novo à morte, ao nada, precisamente agora que ele se encontrara de novo com Sanne e que ela tinha sorrido para ele, não só no laboratório quando o agradecera, mas também algumas outras vezes durante a viagem.

Lembrava com especial carinho de um momento em que ela, sentada ao seu lado na carruagem, vendo nos seus olhos que era ele, Michl, e não o catedrático luxurioso e soberbo, havia encostado sua dourada cabeça no seu ombro e, com um sorriso, ofereceu-lhe um pedaço de *brezl* que estava comendo.

Necessitava falar com o conde; tinha que explicar que ele queria trabalhar, ajudar, tentar conquistar o coração de Sanne e ser de novo um homem normal. Para conseguir isso, teria que encontrar um modo de se livrar da outra presença, e isso só poderia ser feito por ele, ou seu amigo, o estudante que tinha tornado isso possível.

Tinha decidido que a primeira coisa era tentar evitar de estar sempre dormindo com a droga que lhe davam; depois, fazer o possível para sair de lá, demonstrar que podiam confiar nele, ver Sanne, falar com ela, falar com Sua Excelência... Mas a primeira coisa era ter a mente clara e começar a se mexer.

Plankke estava dormindo. Pouco a pouco Michl havia aprendido a tatear, com cuidado, para saber se o outro estava acordado. Era um pouco como quando se dorme na mesma cama que um desconhecido e um dos dois se mexe com infinito cuidado para evitar que o outro reaja.

Michl se colocou de pé na escuridão do sótão. Ele notava os membros amolecidos, como se estivessem feitos de resina quente, mas pelo menos lhe respondiam. Aproximou-se da claraboia e olhou para o exterior: havia uma ligeira capa de neve e tudo estava em silêncio. Deviam ser três ou quatro da madrugada. Não era o momento adequado para passear pela casa, mesmo que a porta estivesse aberta, mas era o melhor momento para tentar forçar a fechadura ou ver se conseguia alguma forma de sair de lá. Tinha até o alvorecer para tentar.

Aproximou-se da porta pisando suavemente para evitar ranger as tábuas do assoalho e, com muito cuidado, abaixou a maçaneta de ferro. Para sua surpresa, a porta abriu e ele encontrou na sua frente umas escadas que desciam pela escuridão. Indeciso, deu um passo sem saber bem o que estava fazendo e para onde iria. Os restos da poção ainda faziam algum efeito e ele tinha a sensação de estar sonhando, como se o que estava ao seu redor não fosse totalmente real, como uma espécie de pesadelo suave.

Desceu ao segundo andar e desembocou em um corredor cheio de pesadas portas talhadas, com uma janela ao fundo pela qual se filtrava a luz da Lua, uma luz leitosa, invernal. À medida que avançava, ia encontrando com os olhos de homens e mulheres que deviam estar há muito tempo mortos e enterrados e que agora o contemplavam com desaprovação, nos quadros com molduras de madeira dourada. Em algum lugar distante, um relógio marcou as duas horas. Não era tão tarde como ele supunha, mas o bastante para que todos estivessem dormindo.

Seguiu avançando até chegar à escada principal, cujos degraus de mármore se perdiam na penumbra do vestíbulo. À sua esquerda, uma porta estava entreaberta. Aproximou-se bem devagar, temendo que a qualquer momento alguém pudesse sair de lá. Escutou atentamente, mas o silêncio era total. Colocou a mão grande na porta para empurrá-la e deu dois passos para dentro.

Na sua frente se recortava sob a penumbra a silhueta de um homem enorme, de ombros largos e carregados, que avançava ao seu encontro. Esteve a ponto de uivar de terror, mas conseguiu abafar o grito que ameaçava escapar da sua garganta, colocando sobre o lábio uma mão feminina, a direita. Ficou rígido, esperando. O outro também se deteve.

Pouco a pouco seus olhos foram se adaptando à escuridão e ele pôde ver o repugnante rosto do ser que estava na sua frente: uma pele extremamente pálida com a testa protuberante e os olhos afundados em olheiras como poças de escuridão, os lábios finos e retos, quase vermelhos, uma terrível cicatriz na altura de um olho e em volta do pescoço, uma orelha arrancada, o cabelo preto e liso, caindo para os lados do rosto. Naquela casa morava um monstro que só saía durante as noites para passear pela estância para evitar que fosse visto. Seu coração se encheu de compaixão. Pobre criatura! Quem seria aquele pobre homem? Um doente? Alguém que havia ficado ferido em um acidente?

Michl estendeu a mão para o horrível ser e a criatura estendeu a sua.

– Não tenhas medo, amigo. Não quero fazer-lhe mal nenhum.

Sua voz, mesmo que suave, produziu um eco no dormitório. Não houve resposta. Deu outro passo para se aproximar daquele desgraçado ser. O outro o imitou.

Antes de que sua mão estendida pousasse sobre a frieza do espelho, Michl já havia compreendido que o monstro era ele. Duas lágrimas escorreram pela sua face afundada.

Virou-se e regressou ao sótão, na escuridão.

· 12 ·

QUANDO APEARAM A CARRUAGEM EM PLENA GETREIDE-gasse, no centro de Salzburgo, Nora sorriu maravilha-da. Tudo estava tal como ela lembrava do ano anterior, quando havia passado um fim de semana com uma amiga em Salzburgo. Se naquele passeio ela não tivesse prestado atenção nas portas das casas, quase todas ocupadas pelas oficinas de artesãos, e tivesse se limitado a olhar para cima, para as janelas e as coberturas dos edifícios, não teria tido agora a impressão de ter voltado para sua época. Depois, com mais rapidez do que ela gostaria, seguiram viagem e a maravilhosa sensação desapareceu. Ficou claro novamente que ela estava presa em um tempo que não lhe pertencia, onde as pessoas pensavam e sentiam de outra maneira, onde não podia falar comodamente porque a olhavam de modo estranho, nem fazer a maior parte das coisas que gostava porque simplesmente não existiam; onde sequer poderia praticar um esporte, sair para correr ou caminhar de short, ir para a academia ou para a piscina. Tinha a sen-sação de que há séculos não escutava música de nenhum tipo; até a tarde do dia anterior não tinha ainda tomado banho de corpo inteiro desde que saíra do seu apartamento seguindo Max; não havia comido nenhuma fruta porque era inverno, e no inverno não se podia conseguir nenhum tipo de fruta no século em que ela se encontrava. Começava a entender por que nos livros e nos poemas antigos falava-se tanto da primavera.

Foi uma manhã muito atribulada. Apesar do frio, e de as ruas estarem cobertas por uma capa de neve já bem suja e pisada, caminharam com entusiasmo e deram um jeito de visitar uma espartilheira, uma casa de perucas, um sapateiro e uma modista. Depois, Charlotte, Katharina e Nora comeram em um pequeno salão reservado para as damas, enquanto que Sanne, Luzia e Wolf comiam na sala comum da taverna contígua. Pela tarde ainda tiveram tempo de ir a uma chapelaria e comprar algumas peças soltas, como luvas e leques, que pareciam necessárias para a figura feminina.

Já haviam saído do último estabelecimento quando a tia Charlotte lembrou de algo mais e deu meia-volta, mas, ao ver a cara de esgotamento de Nora, disse agitando a mão:

– Vai para o coche, querida. Em seguida estaremos contigo. Herr Eder, acompanhe a senhorita. Sanne, fique conosco para ajudar a levar as compras.

O Lobo, carregado de pacotes e sacolas de todas as cores, fez uma reverência e seguiu Nora pela rua principal. Ela se deteve para se colocar ao seu lado e assim caminharem um ao lado do outro, para a perplexidade de Wolf, como se fosse a coisa mais normal do mundo. Ao passar pela Casa dos Correios, Nora olhou rapidamente por cima do ombro a fim de ter certeza de que tia Charlotte não estava por lá.

– Faça-me o favor de esperar um instante, Herr Eder. Tenho que mandar um recado.

E sem esperar pela resposta, entrou na Casa dos Correios e depositou a carta que havia escrito na noite anterior. Um momento depois, estava de novo na rua com Wolf.

– Ouvi dizer que a senhorita já morou na América – comentou. Tinha a sensação de que para aquela moça não lhe pareceria um atrevimento falar com ele pela rua.

Não se equivocou. Nora lhe respondeu com naturalidade, como se a prometida de um conde pudesse conversar com toda normalidade com um malandro como ele.

– Sim, sim. Por muitos anos.

– E como é? Já pensei algumas vezes em dar o grande salto e cruzar o oceano.

– É uma boa ideia para um homem valente. Há muitas terras bem baratas, inclusive grátis, e grande liberdade de movimento, mas é também um lugar perigoso. O bom é que, assim que alguém sai das grandes cidades da costa leste, ninguém pergunta quem é e de onde vem. Lá cada um pode se fazer por si mesmo, sem que seja importante sua linhagem ou seu estrato social.

Wolf olhou surpreendido. Pelo modo como havia falado, estava claro que para ela as novas ideias, que só podiam ser lidas nos livros proibidos, como a liberdade e a abolição dos privilégios da nobreza, pareciam boas e isso não era normal em uma dama, menos ainda em uma dama que iria se casar com um conde. Aquela moça era realmente peculiar e estranhamente atrativa. Ele lançou um dos seus sorrisos de conquistador. Não tinha nada a perder por tentar.

Ela sorriu também, mas sem intenção maliciosa, como se ele fosse um imberbe, olhando-o diretamente nos olhos sem outra intenção do que vê-lo.

– Estou cansadíssima – disse. – Essa coisa de fazer compras me esgotou.

– É o que as mulheres mais gostam.

– *Arght*. Depende. Eu, por exemplo, gostaria de ir nadar – terminou com um sorriso nostálgico.

Wolf desabou a rir.

– Em pleno inverno?

Ela sorriu.

– Em algum país cálido. Já que...

– A senhorita sabe nadar?

Sua expressão incrédula a fez perceber que havia cometido uma gafe de novo, que não era absolutamente normal que as pessoas soubessem nadar, e muito menos uma mulher, de modo que ela decidiu continuar adornando sua história, retorcendo as lembranças reais para que se encaixassem no que já havia contado.

– Quem me ensinou foi meu avô, no Sião, para ficar mais tranquilo quando saíssemos com o veleiro pela baía. Assim, se eu caísse na água com uma onda do mar, poderia aguentar até que me salvassem. – No dia anterior, havia se fechado na biblioteca com Max e, olhando um globo terrestre, tinham localizado o que para ela era a Tailândia, onde havia estado por um mês no verão passado, e que no século XVIII se chamava Reino de Sião e tinha sua capital em Ayutthaya.

– A senhorita é uma verdadeira caixinha de surpresas.

Ela soltou uma gargalhada. Ele deixou os pacotes no chão, abriu a porta da carruagem e ficou de fora, desejando continuar a conversa com ela, mesmo sabendo que era totalmente impossível, pois já tinha se arriscado muito.

Tiveram sorte porque neste mesmo momento voltaram as outras damas conversando e rindo como um bando de pássaros.

– Olha, Nora, compramos sombrinhas também. Agora tu vais poder ver quando chegarmos em casa – Katharina estava animadíssima. – Que vontade que eu tenho de experimentar tudo o que escolhemos e de ver logo o teu vestido de noiva!

Justo quando os cavalos começaram a andar, tia Charlotte olhou pela janela, aproximou do nariz seus *lorgnette*, uns estranhos óculos com alça, como se fossem uma máscara, e exclamou:

– Olhai, olhai, queridas, ali está Herr Mozart!

– O músico? – perguntou Katharina.

– Exatamente.

Nora conseguiu ver um homem jovem de estatura média, vestido de cinza, com peruca e chapéu tricórnio, caminhando a grandes passos até virar a esquina. Sentiu frio de repente. Mais do que poderia atribuir à temperatura exterior. Acabava de ver o maior gênio da música ainda vivo, caminhando pela sua cidade, sem que ele soubesse que só teria mais alguns anos de vida pela frente. Porque se lembrava com toda a clareza das aulas no colégio, quando aprendera que Wolfgang Amadeus Mozart tinha morrido aos trinta e cinco anos.

* * *

Frankenstein olhava pela janela a tranquila extensão do lago que, no meio da manhã, estava azul como um céu de verão, mesmo que a temperatura fosse tão baixa como nas semanas anteriores. Os altos picos nevados se refletiam na água duplicando a imagem e toda a paisagem era um espelho de paz que contrastava horrivelmente com a guerra que sentia no seu interior.

Ele comprimia na sua mão uma carta que o havia comovido e sobre a qual ainda não havia conseguido tomar nenhuma decisão; a carta de uma desconhecida.

Sentou-se novamente na poltrona na frente da janela e leu de novo as linhas escritas em uma caligrafia tão estranha como seu conteúdo:

Estimado Viktor Frankenstein:

Tu não me conheces ainda e, apesar disso, atrevo-me a te escrever, dada a importância da questão. Perdoe-me também que te trate de tu, mas sou quase estrangeira e não domino as sutilezas da língua nem me sinto capaz de escrever corretamente usando o modo mais formal.

Apresento-me: sou Nora Weiss e vou me casar com Maximilian von Kürsinger dentro de duas semanas. No entanto, não te escrevo para convidar para a boda, apesar de esperar que venhas, já que nada alegraria mais a Max do que ter a seu lado tua presença neste momento. Sabes que tu és seu melhor amigo, eu acredito que seja o único, e ele está sofrendo muito, tanto pela tua ausência como pelos problemas que tu puseste em seus ombros. E sobre os meus também, acrescento agora, sem que nem ele nem eu tivéssemos participado dos teus experimentos.

Não posso me estender muito. Amanhã terei ocasião de levar esta carta ao correio sem que ninguém se dê conta (ao menos isso eu espero) e não tenho muitos momentos de privacidade nesta casa nem sequer para escrever.

Não vou reprovar agora o que tu fizeste. Suspeito que tu sabes disso muito bem e que esse foi o motivo da tua fuga. O que sim deves saber é que o problema se aprofundou desde que foste embora porque a criatura a qual deste a vida terminou sendo um duplo ser – como tu temias – e agora nos está ficando impossível de lidar, já que uma das personalidades parece pacífica e solidária, enquanto que a outra é perigosa e, me atreveria dizer, inclusive maligna.

Max e eu estivemos revendo as tuas anotações e teus fármacos. Ambos somos estudantes de medicina – sim, eu também, ainda que pareça difícil de acreditar –, mas não conseguimos entender muitas das tuas conclusões. Ou faltam passos que tu não documentaste, ou somos demasiado limitados para entender o processo que, para ti, obviamente, estava claro.

Quero que saibas que não temos nenhum interesse em dominar o segredo de dar a vida à carne morta. Teu segredo é teu, e pode morrer contigo se assim o desejares, mas gostaríamos de saber se refletiste sobre todo o processo e se sabes de alguma maneira como fixar na criatura uma só das duas personalidades, reprimindo a outra definitivamente.

A alternativa de destruir o ser que criaste é algo que nem Max nem eu queremos considerar, ao menos não pelo momento. Não podes faltar com o sentido da responsabilidade a ponto de deixar-nos nesta situação para que sejamos nós o braço executor enquanto tu te distancias, esquecendo do teu dever com tua criação.

Com esta carta eu suplico que venhas a Hohenfels, com a desculpa de assistir à nossa boda, enfrentes a tua responsabilidade e nos ajudes a solucionar um problema que tu e só tu criaste. Não é próprio de um cientista, nem de um cavalheiro, nem de alguém que aprecie usar pendurado no pescoço o símbolo de Minerva, fugir de suas obrigações. Nem é próprio de amigos sobrecarregar Max com algo dessa envergadura.

Ele não sabe nada desta carta. Sei que está passando pela cabeça dele a possibilidade de te escrever, porém ele não consegue encontrar o tom adequado para não te ofender e ao mesmo tempo não quer confessar o quanto te necessita. A mim não me importa fazê-lo; por isso te peço agora, apesar de parecer mais exigência do que súplica.

Vem a Hohenfels, Viktor! Enfrente a criatura que criaste e que te necessita. Sei que não é uma visão agradável, mas um pai não pode abandonar um filho devido à sua feiura. Tu mesmo o criaste e não pode ter sido nenhuma surpresa quando percebeste até que ponto seu aspecto se distancia dos mortais *comuns. Em qualquer caso, se por fora infunde espanto, ou pelo menos desassossego e desagrado, por dentro, quando surge a personalidade do rapaz do qual tomaste o corpo, é um jovem ingênuo, valente e bondoso, que necessita de uma mão que o oriente, de um futuro para aspirar.*

Te esperamos. Não demores. Coloco-me à tua disposição se me necessitas para ajudar no laboratório, apesar de que suponho que tua primeira escolha será Max. Não decepciones teu amigo, por favor. Não negues ajuda a ele.

Saudações das terras de Salzburgo e espero te ver logo.

Nora.

Aquela carta era um insulto e, pior ainda, escrita por uma mulher. Além disso, uma desconhecida. Era preciso uma imensa desfaçatez para que ela se sentisse justificada a escrever algo assim para um cavalheiro, brilhante jovem cientista e membro da Ordem secreta dos Illuminati.

Maximilian devia ter perdido a razão para ter confiado àquela moça segredos tão terríveis, inclusive o fato de que ambos pertenciam à Ordem. Havia traído seu juramento por uma mulher!

Entretanto, algo que estava dito naquelas linhas tão torpes havia ferido sua alma. Era certo que havia depositado sobre seu amigo toda a responsabilidade que só a ele mesmo lhe pertencia. Era certo também que o havia abandonado, passando suas obrigações sem mais explicações que uma breve carta escrita durante a viagem e sob a influência do álcool.

Mas ele estava doente, seus nervos não lhe permitiam comer sem vomitar depois, nem dormir sem pesadelos. Não se sentia capaz de fazer uma viagem até Salzburgo, menos ainda no inverno. Seriam cerca de dez dias de carruagem, de pousadas ruins, de comida insalubre... justo quando estava começando a se sentir bem em casa, cercado de seu pai e irmãos. E tudo isso para quê? Para se encontrar cara a cara com o horror e ser obrigado a tomar decisões espantosas que lhe destroçariam a pequena calma que havia começado a instalar-se no seu coração.

Maximilian era conde e, ao não ter mais um pai, estava habituado a decidir, agir; era também um bom cientista e, sobretudo, um homem de ação. E estava a ponto de casar-se, o que significava, a julgar pela carta, que havia encontrado alguém com quem dividir o peso dos segredos, alguém que o ajudaria a levar a carga. Não como ele mesmo, sozinho, abandonado por todos, sem uma alva mão de mulher que lhe enxugasse a testa suada depois de um pesadelo.

Ele havia devolvido a vida a seu amigo quando aqueles criminosos a arrebataram a punhaladas. Não podia fazer mais do que isso. Von Kürsinger estava em dívida com ele e o pagamento consistia em encarregar-se do seu experimento fracassado. Que aquela tal Nora não entendesse isso ou deixasse de entender não era da sua incumbência.

Se na primavera, quando o tempo e ele próprio tiverem melhorado, Maximilian resolver escrever pedindo um encontro, não se negará a isso. Enquanto isso, escreveria esclarecendo, segundo suas pesquisas, assuntos sobre o que considerava ser a mistura mais conveniente para tentar reparar o descomedido produzido pela existência de duas almas em um só corpo. Já tinha algumas ideias que podiam ser exploradas a esse respeito.

Mas não acudiria a Hohenfels, não olharia de novo o espantoso e obsceno ser a quem ele havia dado a vida por um simples erro. Dedicaria o tempo para curar a si mesmo, de corpo e alma; para fazer longos passeios pelo prados e bosques enquanto a estação fosse favorável; para remar no lago e escalar as montanhas circundantes; para ter prazer na companhia da família e nas risadas do irmãozinho, a quem ele era um semideus; para refletir sobre as mais polêmicas questões científicas. E, se a fortuna lhe sorrisse, talvez com o tempo até encontrasse uma bela jovem que o faria esquecer-se dos sofrimentos passados.

Amassou a carta no punho, depositou em uma urna de mármore e ateou fogo.

* * *

Johannes von Kürsinger colocou no olho da rua seu mordomo que, assim que ele chegou, cansado, acalorado apesar do frio reinante e fedendo muito por culpa do cavalo, do suor e das pousadas ruins, teve a ousadia de comunicar a mensagem de sua tia Charlotte sobre a boda de Maximilian com aquela estranha que havia se metido na sua vida disfarçada de homem.

Tinha refletido um pouco durante a viagem, havia esgotado Donner com seus galopes, necessários para ventilar a fúria que o afogava, e tinha chegado à conclusão (dado que não havia forma humana de localizar o Lobo) de que ele era perfeitamente capaz de se encarregar em pessoa do que desejava. No final das contas, tratava-se simplesmente de despachar seu primo de uma ou outra forma, e isso tinha que estar ao alcance de alguém como ele, filho de uma das primeiras famílias de Salzburgo, herdeiro de uma longa estirpe de guerreiros que haviam combatido inclusive nas Cruzadas para libertar dos infiéis a Terra Santa. Sabia usar uma espada como um cavalheiro e uma adaga como um rufião; não era nada desprezível como arqueiro e a balestra contava como uma de suas armas favoritas, assim como as mais modernas pistolas e fuzis. E o mais importante: sua perícia como caçador era legendária e a experiência da caça lhe fizera uma carapaça a tal ponto, que nem o sangue nem a morte podiam fazê-lo tremer. A morte era só a outra cara da vida.

Desnudou-se e ordenou que Lukas, seu serviçal pessoal, queimasse todas aquelas roupas malcheirosas que o acompanharam durante tanto tempo. Não queria vê-las mais, nem em seu corpo nem no de nenhum criado.

Entrou na água quente da banheira com um suspiro de satisfação e em seguida esticou a mão para receber a taça de vinho de xerez que tanto tinha sentido saudades durante a viagem. Tinham razão os que diziam que não há nada no mundo como a própria casa e, se ele desejava desesperadamente ser o senhor de Hohenfels, não era porque lhe parecera que esse castelo fosse melhor que o seu, mas porque era o que pertencia ao conde, e ele não podia suportar a ideia de que seu primo Maximilian, só por ser o primogênito do primogênito, tivesse o direito que a ele fora negado, sobretudo considerando que ele era um homem de trinta e dois anos enquanto que seu primo tinha dez anos a menos e era ainda quase uma criança.

Tomou logo a taça e esticou a mão para pedir outra. Lukas serviu imediatamente.

Também teria que matar a criadinha que esperava o filho de Max, já que, por mais bastardo que fosse, seria o primeiro filho nascido do conde de Hohenfels, e, quando se conhece a História com maiúscula, sabe-se que perdoar um bastardo era algo que sempre havia trazido problemas.

A noiva poderia ser deixada com vida, uma vez que os outros dois desaparecessem antes da boda. Se não conseguisse fazê-lo antes de se casarem, ela também teria que morrer para não correr o risco de ficar grávida na mesma noite da boda e, sendo já condessa viúva, ter o direito de esperar o parto e transmitir o título ao recém-nascido, caso fosse do sexo masculino.

Teria sido muito mais cômodo contar com o Lobo, mas à sua falta estava certo de poder encontrar dois rufiões que se encarregariam do trabalho menos elegante ou que protegessem sua vida quando fosse necessário.

Deveria descansar por dois dias e, antes de visitar o primo em Hohenfels, passaria por certas espeluncas que conhecia bem na principesca e arcebispal cidade de Salzburgo.

* * *

Sanne deixou Nora dentro da banheira comprazendo-se com a água quente e, com o maior sigilo, subiu as escadas que davam ao sótão, ocultando debaixo do avental algo que havia roubado da cozinha.

Há vários dias adquirira o costume de passar pelo horrível lugar onde haviam confinado Michl e tocar na porta com uma senha que só ele conhecia. Se fosse ele, abriria a porta e conversariam um pouco. Se não abrisse, ela iria embora.

Nem ela mesma conseguia explicar como era possível que aquele engendro mal costurado estivesse se convertendo em alguém com quem gostava de conversar e fosse a pessoa que a havia tratado melhor em toda sua vida, descontando o conde e a senhorita Nora.

A primeira vez que subiu, porque necessitava desesperadamente falar com alguém que não fosse a senhorita ou o senhor conde, e ele era um rapaz da sua cidade, o havia encontrado chorando, coberto com o véu e o chapéu. Só depois de um tempo de persuasão, ela conseguiu que ele contasse um pouco como se sentia, agora que havia percebido o que viam os outros quando olhavam para ele.

– Sou um monstro, Sanne. Jamais poderei sair à luz do dia e ter uma vida normal – disse por fim. – Não entendo como tu, que és como uma flor de maio, não apartes a vista, com asco, ao ver-me.

– Minha avó dizia que nem tudo é o que se vê, que o que na verdade vale a pena é o que se averigua com o tempo, o que está dentro do coração das pessoas. E que, cedo ou tarde, até os mais lindos se tornam velhos e feios.

Michl explicou como lutava contra o outro, contra o professor Plankke, que parecia adorar o remédio que lhe davam, mas que ele, Michl, reduzia-o pela metade, guardando na boca um golinho para cuspir depois quando ia embora o mordomo. Estava começando a saber como afastar o outro e deixá-lo dormir e sonhar enquanto estivesse acordado, mas nem sempre conseguia e tinha vezes em que se via obrigado a assistir, desesperado de impotência, como o outro rangia os dentes e dava socos nas paredes sem que pudesse fazer nada para impedir.

Sanne, uma vez que ele começou a se sentir melhor, tinha contado o medo que sentia pelo seu bebê, porque logo começariam a notar a barriga, e ela não sabia se poderia permanecer naquela casa ou se a mandariam de novo para a rua; e ela não tinha para onde ir, nem família nem ninguém que pudesse ajudá-la. Não queria se separar do pequeno e deixá-lo para outras pessoas. Aquele menino era seu e só seu, e já o amava, apesar de que ainda não o reconheceria se o tivesse visto no meio de outros.

Quando se separavam, os dois se sentiam muito melhor e, desde então, Sanne o visitava sempre que podia.

Agora fez a senha combinada: três toques seguidos, uma pausa e mais dois. Um momento depois, a alta figura de Michl se desenhou na porta. Estava com o véu e o chapéu colocados.

– Mas homem de Deus, o que estás fazendo? Tire isso, estás parecendo um espantalho! Já tenho costume de te ver; não vou me assustar.

– Não, Sanne. É melhor assim.

– Tire isso, estou te falando!

Obedeceu devagar enquanto ela tirava o que tinha trazido da cozinha embrulhado em um guardanapo.

– Michl! O que te aconteceu?

Toda a cara feia estava marcada por arranhões sanguinolentos.

– Pedradas?

Ele assentiu.

– Como? Onde?

– Não consegui deter o Plankke. Ele saiu ontem à noite, e esta manhã, ao alvorecer, entrou em uma granja próxima daqui. Ele entrou em um galinheiro para roubar ovos e encontrou uma menina que tinha ido recolher a postura. Tinha uns dez ou onze anos... Agarrou-a pelo pescoço e disse que, se gritasse, mataria toda a sua família. A menina começou a chorar, em silêncio. Eu fazia todo o possível para controlá-lo, mas era muito difícil, Sanne. Ele quis... quis fazer nela o que fez em ti, e a menininha começou a gritar. Ele agarrou seu pescoço de novo e começou a apertar. Pensei que a mataria e... não sei... isso me deu a força necessária para impedi-lo. Não sei como explicar... dei... como um empurrão muito forte e isso fez com que ele soltasse a menina, que saiu correndo. Em seguida, ao cruzar o pátio da granja para voltar para cá, começaram a chover pedras. Muita gente, homens e mulheres, e até crianças, me insultavam, jogavam pedras... para matar... Bom... a mim não, mas como eles iriam saber? E Plankke rugia de raiva e dizia que iria matar todo mundo, que ele era uma pessoa importante e não podiam tratá-lo assim... Não sabes o que ele sofre por ser o que é... o que somos... agora. Eu nunca fui mais do que um pescador e depois um jardineiro, mas ele... ele era alguém, e agora...

– Está doendo? – perguntou ela roçando as feridas com as pontas dos dedos.

– Agora não, porque tu estás tocando.

Ela sorriu abaixando o olhar.

– Tenho que ir embora. A senhorita está me esperando. Coma isso que eu te trouxe. É um pedaço de frango!

Michl pegou uma mão dela com a mão esquerda, a grande, a dele.

– És um anjo, Sanne. Se... se consigo me livrar de Plankke... me deixarias ajudar-te? Me deixarias ajudar com o bebê?

– Não é teu, Michl – Sanne ficou vermelha.

– Não me importa. É teu. Para mim isso é o suficiente.

Ela abaixou o olhar e saiu correndo pelas escadas.

* * *

– Max, tu tens um momento? – Nora enfiou a cabeça no escritório onde ele estava reunido com seu procurador vendo questões de terras e sociedades.

– Com certeza, querida. Desculpe-me, Herr Schalk. – Saiu ao corredor e ficou olhando para ela com preocupação.

– É só uma pergunta. Você pode me dizer o que faz Eder... o Lobo... dando voltas pela casa sem nada concreto para fazer?

– Tem que ser agora? Estou trabalhando.

– Já sei. Mas quando aquele bom homem fica com tédio, se dedica a fazer perguntas a torto e a direito, seguindo as pessoas para saber se ocultam algo e todo tipo de coisas ociosas. Já me perguntou várias vezes se pode ir ver o... Frankie. Ele sabe que continua por aqui, escondido.

– Diga a ele que venha falar comigo se quiser saber alguma coisa.

– Você está mantendo-o aqui caso decida matá-lo?

– Nora! *Shhh!* – Cruzou os lábios com o dedo indicador, enquanto olhava, perspicaz, para a porta entreaberta do escritório.

– Ou seja... sim.

– Deixe que termine com o despacho, vamos passear e daí falamos disso.

– Nesta casa é impossível irmos sozinhos para algum lugar. Ou está a família ou estão os criados ou estão todos. Você, afinal, escreveu para o Viktor?

– Não tive tempo.

– Eu sim.

– O quê? Como te atreves? O que tu disseste a ele?

– Se quiser saber disso e outras coisas, arrume um jeito para que fiquemos sozinhos por um tempo. Adeus, querido Max; Kathy e eu vamos passear aproveitando que faz um tempo delicioso, quase primaveril – terminou com uma voz ligeira, alegre e deliberadamente feminina.

Se fosse com qualquer outra mulher, ele não teria achado nada em particular, mas aquela frase, dita por Nora, era quase um insulto. Mordeu seus lábios por dentro e voltou ao escritório fazendo planos para manter ocupada a tia Charlotte e poder se encontrar com Nora sozinho.

* * *

Enquanto isso, no sótão, Wolf havia encontrado uma maneira de visitar o estranho ser que haviam trazido de Ingolstadt e que, fosse o mais horrível ou o mais belo do mundo, assim que se acostumasse um pouco com ele, deixaria de ser tão feio ou tão lindo.

Durante a viagem tiveram pouca ocasião para conversar, mas o Lobo pôde perceber que, uma vez descartada a ação diabólica, já que ele não acreditava nessas coisas, aquela criatura devia ser um alienado, um doente mental. Havia escutado falar de gente que tinha dentro de si várias outras pessoas diferentes e que não eram capazes de controlar quem estava no comando. Por isso cabia a possibilidade de que o mesmo ser fosse alternadamente um assassino e um santo sem que nenhum dos dois pudesse interferir no que fazia o outro. Algo realmente curioso que ele queria ver mais de perto.

À força de espiar a donzela da senhorita, havia descoberto que uma dessas duas pessoas se chamava Plankke e parecia um senhor mais velho, muito eloquente, e que o outro era um homem jovem chamado Michl, que se tornara amigo de Sanne. Parecia que aquela moça não tinha nojo de nada.

Primeiro ele estranhou que a porta não estivesse fechada com chave. Depois, percebeu que, assim como durante a viagem, ao monstro era dado uma poção para mantê-lo tranquilo e talvez por isso não considerassem necessário trancá-lo. Grande erro. Sempre são melhores dois obstáculos do que um só, mas para ele era melhor assim, então não havia motivos para reclamar de algo que lhe convinha.

O engendro estava largado sobre umas velhas mantas, com os olhos semiabertos e as pupilas viradas para cima, deixando ver o branco dos olhos. Ajoelhou-se ao seu lado e, com poucos cuidados, sacudiu-o pelo ombro. Logo seria de noite, mas ainda havia luz suficiente para vê-lo com claridade.

Abriu os olhos, assustado. Em seguida piscou e, com certa dificuldade, focou o seu visitante.

– Tirai-me daqui! – disse com voz arrastada. – Eu vos suplico. Sou o professor Plankke, não podem fazer isso comigo. Sou um homem importante. Levai-me para longe daqui. Eu posso oferecer uma recompensa. Pago em ouro. – A mão de mulher se enganchou na casaca de Wolf causando, a seu pesar, um forte incômodo. Os olhos do homem, inquietantes por serem de distintas cores, estavam fixos nele e por isso Wolf pôde apreciar com clareza a mudança.

De um momento a outro, foi como se uma brisa forte passasse por cima da superfície de um lago ou de uma lagoa, ocultando momentaneamente seu reflexo com as ondas produzidas. Um instante depois, os mesmos olhos com as mesmas cores tinham, no entanto, outro tipo de luz, de transparência.

– Amigo! – disse outra voz, ligeiramente distinta. – Reconheço o senhor da viagem. O senhor é o homem a que chamam de Lobo, não é certo?

Wolf assentiu, maravilhado.

– E quem és tu?

– Michl Fischer, e, antes de ser... isso que sou agora, eu era jardineiro.

– Quem te fez essas feridas?

Michl se levantou com dificuldade, fazendo uma expressão de dor.

– Gente assustada.

– Posso? – Wolf aproximou suas mãos ao torço. – De feridas eu entendo algo. – Tocou, pressionando um pouco aqui e ali. – Te dói quando respiras? E ao mudar de posição?

Michl assentiu.

– Uma costela quebrada ou pelo menos uma boa fissura. Repousar e aguentar. Não se pode fazer outra coisa. Estão te dando láudano, verdade?

– Não sei o que é a poção que eu tomo.

– Vai acalmar tua dor.

– Mas me deixa tonto o tempo todo e eu necessito começar a me mexer e fazer alguma coisa.

– O quê?

– Quero trabalhar, ser útil.

– Ser útil para quem te mantém preso?

– Ela logo mais terá a criança e quero poder protegê-los nesse momento.

– Sanne?

– Sim.

– Algo sobre isso eu andei escutando, mas... ela está grávida de ti? – A perplexidade era claramente sonora no tom do Lobo.

– Cavalheiro, isso é um insulto.

– Não era minha intenção.

– Se ela me aceita, vamos nos casar, mas de todo modo eu quero ajudá-la, aconteça o que for. E para isso eu tenho que me livrar de Plankke e depois... depois teremos que ir embora, para bem longe, ir morar em um lugar onde ninguém nos conheça, onde não me atirem pedras quando me vejam.

– Sábia decisão.

Wolf se colocou de pé. Já havia caído a noite e já quase não se via o outro.

– Tens alguma luz?

– Não.

– Tratarei de trazer uma.

– Poderias trazer também um livro, qualquer um?

– Tu sabes ler?

– Um pouco. Não quero me esquecer. E como Sanne também está aprendendo...

– Verei o que consigo fazer.

– Vá com Deus, amigo. E muito obrigado.

O Lobo saiu sigilosamente do sótão com a incômoda sensação de que aquele ser desgraçado era muito mais distinto do que aquele que havia contratado seus serviços para matar Von Kürsinger. Pela primeira vez o "verei o que consigo fazer" era verdade. Tentaria aliviar um pouco sua solidão e talvez passasse de vez em quando para conversar com ele até que tomasse a decisão definitiva de ir embora.

Esperaria pela boda e, se dois dias depois não houvesse nenhum tipo de encomenda, iria embora. Talvez para a América.

* * *

Apesar de estarem na sua própria casa, Max e Nora saíram por uma das portas laterais, a que dava diretamente para a horta, e, olhando para trás, foram com pressa até o bosque para evitar que fossem vistos pelas janelas dos andares mais altos.

Assim que chegaram à sombra dos altos abetos, a temperatura baixou consideravelmente. Depois de alguns minutos, chegaram a um lugar aberto onde um pequeno riacho murmurava entre as margens de um gramado intenso salpicado de flocos de neves.

– É o meu lugar secreto desde a minha infância – disse Max com um sorriso maroto. – Suponho que todo o mundo o conhece, mas quando eu tinha seis anos me sentia muito valente de vir para cá sozinho e gostava muito de brincar com as pedras e encontrar peixes e sapos.

– É maravilhoso poder ficar um pouco sozinha com você! – Nora se sentou em uma pedra grande quente do Sol.

Max, com toda a naturalidade, tirou sua capa, dobrou, esticou a mão para que ela se levantasse de novo e estendeu a capa como uma almofada para que ela pudesse se sentar com mais conforto. Nora, em sua própria época, teria dito que não precisava disso; nesta, já sabia que uma resposta desse tipo seria uma ofensa e que deveria aceitar com gracejo a amabilidade do seu prometido. Também havia aprendido como agradecer: retirou seu chapéu e começou a tirar os ganchos e os alfinetes que Sanne tinha colocado no seu cabelo para armar o penteado. Depois sacudiu a melena, penteou com os dedos e olhou nos olhos de Max, sorrindo. O presente de ver seu cabelo solto era o melhor que poderia fazer por Max.

Ele se aproximou, deu um abraço e enfiou a cabeça no seu pescoço, debaixo da melena limpa e sedosa. Deram beijos até que ela, apesar de que teria gostado de continuar, separou-se dele suavemente. Tinham muito o que conversar e bem poucas ocasiões para isso.

– Temos que decidir o que vamos fazer, Max. Não podemos continuar assim. Eu pedi a Viktor que venha, com a desculpa do nosso casamento, e que nos ajude com estas circunstâncias. Não disse que já tinha me conhecido em Ingolstadt porque era muito complicado explicar que me conheceu como sua prima Eleonora, que estava de passagem pela cidade, a caminho de Munique. Além disso, não me parecia necessário. Eu perguntei também se ele sabia de alguma maneira de reprimir uma das duas personalidades de Frankie; é fundamental se livrar de Plankke.

– Tu tens uma autêntica implicância com esse pobre homem.

– Não é implicância. São fatos. Venha, sente-se, tenho que te contar uma coisa. – Respirou fundo e passou a relatar o que Sanne tinha lhe contado de como Plankke havia forçado a menininha e estado a ponto de estrangulá-la. Contou também das pedradas que havia recebido.

Max passou a mão pela testa, angustiado.

– Então é certo que esse homem, apesar de sua formação, é um canalha.

– Isso é o que parece.

– Direi ao Lobo...

– O quê? Não está pensando em mandar matá-lo e, com isso, matar também Michl?

– Ele já estava morto, Nora.

– Sim, e você também.

Permaneceram se olhando. Ela tinha razão. Tanto faz se ele já tivesse morrido ou não, se o que ele queria era continuar vivendo. Ele não queria morrer agora só porque isso já havia acontecido uma vez. Sua vida tinha se tornado algo infinitamente mais precioso depois de havê-la perdido: conhecera Nora.

– E o que vamos fazer?

– Escreva para o Viktor. Convença-o de vir ou, pelo menos, de que mande suas anotações, suas ideias, que te explique como fez isso e o que ele acha que poderíamos fazer.

– Concordo.

– Ah, seu tio Franz me fez várias perguntas incômodas. Deve ser porque tia Charlotte, ao perceber que não conseguia tirar muito de mim, andou insistindo para que ele me perguntasse.

– Que tipo de perguntas?

– Por que eu cheguei aqui sem nenhum tipo de bagagem, por exemplo. De onde eu tirei estes sapatos tão estranhos. Como é possível que ninguém tenha me ensinado a usar o leque... Juro que já não sei mais o que dizer.

Max sorriu. Sabia perfeitamente o tanto de intrometida que poderia ser sua tia e que o bonachão do seu tio fazia tudo o que ela mandava.

– E o que tu disseste? Pelo menos deveríamos usar as mesmas mentiras...

– Que deixei toda a minha bagagem na casa da minha tia de Ingolstadt, que fui à festa onde te conheci e quando voltei tinham me roubado tudo. Que estes sapatos são muito normais na Ásia e que, como sempre fui criada entre homens e nunca tive babás, somente preceptores, ninguém me ensinou a usar esse tipo de frivolidades como o leque.

– És a mulher mais inteligente que eu já conheci em toda a minha vida.

– E a mais mentirosa.

– A necessidade faz o hábito.

Levantaram-se e passearam de mãos dadas pela zona ensolarada, olhando as florzinhas que começavam a abrir no mato. A primavera se aproximava depressa.

– Falando em mentiras... – continuou Nora.

– Sim?

– Contei para sua tia e sua prima que Sanne esteve meio ano casada e perdeu o marido, que era pescador, em um acidente no Danúbio; que ele se afogou, antes mesmo de saber que ela esperava um bebê; que por isso nós a trouxemos de Ingolstadt e fiquei com ela como minha donzela; que estava trabalhando de criada na casa onde você se hospedava. Creio que esse é mais ou menos o resumo de tudo.

– Perfeito. Eu te apoiarei e me condenarei contigo. A mentira é um pecado, sabes?

– Se dissermos a verdade, nos queimam. Sobretudo a mim. Ah, também chamou a atenção deles o seu novo cocheiro.

– Wolf Eder?

– Sim.

– Iluminai-me. O que tu inventaste sobre ele?

– Nada. Suponho que estava a seu serviço em Ingolstadt,

e que se quiserem saber algo mais, que perguntem diretamente a você.

– Ótimo!

– Você sabe quem a Katharina quer contratar para tocar no nosso casamento?

– Ela não me disse nada.

– Mozart!

– Ah! Parece-me bom. É um bom músico. Meu pai mandou trazê-lo em várias ocasiões. Lembro-me de quando eu era bem pequeno e ele devia ter uns poucos anos mais. Contou-me várias anedotas picantes. Era muito travesso. Salvo quando se colocava ao piano, que era mais do que um adulto. Se tu estás de acordo, eu gostaria de vê-lo e escutá-lo de novo.

Nora estava escandalizada de escutar Max falando assim de um dos maiores gênios da história da música, como se fosse de um menino normal com uma certa habilidade para o piano. A ideia de conhecer Mozart, de que Mozart tocaria na sua boda, causava-lhe uma espécie de risada histérica.

– Já chegaram vossas encomendas? – perguntou Max, dando a mão para ela passar por cima de um tronco caído. – Ontem chegaram as minhas.

– Seu traje de noivo?

– O traje que encomendei para a boda e outras solenidades futuras. Ficou muito bom, já vais ver.

– Tenho medo, Max – disse Nora bem baixinho, sem saber com certeza se queria que ele a escutasse ou não. Mas, sim, ele a escutou.

– Do que, meu amor?

– De tudo. Absolutamente de tudo.

· 13 ·

TRÊS DIAS ANTES DO CASAMENTO, E SEM QUE MAX tivesse se animado a escrever ao amigo Viktor, ele recebeu uma carta cujo começo o deixou perplexo:

Querido amigo:

Antes de mais nada me sinto na obrigação de te dizer algo doloroso, porém necessário. Só peço a Deus que esta carta chegue a tempo, antes de que cometas o maior erro da tua existência.

Há alguns dias eu recebi, para minha surpresa, uma missiva de uma tal Nora Weiss que, segundo ela diz, é a tua prometida; uma estrangeira que nem sequer domina minimamente a arte epistolar. É possível que se trate de algum tipo de impostora, mas, pelo que ela me diz na carta, é evidente que já teve contato contigo – prefiro não imaginar de que tipo – e conseguiu extrair certas informações que deveriam permanecer secretas.

Não quero te culpar diretamente, predileto amigo; sei que em certas ocasiões o excessivo consumo de bebidas espirituosas ou as perversas artes amadoras de algumas mulheres conseguem o que não conseguiriam nem as mais cruéis torturas nem os mais ferozes interrogatórios. Só quero que sejas consciente de que traíste nosso sagrado juramento a

Minerva e te rogo, pelo que mais queres neste mundo, que retrocedas e evites que a situação piore ainda mais.

Diz essa mulher que é tua prometida e que logo tu a desposarás. Inclusive ela teve o descaramento de me convidar para vosso enlace.

Não irei, amigo meu. Minha saúde ainda não me permite e, apesar de que eu gostaria de acudir, ainda que só fosse para tentar dissuadi-lo se o que diz Nora em sua carta é verdade, não farei isso porque não quero ser testemunha de tamanha imprudência. Sabes que sempre te considerei como um irmão e me dá uma pena profunda que um homem das tuas qualidades tenha decidido desposar uma mulher desse estrato e desse caráter.

Depois, felizmente, ele passou para assuntos científicos que interessavam muito mais e detalhou páginas por páginas as diferentes combinações que havia provado até alcançar uma que, supostamente, havia conseguido o milagre de dar a vida.

Frankenstein supunha que talvez o ingrediente decisivo, mesmo que não pudesse jurar, era o pó de um minério vindo de fora do planeta, o qual ele teve ocasião de comprar no primeiro ano de estudos de um homem procedente das estepes da Mongólia, onde havia caído um meteorito. Um dos materiais achados nessa pedra e na cratera criada quando ela aterrissou era algo nunca visto antes e que não havia sido analisado o suficiente, sem resultados conclusivos. Na caixa que continha seus materiais, e que ele esperava que estivesse com Max, como havia pedido na sua primeira carta, esse minério estava em um frasco de vidro azul-escuro com uma etiqueta que dizia simplesmente "Mongólia".

Ao final do enorme informe científico, concebido simplesmente como informação entre dois investigadores, ele não voltou a tratar de questões pessoais, não fez qualquer referência à sua própria falta de responsabilidade no assunto, sequer à criatura que havia criado ou ao que se poderia fazer com ela.

Ou Frankenstein havia mudado muito, ou Max nunca percebera que o amigo era um jovem vaidoso, egoísta e irresponsável.

A carta terminou com "um abraço do teu fiel amigo" e uma assinatura irregular que denotava uma personalidade nervosa e provavelmente doente.

Talvez fosse ele quem deveria visitar Viktor e ter certeza de seu estado de saúde. Em breve conversaria com Nora e talvez no verão decidissem fazer uma viagem à Suíça.

* * *

Johannes von Kürsinger chegou em Hohenfels de muito mau humor e com o cavalo cansado. Donner era um enorme garanhão negro que quase dava medo quando estava limpo e descansado, mas quando chegou, depois do galope ao qual havia sido submetido pelo dono, os serviçais do estábulo sentiram compaixão pela pobre besta. Ele lançou as rédeas enquanto desmontava com um salto e se dirigia às escadas da entrada, tirando o chapéu, a capa e as luvas, que jogou sem olhar para Eduard, o velho mordomo que havia saído para recebê-lo.

– A família? – perguntou sem diminuir o passo.

– Na biblioteca, senhor.

– Johannes! Vem, vem, meu sobrinho! – cumprimentou-o tia Charlotte sentada na poltrona mais próxima da lareira, enquanto tio Franz se aproximava para o aperto de mãos e Max, que estava perto das janelas com Nora e Katharina, também se dirigia até ele. – Onde deixaste Mathilde e Philip?

– Não sou esse tipo de homem para andar trancado nessas malditas carruagens, tia. Eles devem estar para chegar, embrulhados em mantas e plumas, apesar de que já é primavera. Mathilde está estragando esse menino e convertendo-o em uma daminha.

Cumprimentou os dois homens e foi beijar a mão de sua tia e prima. Ficou plantado na frente de Nora, esperando que alguém a apresentasse, o que Max se precipitou em fazer.

– Então essa é a noiva... – Fez o gesto de beijar-lhe a mão e retirou a sua um segundo antes do correto. A moça não pareceu perceber o insulto. – Eu a imaginava mais... não sei... mais elegante, se tu me permites a sinceridade, primo.

– É que a moça é quase estrangeira e ainda está incorporando nossos costumes – explicou tia Charlotte.

Nora, que detestava que falassem dela como se não estivesse presente, comentou com total naturalidade para incomodar no que fosse possível aquele mal-educado:

– Pois a ambos passou-se algo similar, Johannes. Eu também esperava alguém mais elegante, mais cavalheiro... E me alegro de que sejas tão sincero como eu sou; aqui as coisas não costumam ser tão claras. Felizmente, somos parecidos, futuro primo. – E terminou com um sorriso cheio de dentes, absolutamente esplendorosa, que fez com que Johannes recolhesse os seus.

Nesse mesmo instante ele decidiu que ela também morreria.

Havia passado por Salzburgo e, depois de dar uma olhada nos homens que podia ter contratado, todos toscos e malandros sem nenhum tipo de classe, havia decidido que a melhor maneira de se livrar dos estorvos era recorrer a outro tipo de plano que tinha muitas garantias de sucesso; e ainda que não terminasse sendo tão heroico como o primeiro, as circunstâncias obrigavam. Se tudo saísse como ele havia previsto, em menos de quarenta e oito horas morreriam várias pessoas em Hohenfels (para seus planos era necessário que morressem alguns a mais que os três que realmente interessavam) e ele poderia, por fim, tornar-se o que mais desejava no mundo, ainda que o único herdeiro que tivesse no momento fosse aquele menino loiro e pálido com medo de tudo e que só se sentia feliz no colo da mãe, escutando alguma história inventada.

Depois de um tempo de conversa insossa, a prometida de Maximilian teve o descaramento de fingir um princípio de enxaqueca e se retirou. Em seguida, sua prima fez o mesmo e, depois de uns minutos, a tia se levantou e anunciou que iria começar a se preparar para o jantar e que certamente os cavalheiros teriam muito o que conversar.

Maximilian serviu um licor e o tio Franz começou a falar da grande população de trutas que esperava para dentro de pouco tempo, tanto que havia pensado em colocá-las para defumar ou maturar para poder vender não só nas cidades vizinhas, como possivelmente em Viena e Munique. Para Johannes, era dolorido ver um ramo da nobre família dos Von Kürsinger falando como um comerciante. Quando ele fosse o conde de Hohenfels, acabariam essas misérias; ele proibiria terminantemente o tio de se rebaixar desse modo.

Pediu licença assim que pôde, com a desculpa de que iria se vestir para o jantar, e saiu para o jardim para fumar um cigarro de tabaco americano, com o qual havia se acostumado recentemente.

Nas sebes do labirinto de buxo, onde já fazia sombra porque o Sol estava quase no horizonte, o Lobo o contemplava, imóvel. Parecia-lhe fisicamente desagradável aquele tipo, além de moralmente desprezível.

O pensamento arrancou-lhe um sorriso torcido. Ele não era o mais indicado para fazer juízos morais sobre ninguém, mas no seu caso se tratava essencialmente de uma questão profissional. Ele matava por dinheiro, sim, porém nem todo mundo poderia comprá-lo. Se umas semanas atrás tinha se comprometido com aquele paspalho, havia sido porque, contra seus princípios habituais, não tinha pesquisado primeiro sua futura vítima. Entretanto, agora que havia tido ocasião de conhecer o conde de Hohenfels na sua vida cotidiana e sua futura esposa, mais Sanne e Michl, pela primeira vez na vida começara a pensar que havia gente que não merecia morrer assassinada.

Ele supunha que aquele estúpido e obsessivo vaidoso não desistira dos planos para matar o primo, mas pretendia arruiná-los antes de ir embora para a América, ainda que fosse só por diversão. Estava certo de que o recém-chegado tentaria alguma coisa aproveitando as festividades da boda e iria ficar de olho atento para impedir que tivesse algum sucesso.

* * *

Nora desceu para jantar com um dos vestidos que acabava de chegar de Salzburgo. Desta vez, ninguém poderia dizer que ela não estava vestida adequadamente. Desde o maldito espartilho até a ponta das chinelas bordadas à mão, tudo era perfeito, justamente o que correspondia a uma jovem a ponto de se tornar a condessa de Hohenfels. Ela se perguntou que cara colocariam todos no dia seguinte quando vissem o modelo de vestido de noiva que havia escolhido: um desenho moderníssimo (mesmo que para ela fosse simplesmente estilo neoclássico, dos fins do século XVIII), recém-chegado da Inglaterra, com cintura alta e sem a presença do *panier*, em um cetim branco bordado que a fazia mais alta e mais magra, nunca visto por aquela zona, ainda ancorada na moda rococó, cheia de tecidos avultosos, saias e sobressaias. Estava certa de que chamaria muito a atenção.

Ao passar em frente à porta onde se hospedavam Johannes e Mathilde, ela escutou uma discussão calorosa e, sem decidir, se deteve uns passos adiante. Ele a estava insultando a gritos, chamando-a de inútil e estúpida, o menino chorava desesperado e, depois de um minuto, começaram a se ouvir ruídos como se alguém estivesse jogando móveis e objetos no chão e, depois, socos secos.

Sem pensar muito, ela bateu na porta e disse com sua voz mais alegre:

– Mathilde! Estás pronta? Desces para jantar?

Os barulhos cessaram. Um momento depois, abriu-se a porta uns centímetros e apareceu a cara pálida e assustada da mulher de Johannes.

– Vou levar Philip ao quarto dele e desço em seguida.

– Ele não vai jantar conosco?

– Não. Ele é pequeno ainda. Já jantou com sua governanta.

– E ele não dorme contigo?

Ela olhou para dentro do quarto, temerosa. Mexeu a cabeça de modo negativo.

– Vem, meu amor. Tenho que te levar para a cama.

Philip, com os olhos vermelhos e inchados, passou pela frente de sua mãe e ficou agarrado na sua saia. Ela fechou a porta e começou a andar para o fundo do corredor, esfregando o ombro direito enquanto segurava a mão de seu filho.

– Ele vai dormir tão longe? – perguntou Nora.

– Sim. É o melhor. Assim, se acordar e me chamar, não incomodará o Johannes.

– E tu tens que sair da cama com o frio que faz aqui e atravessar meia casa. E isso se tu o escutares chamar...

– Sim, óbvio que eu escuto.

Nora inclinou-se perto dela.

– O que esse selvagem te fez?

– Nada. Nada. Só discutimos um pouco. Isso acontece em todos os casamentos, já verás quando te cases. Desce tu primeiro! Logo vou eu.

Vendo que não iria conseguir nada e que Mathilde necessitava ficar um pouco com o filho, talvez para explicar que papai era bom no fundo e que gostava muito dele, à sua maneira, Nora, com um nojo profundo, dirigiu-se às escadas pensando que essa era outra das coisas que necessitavam uma solução urgente. Ela ficava toda arrepiada só de pensar na vida que devia ter aquela mulher. Tinha os braços cheios de hematomas e, apesar da quantidade de maquiagem e pó que usava, estava bastante claro que o inchado dos lábios era produto de um soco ou de muitos.

O jantar, que até esse dia sempre havia sido para Nora um momento agradável, em que todos aproveitavam para contar o que tinham feito ao longo do dia ou para dar alguma notícia grande ou pequena, foi tenso. Johannes estava de muito mau humor, respondia do modo mais cortante possível para qualquer pessoa que lhe dirigisse a palavra, se mexia constantemente como se estivesse ligado a um poste de alta tensão e dava a sensação de que estava a ponto de explodir e que qualquer comentário insignificante serviria para isso. Mathilde estava calada e se inclinava sobre seu prato como se estivesse tentando desaparecer e fazer que ninguém percebesse sua presença. A conversa era lenta e trabalhosa, como se, em vez de estarem reunidos para celebrar uma boda, fossem apenas um grupo de inimigos que não confiavam uns nos outros.

Todos se sentiram aliviados quando Johannes anunciou que sairia para dar uma volta e Mathilde se recolheu para descansar. Depois de meia hora, todo mundo subiu para seus quartos e, por fim, Max e Nora encontraram alguns momentos para ficarem sozinhos junto ao fogo na biblioteca; porém, neste mesmo instante, voltou a aparecer tia Charlotte, em camisola e roupão, toda cheia de rendas e babados, com uma touca de dormir como a avó da Chapeuzinho, só que mais elegante.

– Queridos meus, é hora de ir descansar. Podes dar a boa-noite à tua prometida e retirar-te, Maximilian, eu te rogo.

– Tia, meu Deus! Não vamos poder estar um momento tranquilos nesta casa?

– A partir de amanhã Nora será tua esposa e vós podereis estar sozinhos e tranquilos sempre e em todas as circunstâncias até o fim de vossos dias. Boa noite, sobrinho!

Dando por vencido, Max beijou a mão das senhoras e saiu da biblioteca. Charlotte se acomodou no sofá na frente do fogo e apalpou o lugar ao seu lado para que Nora também o fizesse.

– Queria menina, como não tens mãe nem outra mulher da tua família que te acompanhe neste momento, pensei que não há mais remédio do que tomar eu mesma essa função. Só quero dizer que, ainda que o homem seja a cabeça da casa e tenha a responsabilidade e o poder sobre sua esposa, como bem sabes, muito do que vai passar na continuação do teu casamento dependerá de ti. Nem sempre tens que ceder quando algo não te parece correto ou vai contra os teus princípios; nós, mulheres, somos também seres criados por Deus e não somos inferiores aos homens, mesmo devendo respeito a eles. Também eles têm que nos respeitar, compreendes? Creio que a ti não é preciso que eu fale essas coisas; teu pecado é mais do lado contrário, mas não queria ir dormir sem ter dito isso para não ter nada que reclamar. E nunca, nunca, querida minha, permitas que ninguém te bata. Não te deixes convencer jamais de que isso é uma prova de amor, de que tu és importante e por isso ele te "castiga". Isso não é amor, e ainda que tenhas que se tornar uma furiosa, jamais permitas que te machuquem ou que te humilhem. Não sofras, sei que Maximilian é um cavalheiro e está muito apaixonado por ti, porém, quando vejo a coitada da Mathilde, me dá uma vontade de quebrar a cara daquele néscio sobrinho que me caiu por acaso.

Charlotte fez uma pausa, se levantou, serviu duas tacinhas de xerez e voltou com elas.

– Quanto a... tu sabes... vossa vida íntima... – Bebeu a metade da taça e continuou: – Também tens teus direitos. Nem sempre tens que dizer que sim, por muito que teu confessor te digas que tu não podes negar; e se tens a sorte de que te pareças agradável, que pode sê-lo, e muito, não é nada mau, não estás cometendo nenhum pecado nem és uma mulher má. –Terminou o que tinha na taça e passou pela testa e por baixo do nariz o lencinho de renda. Aquilo a tinha feito suar de nervos. – Então é isso. Sermão concluído. Desejo-te uma boa-noite e espero que sejas tão feliz em teu casamento como eu sou no meu.

Deu dois beijos apressados nas bochechas e, sem esperar que Nora dissesse nada, fechou a porta atrás de si sem perceber que a futura condessa, apesar de estar agradecida por ela ter tomado o trabalho de dizer coisas realmente modernas para sua época, havia começado a rir descontroladamente.

* * *

A casa estava calma. Os relógios distribuídos por todos os aposentos acabavam de marcar as três. Todo mundo dormia, menos Mathilde, que não conseguia conciliar o sono, jogada no tapete onde Johannes a havia obrigado a passar a noite porque, como lhe havia dito, "dava nojo dividir sua cama com ela"; Philip, que estava morto de medo tão longe de sua mãe em uma casa que não era a sua; e o engendro que, privado da forte poção de láudano que Michl tentava reduzir ao mínimo, dava voltas e voltas pelo sótão enquanto seus dois ocupantes lutavam no seu interior pelo controle do corpo.

Desta vez, o triunfo foi de Plankke, e, assim que pôde assegurar-se de que pernas e braços obedeciam à sua vontade, abriu a porta e desceu as escadas cuidando para não fazer ruído. Há poucas horas, havia visto pela claraboia a chegada de uma esplêndida carruagem e de seus não menos esplêndidos ocupantes: uma mulher delicada muito bem-vestida e um menino loiro que parecia um autêntico príncipe. Não sabia exatamente onde estariam hospedados, mas, a julgar pelos passos e barulhos que chegaram até o sótão, supunha que deviam ter instalado o menino em um dos aposentos do final do corredor do segundo andar, não demasiado longe dali.

Havia lutado com todas as forças para tomar o controle do maldito corpo compartilhado porque aquele menino o atraía com uma intensidade que ele não podia desprezar. Queria entrar no quarto dele e contemplá-lo enquanto dormia, velar seu sono, acariciar com as pontas dos dedos aquele rosto tão redondo e macio, iludir-se de que era o filho que nunca teve, apertar aquele corpinho contra seu peito, passar a língua docemente pelas delicadas orelhas, tão belas como conchas marinhas...

Abriu a porta do último dormitório do corredor com toda a suavidade de que foi capaz para que não fizesse nenhum barulho. Estava tão escuro, que ele ainda necessitou um momento para distinguir onde estava a cama, de modo que ficou quieto na cabeceira, passando o olhar lentamente por todo o perímetro do quarto, consciente do tique-taque do relógio e de sua própria respiração cada vez mais acelerada ao pensar que o menino estaria agora bem próximo.

Sentia a presença de Michl lutando para se impor, mas ele não permitiria que o vencesse agora que havia conseguido chegar até ali. Agradeceu a escuridão: o pequeno não se assustaria ao vê-lo de cara porque quase não poderia distinguir suas feições, seu horrível rosto.

De repente um grito agudo rompeu o silêncio da casa:

– Mamãeeeee!!! Mamãeeee!!!

Sentado na cama, o pequeno gritava com todas as forças. O menino havia pego o engendro desprevenido e, por um momento, não soube o que fazer. A única coisa importante era fazê-lo calar, que deixasse de gritar daquele modo, porém, antes de poder se mover até ele, uns passos rápidos pelo corredor o forçaram a se ocultar atrás da porta. Uma forma branca entrou no quarto: a mãe do menino que, levada pela urgência, sequer havia pensado em levar um castiçal para iluminar.

O terrível braço esquerdo, forte como uma serpente, se enroscou no pescoço da mulher. Se ele não fizesse alguma coisa, ela também começaria a gritar.

– Silêncio! – disse com a voz arrastada, que parecia ser a única que aquele corpo remendado era capaz de produzir. – Cala a boca, menino, ou matarei a tua mãe.

O menininho começou a soluçar, mas ao menos não gritava. A mulher se debatia com dificuldade entre seus braços. Ele sempre tinha gostado de sentir a fragilidade dos demais, sentir-se forte, poder impor sua vontade aos outros. Quantas vezes ao longo de suas viagens por remotos lugares havia feito tudo o que quis com mulheres, meninas e meninos de todas as raças! E agora, só porque um miserável estudante havia decidido fazer experimentos com ele e com sua morte, se via obrigado a circular como uma praga noturna e inclusive a dividir seu corpo com um tosco que acreditava ser superior a ele porque, ainda que não tivesse nenhuma formação, tinha o que chamava de "princípios e moral".

– Irás me permitir tomar certas liberdades, bela dama – sussurrou no ouvido da mulher. – Se tu gritares, matarei teu filho. Movas a cabeça se me entendeste. – Soltou um pouco a presa para permitir o movimento e a mulher assentiu.

Da cama, Philip não podia ver o que estava acontecendo, mas tinha o costume de ouvir chorar sua mãe e maldizer ao seu pai; sabia que era algo ruim. A diferença era que, quando era seu pai que a surrava, ele não tinha a quem acudir, mas agora estava certo de que, se conseguisse sair do dormitório, seu pai ou seus tios poderiam ajudá-lo.

Desceu da cama em um silêncio total e deslizou pela parede até a zona mais distante de onde o monstro havia empurrado sua mãe. Escutava como ele bufava feito um animal e distinguia os soluços sufocados dela. Chegou ao corredor e saiu correndo e gritando:

– Socorroooo! Papai! Socorrooo! Estão matando a mamãe!

Um segundo depois, apareceu seu pai no corredor com uma vela e uma pistola carregada. Passos apressados subiam pelas escadas com as vozes de seus tios e tias; as luzes se aproximavam enchendo tetos e paredes de sombras que saltavam e se moviam.

Ele assinalou com o braço para seu dormitório.

Plankke devia ter percebido que iam capturá-lo, porque saiu dos aposentos tentando fugir e encontrou o corredor bloqueado por toda a família e vários criados. A única escapatória estava às suas costas, pela janela. Mas era o segundo andar. Enquanto ainda duvidava se atrevia-se a saltar, alguém atirou, e tudo se preencheu de fumaça e de cheiro de pólvora. Um segundo depois, cambaleando, bateu contra o cristal da janela no fim do corredor, e caiu de costas para fora, no jardim.

Todos correram para o dormitório, Philip foi o primeiro. Sua mãe estava de bruço no chão com os saiões da camisola levantados até a cintura e o cabelo solto cobrindo a cara. Se jogou em cima dela para cobri-la e, abraçando, começou a chorar.

– A senhora está morta, mamãe? – perguntava. – Está morta? Seu pai se ajoelhou com eles, procurando o pulso.

– Não. Ainda respira. Primo! Tu és médico, não és?

– Deixa comigo – disse Nora.

– Néscia! Aparte-se! Onde está meu primo?

Maximilian havia compreendido logo o que estava acontecendo e havia saído voando para o jardim antes que os outros pudessem ver bem o monstro. Tanto se estivesse morto, como se houvesse sobrevivido ao disparo e à queda, era fundamental retirá-lo do campo de visão dos familiares e serviçais. Esperava que o Lobo tivesse pensado a mesma coisa.

Teve sorte. Assim que pôde dar a volta na casa e chegar ao lugar da queda, encontrou com Wolf Eder, que acabara de recolher o engendro e o puxava na direção do bosque. Entre os dois era muito mais fácil, sobretudo quando, depois de uma dezena de metros, encontraram uma carretilha de jardim que lhes permitiu chegar à diminuta cabana de ferramentas que se encontrava já dentro do bosque, a salvo dos olhares da casa.

– Deixe-o aí, vamos! Por agora o importante é que não o encontrem. Depois veremos o que fazer com ele – disse Max, angustiado.

– Continua vivo? – perguntou o Lobo.

Após colocá-lo no chão da cabana, Max se ajoelhou ao seu lado buscando o pulso na jugular, apesar de que o buraco que a bala havia deixado no peito e as roupas ensanguentadas falavam uma linguagem muito clara.

– Temo que não. Está morto.

– Coitado do meu amigo! – disse Wolf com um autêntico pesar.

– Plankke era amigo teu?

– Não. Michl. Coitado do rapaz. Agora parou de sofrer. Vamos! Vamos dizer que ele escapou, que o perdemos pelo bosque.

– Amanhã voltaremos para enterrá-lo.

– Amanhã é vossa boda, Excelência.

Max ficou olhando para ele como se não entendesse as palavras, até que de repente disse:

– É certo. Faremos isso pela noite, depois da festa.

Voltaram para casa a toda velocidade. Os dois estavam manchados de sangue e tinham que tentar se livrar das roupas antes que fossem vistos. Aproximava-se um grupo de criados com tochas, pedaços de pau e foices, mandados por Johannes.

– Posso pedir-lhe algo, Excelência? – perguntou Wolf em voz baixa sem perder de vista o primo do conde.

– Qualquer coisa.

– Permitis que ajude a servir a mesa no vosso casamento?

– O quê?

– Poderia explicar mais adiante.

– Concedido. Mas vou pedir essa explicação depois.

– Onde está essa besta que atacou meu filho e minha esposa? – rugiu Johannes quando se encontraram.

Wolf abaixou a cabeça e se juntou ao grupo, de modo que seu antigo chefe não o reconhecera.

– Está ferido. Fugiu para o bosque. Eu estava regressando para buscar reforços.

– Não se preocupe. Nós o encontraremos. Isto é coisa de homens, Maximilian. Tu tens que estar tão bonito como sempre para tua boda. Vamos! – gritou, virando-se para o grupo.

Quando ficaram sozinhos de novo, Max e Wolf cruzaram olhares de cumplicidade e cada um foi para o seu lado.

Na casa, tudo estava de cabeça para baixo. A cozinheira, Edeltraut, acabara de fazer um caldeirão de tília para que todo mundo pudesse tomar uma xícara e se acalmar um pouco; as serviçais caminhavam agitadas, mortas de medo, soltando gritinhos histéricos por qualquer coisa, e Eduard, o mordomo, não fazia nada mais que repreendê-las por seu comportamento.

Franz, Charlotte e Katharina tinham se refugiado na biblioteca e lá estavam tentando consolar e animar Mathilde, que tinha o pescoço cheio de marcas vermelhas das mãos que haviam estado a ponto de estrangulá-la e tremia como vara verde, com seu filho abraçado a ela, os dois deitados no sofá de couro e cobertos por uma grossa manta.

Nora havia pedido permissão para acalmar sua donzela, que estava tendo uma crise de nervos nos aposentos de sua senhorita.

– Pare já de chorar, Sanne! Não sabemos nada. Talvez ele tenha conseguido fugir.

– Não, senhorita. Eu o vi cair. São dois andares, e o tiro. Coitado, coitado do Michl! Como era bonzinho! – Os soluços não a deixavam quase falar.

Nora a abraçou forte.

– Agora, quando Max voltar, eu perguntarei o que ele sabe.

– Eu lhe suplico, senhorita!

– Venha, fique aqui na minha cama. Vou ver o que estão dizendo. E tome um pouco disso, vai te fazer bem.

– O que é?

– Láudano. Vai te ajudar a dormir.

Deixando Sanne mais tranquila e com a vela acesa sobre a lareira, Nora desceu para se encontrar com a família no mesmo momento em que Max, depois de ter se trocado com toda a pressa, chegava também na biblioteca. Seus olhares se cruzaram e Max mexeu a cabeça, mostrando uma negativa.

"Coitada da Sanne!", pensou Nora. "Coitado do Michl!"

· 14 ·

O DIA DO CASAMENTO AMANHECEU ENSOLARADO E PRI-maveril. Todos estavam pálidos, cansados e atordoados pelos acontecimentos da noite anterior. Ninguém sabia de onde saíra aquele energúmeno que havia atacado Mathilde e Philip em seus próprios aposentos, para desaparecer em seguida, ferido, nos bosques; e os que sabiam disso dissimulavam seu conhecimento.

Johannes havia amanhecido novamente furioso e esgotado, sem ter encontrado a mínima pista da fuga do criminoso. Sua esposa e seu filho tinham dormido, por fim, no dormitório do menino, e ele se enfiou em seus aposentos sem passar para vê-los. Tinha que tomar banho e colocar-se de modo apresentável para a cerimônia, além de ter certeza de que tudo estivesse coordenado para poder cumprir com seus planos. Aquela boda seria lembrada durante longos anos. Que pena que a estúpida da sua mulher tivesse sobrevivido ao ataque daquela besta! Preferiria ser o conde viúvo e poder escolher uma nova esposa que estivesse à sua altura.

Ficou olhando seu turvo reflexo no grosso vidro da janela. Qual seria a diferença, já que iria seguir adiante com o que tinha previsto, se Mathilde fosse uma vítima a mais? Já que iria tirar três pessoas do seu caminho, qual a diferença se fossem quatro? O pensamento o deixou de tão bom humor, que ele sorriu e inclusive deu umas palmadinhas nas costas de Lukas quando entrou para organizar os utensílios do seu banho.

* * *

Depois de fazer a barba minuciosamente, Wolf vestiu um libré azul da casa que devia lhe favorecer bastante, a julgar pelos olhares que as criadas lançavam pelo canto do olho, e ficou um tempo na copa, memorizando a disposição dos comensais. Tinha explicado a Eduard que o senhor conde tinha permitido que ele se colocasse como criado, ainda que não pudesse contar com ele para o serviço de mesa; tratava-se simplesmente de funções de controle e de segurança pessoal da família.

Com o susto da noite anterior, Eduard havia concordado, ainda que não via com bons olhos o fato de aquele homem levar um punhal debaixo do libré de gala.

* * *

Sanne havia passado a noite dormindo e chorando alternadamente, abraçada algumas vezes na almofada e outras em Nora, contando coisas do que ela e Michl tinham conversado, dos planos que tinham feito para quando nascesse o bebê, e que agora nunca mais conheceria a América...

Como a senhorita já tinha tomado banho na noite anterior antes do jantar, pelo menos Sanne economizou esse trabalho e se concentrou no penteado e na ajuda para vesti-la. Nora mesma se maquiou com as estranhas pinturas que tinha na bolsa e inclusive pintou Sanne, para que não ficassem tão evidentes as horas de choradeira. Pensavam em usar a desculpa de que, com a gravidez, estava mais sensível e tinha se assustado muito com o ataque noturno, mas de todas as formas era melhor não ter os olhos tão inchados. Em seguida, Sanne vestiu-se também com um vestido que havia sido de Katharina e as duas desceram para o salão para, dali, irem todos juntos à capela onde se celebraria a cerimônia.

Para Nora, era uma combinação de empolgação e medo misturados com uma sensação de irrealidade muito intensa. Nunca tinha pensado que iria se casar tão jovem, muito antes de terminar os estudos, sem que a avó nem os pais estivessem presentes, em uma época que não era a sua e depois dos terríveis acontecimentos desde que colocara os pés na Ingolstadt de 1781. Teria preferido que os dois ficassem sozinhos em algum lugar, assinassem um documento e depois fossem comer algo gostoso para celebrar, nada mais.

Toda a família estava elegantíssima, como em um filme de época, e todos sorriram e aplaudiram ao vê-la passar vestida de branco com seu simples modelo tipo bata com uma pequena cauda. Charlotte e Katharina tinham escolhido vestidos à polonesa, muito mais amplos e coloridos: um, amarelo e outro, de cor creme com flores bordadas de muitas cores.

– Onde está Max? – perguntou, nervosa.

– Ele foi dar umas ordens. Logo ele volta – disse Charlotte, acomodando a alta peruca na frente do espelho novo do salão, recém-instalado.

Quando o viu entrar, Nora esteve a ponto de desmaiar. Estava lindíssimo, apesar de que nunca teria pensado em se casar com um rapaz de peruca pomposa, vestido de cetim rosa com bordados cinza-pérola e meias brancas com sapatos de salto alto e fivela de prata. Os dele deviam ser igualmente incômodos como os dela: não havia pé esquerdo e pé direito, os dois eram iguais e, até que fossem se ajustando à pisada, machucavam muito.

Os últimos a descer foram Philip e Mathilde, quase transparentes e com uma tremedeira evidente nos lábios e nas mãos.

Em seguida, todos juntos, ela de braço dado com tio Franz e Max de braço dado com tia Charlotte, se dirigiram à capela do castelo onde estavam esperando o restante dos convidados e o monsenhor que celebraria a cerimônia.

Ao final, não tinham podido contratar o senhor Mozart porque estava em turnê pela Europa. Mas, fora isso, tudo estava perfeito: o Sol brilhava sobre a grama verde da primavera precoce e fazia abrir as florzinhas coloridas que adornavam o prado, as montanhas exibiam ainda um penacho de neve que contrastava com o céu de um azul profundo, cantavam os pássaros e o sino da capela soava alegremente.

Deu-se o início a uma longa missa na qual o frio foi dominando todos os presentes. Por contraste, a cerimônia de casamento foi breve e curiosa.

Quando o monsenhor começou a fórmula "aceitas a este homem como teu legítimo esposo para amá-lo, honrá-lo e obedecê-lo todos os dias da tua vida?", Maximilian, com a voz tranquila, disse de modo que todos pudessem escutar:

– Obedecer? Não, monsenhor. Minha prometida não vai me jurar obediência.

O sacerdote ficou petrificado, assim como todos os que assistiam.

– Mas... mas...

– Amar e respeitar é tudo o que eu lhe peço e também o que eu lhe ofereço. Eu também não juraria obediência a outra pessoa.

– Ninguém lhe pediria tamanho disparate, Excelência.

– Pois se é um disparate, é para os dois casos. Eu vos rogo que continueis, monsenhor.

Um momento e dois sins depois, Maximilian von Kür-singer, conde de Hohenfels, e a senhorita Eleonora Weiss se tornaram marido e mulher.

* * *

O grande salão do castelo, onde em vida a senhora condessa celebrava os bailes e que agora estava há muitos anos sem usar, brilhava de limpeza, com suas maravilhosas arandelas de cristal cheias de velas e sua longa mesa posta com as melhores toalhas de linho, a prataria, a louça de porcelana de Sèvres e as taças de cristais vindas da Boêmia. Os lacaios vestidos de azul e prateado esperavam junto às mesas auxiliares enquanto os comensais iam ocupando seus postos entre risadas e conversas.

Wolf, vestido como os demais lacaios e com a mesma peruca cinza, estava junto ao cortinado para poder desaparecer se fosse conveniente. Olhou intensamente o salão até que teve certeza de que Johannes von Kürsinger não estivesse lá e imediatamente começou a procurá-lo. Seguindo sua intuição, que quase nunca lhe havia falhado, dirigiu-se à cozinha. Para ele, um homem que quer ver alguém morto e não é capaz de matá-lo ele mesmo era um covarde, e suspeitava qual seria a ferramenta desse tipo de covardia.

Não se equivocou. Johannes tinha um frasco na mão que estava discretamente fechada em punho nas costas.

Será que pensaria em matar todos os convidados? Nem ele poderia estar tão louco...

Oculto atrás da porta da despensa, e aproveitando que aquilo estava fervendo de criados, viu como ele vertia o conteúdo do frasco em um caldeirão onde fervia suavemente uma sopa que, pelo cheiro, devia ser de peixe.

O que pretendia aquele néscio? O que seria aquilo que havia colocado na sopa? Não era possível que fosse um veneno mortal; todos iriam comer esse primeiro prato e, por mais louco que estivesse, não podia pretender matar cinquenta pessoas, muitas delas da própria família. Pelo momento ninguém percebera nada, mas de todas as formas era necessário evitar o risco.

Felizmente, sua mãe havia trabalhado na cozinha de uma casa grande e ele sabia que o mais provável era que a cozinheira tivesse outra sopa pronta para servir à noite, sozinha ou misturada com a que sobrasse do almoço. Foi falar com a mulher e, invocando a autoridade do conde, conseguiu que ela trocasse uma sopa pela outra, mesmo que isso significasse atrasar um pouco a comida.

Rapidamente subiu de novo para o salão, chamou o conde com o sinal que tinham combinado e expôs seus temores e sua estratégia. Depois de debater um pouco, voltou ao seu posto na fila de lacaios sem tirar o olho de Johannes.

Quando foi servida a sopa, o viu sorrir, tomar exatamente uma colherada e deixar o resto no prato, que fora retirado rapidamente.

Já na metade da comida, Johannes von Kürsinger encheu três taças e, com uma habilidade digna de causa melhor, abriu o anel que estava no dedo indicador, deixou cair o conteúdo em duas delas, colocou-se de pé e, depois de arrebatar a atenção de todos os comensais, anunciou um brinde para os noivos.

Aproximou as três taças em uma bandeja dourada onde Maximilian e Eleonora presidiam a mesa nupcial e as entregou com um sorriso. Todos se colocaram de pé, levantando também suas taças.

Wolf não perdeu tempo. Fingindo um tropeço inoportuno, chocou contra Nora de maneira que sua taça se derramou sobre a toalha, salpicando de vinho seu vestido branco, para consternação de todos os presentes. Max e Johannes acudiram em sua ajuda, deixando suas taças sobre a mesa durante um instante que Wolf usou para trocá-las. Ajoelhou-se na frente da nova condessa ocultando seu rosto entre as mãos, fingindo estar horrorizado pelo que havia feito, e Nora, respondendo a um olhar de Max o qual ela não tinha entendido totalmente na hora, soube, logo depois, o que tinha que fazer. Estendeu sua taça vazia para outro lacaio e este trouxe para ela uma limpa que em seguida encheu de vinho.

– Bebamos – disse Johannes. – Pelos noivos! Longa e linda vida, e que Deus os bendiga com muitos filhos!

Os três levantaram as taças, sorrindo. Os convidados aplaudiram, e Johannes, apesar da mortificação que sentia pela falha parcial do seu plano por culpa daquele estúpido lacaio, se consolou pensando que ainda tinha o outro frasquinho e, quando fosse oferecer a Mathilde uma taça de vinho, que ela não se atreveria a recusar, poderia tentar de novo com Nora. A criadinha seria despachada mais tarde, quando tanto ela como os convidados começassem a se sentir mal graças ao que havia colocado na sopa que todos haviam comido, senhores e criados, inclusive ele, para que ninguém suspeitasse de que fosse o único que não tinha sido afetado.

Quando, durante a noite ou no dia seguinte, começassem a se perguntar o que tinha acontecido, atribuiriam a morte dos jovens condes à sopa estragada, que tinha feito todo mundo adoecer. Tratava-se de uma sopa de peixe, e era mais do que possível que algo não estivesse em boas condições. Até nisso tinha tido sorte! Agora só tinha que confabular para conseguir com que Nora e Mathilde tomassem uma taça de vinho com a poção, e já tudo seria simplesmente questão de tempo.

O banquete progredia segundo o previsto, os rostos dos convidados iam subindo de cor conforme iam esvaziando as jarras de vinho e as travessas de comida, as risadas iam subindo de tom e a música que interpretava o quarteto de cordas ia ficando cada vez mais alegre; logo chegaria a hora de retirar as mesas e começar o baile, mas, enquanto isso, Johannes decidiu fazer hora saindo para fumar lá fora. Talvez encontrasse alguém que também tivesse descoberto os prazeres do fumo americano.

Antes de sair foi olhar o primo tentando discernir se o veneno já tinha começado a fazer efeito. O boticário havia dito que era uma droga lenta, que poderia passar várias horas até que começassem as primeiras náuseas e logo os vômitos. Deveria ter paciência porque, no momento, Maximilian estava radiante comendo um delicado *soufflé* que acabavam de servir e que ele próprio ainda não tinha vontade nenhuma de comer.

Lá fora, o Sol radiante da manhã havia começado a deixar lugar para umas nuvens cinzentas que se amontoavam com rapidez sobre as colinas e que logo trairiam chuvas abundantes. Bom para os campos, ruim para ele. Detestava sair para caçar quando tudo estava encharcado, mas a caça era sua principal atividade e não era capaz de passar mais do que dois dias sem praticá-la; ficava nervoso quando estava fechado dentro de casa e, sem pretender, acabava quebrando as coisas.

Tinha acabado de acender o cigarro quando escutou uns passos atrás de si e se virou com curiosidade para ver quem dos convidados tinha o mesmo interesse pelo tabaco. Seus olhos se dilataram de surpresa ao ver o Lobo vestido com o libré azul e prateado de Hohenfels.

– O que é isso? O que fazes aqui?

– Com vossa permissão, Senhoria, estive pensando em nossa associação e decidi que, para cumprir vossos desejos, o melhor seria introduzir-me entre os serviçais de vosso nobre primo. Sabia que sempre que há uma boda, necessitam criados extras, de modo que cheguei aqui há duas semanas, primeiro como cocheiro do conde e agora como lacaio provisório. Assim que terminem as festividades, vou embora, mas para tanto seria bom ter alguma economia para a viagem e havia pensado que talvez o senhor necessite dos meus serviços para alguma coisa.

Johannes deu uma longa tragada no cigarro e sorriu, bem grande. Estava tendo uma sorte inacreditável. Salvo o fato de não ter conseguido capturar o agressor noturno, o que ainda afetava seu orgulho de rastreador e caçador, tudo estava indo de vento em popa.

– Espera aqui. Tenho uma encomenda para te fazer, porém, conhecendo-te, sei que cumprirás melhor se vês primeiro o ouro, estou errado?

– Pode-se dizer que o senhor é quase um adivinho, minha Senhoria. Aqui espero.

O Lobo acariciou o punhal que estava dentro do uniforme. Coçavam os dedos de vontade de fincá-lo no peito daquele pavão real que além de tudo tinha o cérebro de um mosquito, mas não se podia ir matando todos os imbecis que apareciam na frente. Agora o mais importante era tirar dele todo o dinheiro possível antes que o veneno que ele havia tomado sem saber fizesse seu efeito.

Ele achava curioso pensar que esse mesmo homem, cheio de si, que agora estaria descendo as escadas do castelo sentindo-se triunfante e já quase conde de Hohenfels, ao cabo de algumas horas estaria vomitando e defecando, pálido e suado, sentindo os horríveis retorcidos das tripas que se desfazem e começando a sentir o bafo gelado da morte na nuca. A vida é breve, efetivamente, como lhe diziam desde criança na doutrinação.

O paspalho vestido de seda se encontrou com ele e entregou discretamente um moedeiro, que Wolf fez desaparecer com rapidez; pesava o suficiente para tranquilizá-lo.

– O que eu posso fazer pelo senhor?

O homem lhe entregou um frasquinho marrom.

– Meio a meio no vinho da noiva e no da minha esposa. Para que tenham companhia na eternidade – terminou com uma gargalhada.

– Vossa esposa? E a noiva? Pensava que o principal seria despachar o conde...

– Não se preocupe por isso. Já está solucionado. Tu não és o único capaz de terminar o serviço.

– Vossa senhoria merece todo o meu respeito.

Von Kürsinger se inflou como um pavão.

– E, mais tarde, a criadinha insignificante que trouxeram de Ingolstadt e que se faz de donzela da noiva. O método fica a teu gosto. Vamos entrar. Deve estar na hora do baile.

Neste mesmo momento, caíram as primeiras gotas sobre o terraço e os dois homens se separaram.

* * *

Sanne estava ajoelhada ao lado do cadáver de Michl olhando seu horrível rosto, agora mais sereno depois da morte, lembrando sua bondade e seu carinho, suas palavras de incentivo, sua mão forte que havia feito um carinho na mão dela, muito menor e mais pálida, quase como a outra mão dele.

Ela tinha se iludido tanto! Nunca haveria imaginado que depois de ter deixado se convencer pelas falsas promessas daquele estudante tão bonito, acabaria sentindo carinho por um monstro construído de pedaços de cadáveres, cheio de cicatrizes vermelhas; mas era isso mesmo. Sentia tantas saudades dele, que doía como se estivessem arrancando um dente dela, e não conseguia se consolar nem com tudo o que a senhorita (a senhora condessa, se corrigiu a si mesma) lhe havia dito: que ela não estaria sozinha, que poderia ficar sempre com eles no castelo, que a seu filho não faltaria nada. Tudo isso era maravilhoso e muito mais do que ela teria se atrevido a esperar, porém Michl já não estava mais, e sua ausência era uma dor que ela pensava que não poderia superar jamais. Pelo menos haviam dito a ela onde estava o corpo para que pudesse ir visitá-lo, ainda que com a promessa de não dizer nada a ninguém, nem permitir que ninguém a seguisse.

Aproximou sua mão do rosto sem vida e fez-lhe um carinho com suavidade. Estava frio, mas não parecia realmente morto, e sim dormindo, ainda que o buraco da bala continuasse lá e o sangue tivesse se secado nas roupas. Provavelmente também tivesse quebrado algum osso ao cair, ainda que tivesse caído sobre o gramado e não sobre a lajota. Mas... dava na mesma! Coitado do Michl! Havia morrido enforcado uma vez e agora, que tinha começado a viver de novo, morrera novamente por culpa daquele pervertido do Plankke; esse sim era um monstro.

A única coisa boa era que Plankke também tinha morrido. Não poderia machucar mais ninguém de novo.

Permaneceu olhando fixamente para Michl, revendo seus próprios pensamentos. Depois da forca, Michl voltou a viver. Frankenstein tinha feito alguma coisa que o fizera ressuscitar. Não seria possível que o senhor conde, que também era estudante como Frankenstein e tinha todos os seus escritos e todas as suas poções, pudesse fazer igual?

Colocou-se de pé com toda pressa, sacudindo as folhas secas que tinham ficado grudadas na saia do vestido que acabara de herdar. Sabia que não era o momento de falar com os recém-casados, mas era tão urgente, que talvez a senhorita... a senhora... a perdoaria.

Nas bodas, os amos davam de presente moedas aos criados, ou faziam pequenos favores. Ela sabia com toda certeza o que iria pedir, e isso não seria pouco.

* * *

Apesar do tanto que tinham se esforçado Charlotte e Katharina, Nora estava nervosíssima quando chegou a hora de começar o baile, como deveria ser, com um minueto. Tinha praticado durante horas, mas nunca tinha sido especialmente graciosa dançando e lhe custava uma barbaridade lembrar não somente dos passos, o que já era difícil em si mesmo, mas também da ordem dos diferentes casais com que tinha que dançar. Sabia que o baile tinha seu começo com Max, logicamente, porque era o noivo, e logo passava ao tio Franz, logo ao primo Johannes, depois a outro familiar chamado Markus e, a partir daí, já não se lembrava de nada. Ademais, isso de dançar com uma rosa entre os dentes lhe parecia tão ridículo e incômodo, que preferia ficar sentada, mas assim eram as coisas e a tia já lhe havia lembrado o quanto era difícil e caro conseguir rosas tão cedo. Essa era de novo mais uma leve advertência pela pressa de casar-se; pelo visto, o mais correto teria sido esperar uns dois anos entre o compromisso e a boda.

Max estendeu-lhe a mão e ela o acompanhou ao centro do salão, que já estava esvaziado para o baile. Tinha a sensação de ter entrado no sonho de outra pessoa e, cada vez que passava os olhos pelos convidados tão risonhos e satisfeitos, não podia evitar de pensar que estavam todos mortos, que, se estivesse visitando aquele castelo em uma excursão na sua própria época, todas aquelas pessoas estariam há dois séculos enterradas, incluindo Max.

Dançaram durante uma hora, fazendo reverências, dando voltas e deixando as mãos de uns e de outros, lançando ou não olhares ao seu par a cada momento, segundo estava estipulado: tudo tinha seu significado e sua importância. Aquilo tudo era exaustivo.

Por fim, terminou o primeiro baile e todas as senhoras pegaram com fúria seus leques e começaram a abanar enquanto se afastavam para as laterais, esperando que fossem servidas de algo para beber.

Wolf Eder, bem galã com seu uniforme azul, aproximou-se de Nora com uma taça dourada em uma bandeja.

– Vinho branco com ervas, senhora. Muito refrescante.

– Obrigada, Herr Eder. Como eu me saí?

Ele lhe obsequiou seu famoso sorriso travesso, que tanto sucesso já havia granjeado entre as damas.

– Maravilhosamente.

Ela ficou olhando para ele, com uma sobrancelha levantada até que ele, a ponto de soltar uma gargalhada, acrescentou em voz baixa:

– Para a primeira vez.

Ambos sorriram e ele se retirou. Um momento depois, ele servia outra taça para Mathilde, que não havia dançado e estava há um bom tempo com a mão na testa, como se estivesse com dor de cabeça ou tivesse febre.

Esteve a ponto de recusar a bebida, mas encontrou o olhar peremptório do marido e, sem tentar sequer contradizê-lo, tomou a metade, fez uma careta de desgosto e tomou o resto ainda na frente de Wolf. Deixou a taça vazia na bandeja e continuou massageando a testa enquanto olhava a chuva através dos vidros.

– Tu te sentes mal, Mathilde? – Nora a surpreendeu por trás; seus ombros se encolheram e todo o seu corpo deu uma sacudida de calafrio. – Desculpe, não quis te assustar.

– Não me assustaste. Estou bem. É só porque quase não dormi esta noite. Creio que hoje não vou descer para jantar e me recolherei cedo. Espero que me perdoes, Nora.

Ela se inclinou até sua orelha:

– Sei o que está acontecendo contigo, Mathilde. Quero te ajudar.

– Ninguém pode me ajudar. Desculpe, meu marido está me chamando.

Johannes havia começado a perceber um mal-estar no estômago e um calor estranho que subia pela sua garganta. Compreendia que era necessário passar por aquilo para que ninguém pensasse que ele tinha se livrado da intoxicação que teria afetado quase todos os comensais. Só que tinha imaginado que com uma só colherada de sopa não sentiria praticamente nada e precisaria fingir bastante.

O mais curioso era que nenhum dos convidados parecia se sentir mal. Ninguém havia saído para tomar um pouco de ar nem tinha se ausentado mais tempo do que o normal na sala contígua, onde estavam os muitos urinais necessários nesse tipo de celebração.

Por mais estúpido que fosse, dava a impressão de que aquilo só estava afetando a ele mesmo. Maximilian estava tão galã como sempre, conversando e recebendo parabéns de uns e outros, enquanto muitos dançavam a polonesa.

Ele havia preferido que, quando seus familiares começassem a passar mal, várias pessoas já estivessem doentes; mas parecia que o bom humor ou a umidade da chuva estavam contribuindo para que ninguém tivesse náuseas ou que dissimulassem tão bem como estava fazendo ele mesmo.

De toda forma, era só uma questão de tempo. Com seus próprios olhos, tinha visto Maximilian beber sua taça envenenada e agora acabava de ser testemunha de que o Lobo tinha servido o vinho preparado tanto para Nora quanto para Mathilde. Não havia nada mais o que fazer além de esperar.

Despediu-se da esposa com um gesto e caminhou, um pouco tonto, para as janelas que permitiam sair ao terraço. Lá, uma ampla pérgula o resguardava da chuva e, como estava atrás do salão e protegido dos olhares indiscretos, poderia afrouxar o laço do pescoço e fumar um cigarro com tranquilidade. O fumo tinha propriedades restauradoras, todo mundo dizia isso.

Logo que deu a primeira pitada com muito gosto, um espasmo o forçou a inclinar-se sobre o canteiro e a vomitar, sobre os narcisos, parte da sobremesa que acabara de comer. Uma mão lhe estendeu um lenço simples, mas de tecido bom.

– As ordens de vossa Senhoria estão cumpridas.

– Eu já vi. Estou contente.

– O senhor está bem? Muito vinho *clairet* no almoço? – Como se atrevia aquele homem rudimentar a criticar seus hábitos! Mas era certo... não estava bem. Tudo começava a girar. – O senhor me permite que o leve a um lugar onde o senhor possa estar sozinho até que isso passe?

Johannes assentiu sem palavras. Se tinha uma coisa que ele queria evitar era passar ridículo na frente da família e do resto dos convidados. Não se explicava o que podia ter lhe feito tão mal.

Wolf colocou sobre seus próprios ombros o braço do aristocrata, ora carregando-o, ora arrastando-o até o jardim de inverno da parte sul do castelo, onde havia um banco de madeira no meio da vegetação. Assim estaria protegido da chuva e, se alguém estivesse procurando por ele, em algum momento, quando o encontrasse, seria demasiado tarde para poder ajudá-lo.

– O senhor necessita algo que eu possa trazer?

– Água. Água com limão.

– Volto em seguida. Descanse, senhor.

Wolf fechou com cuidado a porta do jardim de inverno e foi embora para continuar vigiando Sanne; não acreditava que estivesse correndo algum perigo, mas nunca era demais ter certeza.

* * *

Às sete da tarde, já com todas as velas das refulgentes arandelas de cristal acesas, colocaram de novo as mesas enquanto os convidados passavam ao salão pequeno, às salinhas ou à biblioteca, e serviram um jantar leve.

Os presentes dos serviçais já tinham sido entregues, os presentes de boda haviam sido convenientemente admirados, quase todo mundo estava cansado, alguns levemente alegres, outros abertamente bêbados e outros estavam tão felizes, que não queriam que acabasse aquela festa que havia sido oferecida na metade da primavera, justo depois da Páscoa.

Como já havia anunciado, Mathilde se aproximou para se despedir dos noivos e se recolher a seus aposentos.

– Vós vistes Johannes? – perguntou.

– Não – respondeu Max. – Faz um tempo que não o vejo. Não sei onde ele terá se metido.

– No quarto da mais jovem das serviçais, suponho. Há muito que parei de me importar.

– Mathilde! – Max achava escandaloso que sua prima postiça fizesse esse tipo de comentário fora da mais estreita intimidade, mas ela não tinha o costume de beber, quase não havia comido, e a taça de vinho cheia até a borda que Johannes a obrigara a tomar tinha subido à cabeça.

– Estou pensando em fechar a porta com chave e me enfiar na cama com Philip. Se à meia-noite escutarem batidas na porta, podeis virar e continuar dormindo. Hoje eu não penso em abrir para ele.

Max e Nora ficaram se olhando, perplexos. De onde tinha tirado Mathilde assim, de repente, tanta coragem?

– Quando vamos cumprir para Sanne o desejo que ela nos pediu? – sussurrou Nora ao ouvido do homem que já era seu esposo.

– Diga melhor quando vamos *tentar* cumprir com isso... Além do que eu não tenho ainda tudo pensado. Frankenstein deixou um frasco cheio da mistura que ele acredita que seja a que utilizou, mas já sabes que esse homem nunca tem certeza de tudo, e na carta que ele me mandou não há nada realmente. Tu acreditas que deveríamos tentar?

– Sim.

– E se aparece Plankke?

– Não acredito que aconteça isso.

– Por quê?

– Uma espécie de pressentimento. Creio, pelo que me contou Sanne, que quando Johannes o matou, Michl já havia conseguido dominar o Plankke quase todas as vezes. Se agora lhe dermos uma oportunidade, vai vencê-lo para sempre. Temos que fazer isso o quanto antes. Hoje mesmo.

– Hoje? Esta noite? Com toda a casa cheia de gente?

– Ninguém vai sentir a nossa falta se formos embora agora. Noite de núpcias, entende? Ninguém vai perguntar onde estamos ou o que estamos fazendo.

Max ficou vermelho, mas acrescentou:

– Também gostaria de ter uma noite de núpcias de verdade, sabes?

– Amanhã – sussurrou ela bem perto dos seus lábios.

· 15 ·

QUANDO SAÍRAM AO JARDIM JÁ NÃO CHOVIA, MAS A NOITE estava escura, fria e brumosa. A neblina diluía os contornos das primeiras árvores do bosque e parecia que os lobos tinham devorado a primavera.

Sanne esperava por eles com dois lampiões cobertos, colada ao muro da casa, na escuridão, tremendo de medo e com expectativas. Tinha mordido os lábios até fazê-los sangrar e chupava o sangue quase sem perceber o que estava fazendo. Apesar de estar esperando por eles, estremeceu-se ao vê-los aparecer.

Max cruzou os lábios com o dedo e foi andando na frente delas com um lampião na mão. Havia morado lá toda a sua vida, conhecia o terreno como a palma de sua mão e não necessitava de luz para encontrar o caminho. A luz seria necessária depois, ao chegar à cabana.

As meninas o seguiam, enroladas em suas capas e agarradas pelas mãos, com o segundo lampião. Ainda bem que elas tiveram a ideia de trocar de roupa e colocar as botas fechadas que as impediam de encher os pés de barro, apesar de que o frio penetrava de qualquer maneira.

Na pequena cabana de madeira só tinha espaço para os três e o cadáver de Michl que, assim, deitado de costas como estava, parecia inclusive maior do que já era. Tiraram as cobertas dos lampiões que foram acomodados de modo que sua luz lhes permitisse ver o que faziam.

– Não sei se vós deveríeis estar aqui – disse Max, duvidando. – Talvez eu devesse ter pedido ajuda a Wolf.

– Não é preciso – disse Nora, decidida. – Nós podemos te ajudar perfeitamente. O que tu queres que façamos?

– Necessito ter acesso ao pescoço, ao coração e à virilha, por isso temo que vós deveríeis desnudá-lo completamente.

Enquanto elas se apressavam com a roupa, Max estava carregando o aparelho injetor com o líquido que ele esperava que fosse o adequado, mas antes deveria suturar a ferida que havia produzido a bala, caso tivesse atravessado o corpo completamente. Do contrário, teria que encontrá-la e extraí-la.

À luz baixa dos lampiões, aquele corpo parecia mais morto do que eles gostariam. Queria tentar, mas começava a invadir um terrível cansaço emocional, uma consciência absoluta do mais que provável fracasso.

Neste momento, ele viu como Sanne encostava contra seu corpo o torço do defunto para poder tirar a manga da camisa e, no seu gesto, havia tanto carinho, tanta delicadeza, tanta esperança, que ele decidiu que faria de tudo, absolutamente tudo o que estivesse a seu alcance para que pudesse recuperar Michl.

– Alçai a luz o mais próximo possível – pediu. – Tenho de me certificar que a bala não esteja aqui dentro.

Max se sentou sobre o cadáver como se montasse um cavalo e, com longas pinças, começou a purgar a ferida.

– Não parece ter algo dentro, mas a bala tocou o coração. Não é possível que isto funcione. Não é possível.

– Tente, senhor conde, eu lhe rogo! – implorou Sanne.

– Colocai Michl sentado. Quero ver se há um orifício de saída.

Neste momento, um relâmpago iluminou a cabana com um violento resplendor violeta que os deixou cegos durante uns momentos. O trovão soou bem distante. A tempestade, se chegasse, ainda demoraria muito para alcançá-los. As moças tentaram levantá-lo como tinham feito antes para tirar a camisa, mas o peso era considerável.

– Não seria melhor que deixassem essa tarefa para mim? – ouviram dizer na porta.

– Herr Eder!

– Estava procurando por Sanne e parece que a encontrei.

– A mim?

– Michl me pediu que não te abandonasse, que cuidasse de ti até que nascesse o bebê, caso acontecesse alguma coisa com ele. Eu cumpro minhas promessas. Quero ajudar.

Outro relâmpago iluminou a noite. Uma tempestade seca, com trovões distantes, parecia ter se assentado na região.

A noite foi passando lentamente. Os relâmpagos se aproximavam e, de vez em quando, pela pequena janela ou através da porta aberta, eles viam algum raio ramificado como uma árvore prateada marcando a pele da escuridão.

Max repassou e suturou as feridas com mais cuidado e precisão do que havia empregado Frankenstein ao costurar tanto as suas como as do seu engendro e, quando já quase havia terminado, impelido por uma necessidade interior, cortou as cicatrizes que cruzavam o rosto e o pescoço e costurou de novo com pontos mais delicados.

Por fim, agarrando com força o aparato injetor, sussurrou:

– Vamos tentar. Estais prontos?

– Alguém poderia me explicar o que estamos fazendo? – perguntou Wolf, que até aquele momento havia pensado que só estavam colocando o cadáver de modo mais apresentável para oferecer-lhe um enterro digno, ainda que havia considerado bastante estranho o momento que escolheram para tal.

– Se funcionar, vais saber logo – disse Max, abandonando todo o tratamento de cortesia. – Que pena que não consigo usar a força elétrica da tormenta! Isso sim poderia ajudar Michl a se livrar de Plankke! Este corpo é jovem e forte, e a mente de Michl também. Com a força de um choque elétrico ele poderia expulsá-lo.

– O que podemos fazer? – perguntou Sanne nervosa, porém decidida.

– Não sei. É um fenômeno muito pouco estudado.

Nora estava pensando a toda velocidade. Ela também não tinha estudado muito os fenômenos elétricos, mas sabia que sua avó tinha lhe explicado muitas vezes desde pequena tudo o que podia ser perigoso justamente porque podia atrair os raios. Se agora queriam atraí-los, teria que fazer tudo o que era proibido e cruzar os dedos para que funcionasse.

– Deixa-me ver, Max... Aplica a injeção agora. Sanne, faz um bom fogo, que saia muito calor pela chaminé. Wolf, abre as duas janelas e a porta, necessitamos corrente de ar. Por sorte aqui há muitos pedaços de metal que possivelmente vão atrair a descarga. Vamos colocá-los perto do corpo e sobretudo vamos sair daqui rapidamente porque, se a descarga nos alcança, nos matará.

Max ficou olhando como se fosse uma aparição celestial.

– Como sabes tudo isso?

– Já te conto quando estivermos mais tranquilos.

– E Michl? – perguntou Sanne, pálida como a face da lua. – O que acontecerá com ele?

Wolf a segurou pelos ombros e, aos trancos, foi retirando-a da cabana.

– Ele já está morto, Sanne. Não vai acontecer nada com ele, acredite.

Saíram os quatro, deixando o cadáver de Michl tão morto quanto estava horas antes, quando haviam chegado na cabana.

– Vamos para a capela. Lá estaremos seguros.

Recolheram os lampiões e já estavam no caminho quando perceberam um formigamento por todo o corpo e o cabelo começava a arrepiar. Sobre o metal dos lampiões apareceram faíscas que corriam pela superfície.

– Não corram! Agachados, todos, no chão! – gritou Nora.

Um segundo depois, um tremendo raio descarregou com enorme violência sobre a cabana, deixando-os cegos durante uns momentos. Um estranho cheiro invadiu tudo até que, pouco a pouco, foi desaparecendo.

Ficaram de pé, com tremedeira, olhando-se uns aos outros para verificar que todos haviam sentido a mesma coisa e continuavam vivos.

O horizonte começava a ser pintado de rosa. Um pássaro gorjeou bem próximo dando as boas-vindas ao novo dia.

Na porta da cabana, preenchendo o vão com seus enormes ombros, o monstro olhava para eles.

* * *

Os dois dias seguintes foram cheios de despedidas. Todos os convidados que tinham ido à boda e tinham ficado para passar a noite começaram a ir embora na manhã seguinte; depois, foi a vez da família.

Os tios Franz e Charlotte com a prima Katharina ficaram para comer com Mathilde e Philip, e foram embora antes que o Sol começasse a baixar. Só tinham duas horas de viagem, mas preferiam chegar em casa ainda com luz. Mathilde continuava pálida e calada. Johannes não havia aparecido e, ainda que tivesse o costume de não receber nenhuma explicação de suas idas e vindas, não sabia se devia ficar alegre ou assustada. O fato de que Donner, seu cavalo, tinha desaparecido do estábulo indicava que havia ido embora sem se despedir de ninguém, coisa que, sem ser realmente estranha, mostrava que cada vez mais seu comportamento ia degenerando.

– Tu queres ficar uns dias aqui com a gente, Mathilde? – perguntou Nora.

Ela negou com a cabeça.

– Eu gostaria, mas é melhor que esteja em casa quando Johannes voltar. Se ele chega e não estamos... Ademais – ofereceu um pequeno sorriso segurando o lábio inferior com os dentes –, eu gosto de ficar em casa sozinha com Philip. O quanto dure...

– Por que tu não o deixas?

– Johannes? Em que mundo tu vives, Nora? O que eu faria sozinha? Do que viveria?

– Teus pais...

– Meus pais não me abririam a porta de casa. Uma esposa que abandona seu marido... que vergonha para a família! – Balançou a cabeça em uma lenta negativa. – Nós, mulheres, temos que nos resignar ao que nos cabe.

– É injusto.

– Sim. Mas sempre foi desse modo. Às vezes... – aproximou-se bem dela, baixando a voz –, às vezes penso, Deus me perdoe, que, se Johannes tivesse um acidente com esse maldito cavalo louco que ele tem, essa seria a única possibilidade de ser feliz. Se ele não me matar antes de desgosto. Mas tenho que ser forte pelo meu filho.

Enquanto elas conversavam no salãozinho tomando uma última xícara de chocolate quente, Wolf foi à cabana onde duas noites antes tinha presenciado a coisa mais estranha de sua existência: um morto que havia voltado à vida.

Queria se despedir de Michl e Sanne e supunha que poderia encontrá-los lá. Era importante que o rapaz desaparecesse o quanto antes. Havia já demasiada gente que o havia visto pelas redondezas, e seu aspecto era daqueles que não se esquece e não era precisamente tranquilizante. Quando chegou, encontrou os dois sentados em um banquinho na porta, com as costas apoiadas na madeira quente do calor do Sol, olhando para o bosque, de mãos dadas.

– Venho me despedir, amigos.

– Tu vais por fim para a América? – perguntou Michl, colocando-se de pé.

– Não, ainda não. Logo, porém ainda não. Quem vai para a América sois vós.

– O quê? – Sanne olhava sem entender nada.

– Escutai-me. Tu não podes permanecer aqui depois do que aconteceu, Michl. A história das pedras que te jogaram não foi nada comparado ao que podem fazer quando comecem a dizer que tu foste o agressor da outra noite, que te mataram e que voltaste a viver. Te perseguirão, te enforcarão de novo e te queimarão na fogueira na praça pública, na frente da catedral. E tu – se virou para Sanne – ainda podes viajar. Tens alguns meses pela frente antes de que chegue o momento do parto. Se é preciso viajar, é preciso que seja agora. Vós deveis demorar um mês no máximo até chegar a Gênova. Lá podeis embarcar para o Novo Mundo e podeis casar-se no barco. Os capitães podem casar as pessoas. Uma vez lá, estareis seguros, ninguém os conhece. Sereis um casal como qualquer outro. Tu um pouco mais alto e mais feio que o normal... – Michl sorriu –, mas já dizem que "o homem e o urso... quanto mais feio, mais bonito". Sanne é linda pelos dois. O conde te arrumou bastante as costuras da cara e, em caso de necessidade, sempre podes jogar o véu por cima e fazer correr a bola de que te queimaste em um incêndio. Ninguém vai querer ver se é verdade. Lá podeis começar de novo; dizem que a terra é barata, tereis vossa casa própria e não tereis que servir a nenhum senhor.

– Não temos dinheiro, Wolf. Nem para a passagem, nem para comprar a terra, por mais barata que seja.

O Lobo tirou a moedeira que lhe havia entregado Johannes.

– Vamos repartir como bons irmãos. É o último presente do primo do conde. Para ele já não vai fazer nenhuma falta, e sua mulher é rica. – Sorriu de um modo que fez com que Sanne entendesse por que o chamavam de Lobo.

– O que aconteceu com ele?

– Ficou bêbado na festa, me pediu que trouxesse seu cavalo já quase de noite. Tentei dissuadi-lo, mas não houve nada o que fazer. Não me estranharia que tenha caído pelo penhasco. Eu o acompanhei durante um tempo, mas, quando começou a correr feito louco, fiquei para trás e vi como ele se perdia na montanha dando gritos de fúria. Não contei isso para a mulher dele, mas suponho que cedo ou tarde encontrarão o cadáver.

– Deus tenha piedade da sua alma, mas assim é melhor para todos! – disse Sanne fazendo o sinal da cruz.

– E tu, aonde vais agora?

– A viúva necessitará de um homem de confiança – piscou um olho. – Se eu sou do seu gosto, ficarei por um tempo. Se não, vou para a América e os procuro por lá.

Michl e Wolf apertaram as mãos e no final deram um abraço.

– Obrigado por tudo o que fizeste por nós. – Michl o olhava fixo, com seus olhos de cores diferentes, tentando colocar ali tudo o que sentia, que era muito, naquele olhar.

Ele não era bom falando, mas desta vez era importante para ele, de verdade, que Wolf soubesse o que sua ajuda significava para os dois.

– Tu pudeste se livrar do... do outro? – perguntou o Lobo, sem saber bem como dizer.

Michl sorriu e encolheu os ombros.

– Até o momento eu não percebo nada. Sinto-me completo e só eu, mas não descarto nada. Sanne já sabe e, ainda assim, vai se arriscar.

– Todos os homens têm uma parte boa e uma parte má, amigo. É preciso arcar com isso.

– As mulheres também – interveio Sanne.

– É verdade. Eu já conheci muitas que não eram precisamente anjos.

Apertaram as mãos de novo e Wolf foi andando para casa para se despedir dos condes e oferecer seus serviços a Mathilde von Kürsinger. Algo lhe dizia que ela iria aceitar.

* * *

Na hora do jantar, Max e Nora ficaram sozinhos por longo tempo pela primeira vez desde aquele distante jantar improvisado na casa dela na noite em que se conheceram.

Ela havia deixado de contar o tempo, porque era algo que ainda a deixava triste, mas sabia que deveria fazer uns três meses desde que saíra de casa para não voltar mais. Enquanto isso, na sua época, a polícia já deveria tê-la dado por perdida. Havia desaparecido sem deixar rastro, sem que houvesse uma mínima pista que apontasse para o que realmente havia acontecido.

– Quando você acha que nós poderemos voltar para Ingolstadt? – perguntou, como se não fosse demasiado importante enquanto olhava o que queria comer das sobras de comida da boda.

– Sinto dizer, mas temo que ainda deverá passar pelo menos um ano. Escrevi ao professor Weishaupt perguntando, mas ainda não tive resposta.

– O que vamos fazer, Max?

– Começar a viver, Nora. Ser felizes. Escolher onde estudar e mudar para lá. Comprar uma casa. Ter filhos.

Nora encheu os olhos de lágrimas.

– O que foi, meu amor?

– Eu queria estudar, Max, queria ser médica, trabalhar em um hospital. Casar e ter filhos também... mas sem pressa... aos trinta e poucos anos... É tudo tão diferente de como eu imaginava! O que eu vou fazer agora?

Ele a abraçou e fechou os olhos. Para ele também era tudo muito diferente e muito complicado.

– Tu não poderás ir à universidade, infelizmente. Já vimos como é arriscado isso de vestir-te de homem, mas estudarás tudo o que eu aprender, vou te ensinar tudo o que me ensinarem. Depois, poderemos voltar para cá e atuar como médicos. As pessoas carecem muito e eu terei o diploma; tu poderás atender as mulheres, que estarão contentes de serem tratadas por uma senhora. Nossos filhos serão criados aqui, sãos e felizes; terás toda a ajuda do mundo. Contrataremos músicos quando sentires saudade de escutar música ou de dançar, faremos viagens para comprar livros... tudo o que tu quiseres... mas sobretudo, Nora, sobretudo... estaremos juntos.

– Sim, Max – disse ela muito baixinho –, estaremos juntos, e isso é a única coisa que importa.

· 1816 ·

O LAGO LÉMAN BRILHAVA COMO UM ESPELHO DE PRATA, apesar de o Sol não estar presente, nem apareceria por um bom tempo.

Nora inspirou com prazer o ar úmido e se envolveu no xale de caxemira que Max lhe havia dado de presente no seu último aniversário, cinquenta e quatro já. Às vezes era difícil acreditar que ela já estava há trinta e cinco anos naquele tempo que não era o seu e que, entretanto, já passara a ser. As lembranças de seus primeiros dezenove anos no século XXI eram cada vez mais apagadas, e às vezes ela tinha a sensação de que tudo o que acreditava se lembrar fossem simples sonhos ou coisas que havia lido em algum romance: as ruas cheias de carros, a iluminação noturna, os aviões cruzando o céu, os celulares, a música em todos os lugares, o cinema, a televisão, a comida de todas as nacionalidades, a fruta em todas as estações do ano, a maravilhosa atenção médica nos hospitais limpos e eficientes... Todos sonhos das *Mil e Uma Noites.*

No entanto, as coisas também haviam melhorado agora que estavam já no século XIX: os vestidos eram mais cômodos e simples, em algumas cidades havia um pouco de iluminação e jornais... mas ela não conseguiria ver as grandes invenções: a fotografia, a eletricidade, os carros, os aviões...

Para tudo isso, faltava ainda muito mais tempo que, para ela, já estava acabando. Ela estava seriamente doente e, ainda que não tivessem conseguido diagnosticar com precisão, estava claro para ela que se tratava de algum tipo de câncer, e para isso não havia cura, talvez nem na sua própria época.

Max estava agora reunindo-se com o especialista de Genebra, que era a máxima autoridade da época em ginecologia. Haviam chegado há uma semana, ela tinha feito alguns exames e o médico havia prometido dar alguma resposta. Apenas para Max, obviamente; ela não era mais do que uma mulher e, por mais que se tratasse de seu corpo e de sua vida, ela não era digna de que lhe explicassem sua situação diretamente. Por isso, estava passeando para um lado e para outro pelo belo parque ao lado do lago, esperando por Max. Se a consulta demorasse, tinham combinado de se encontrar no pequeno pavilhão que abrigava um bonito café, onde também as damas eram bem recebidas; então, quando começaram a cair as primeiras gotas, ela se apressou para ocupar uma mesa com vista para o lago. A dor tinha voltado, e ela preferia suportá-la sentada e em um lugar fechado.

Felizmente, como sabia muito bem que 1816 era o "ano sem verão" por causa da explosão do vulcão Tambora na Indonésia, ia preparada, ao contrário das outras pessoas que ocupavam o café e reclamavam do mau tempo.

No dia seguinte à sua chegada, Max a havia deixado sozinha no hotel algumas horas para ir visitar seu antigo amigo Viktor Frankenstein, do qual não havia recebido notícias em muitos anos. Inclusive, quando lhe escrevera contando que sua criatura havia emigrado à América, estava felizmente casado com uma boa mulher e tinha três filhos, um do primeiro casamento de sua esposa e dois próprios, a única resposta que obtera foram algumas linhas rabiscadas dizendo: "Deus me perdoe. Contribuí para formar uma estirpe de monstros. Não quero saber nunca mais nada de ti". Desde então passaram-se mais de trinta anos.

Quando Max voltou da visita, acabou por descobrir que, apenas por dois dias de diferença, não teve a sorte de encontrar o amigo vivo. Viktor havia falecido sem deixar filhos depois de enfrentar uma longa doença. Ambos acabaram convidados para o funeral por seu sobrinho e herdeiro, que não tinha nenhum interesse científico, por isso oferecera a Max todos os papéis, livros e instrumentos do tio.

Eles também não tinham tido filhos, e isso, que a princípio para Nora havia sido um alívio, com o passar dos anos foi sendo cada vez mais triste. Tinha tido uma vida plena e feliz, havia podido trabalhar como médica em seu próprio castelo, recebendo mulheres, primeiro as da região e depois de cada vez mais longe. Tinha servido como médica de família e ginecologista para muitas damas nobres e de médica geral a muitas pobres mulheres que não podiam pagar nada por seus serviços. Havia sido muito feliz com Max. Muito. Continuava sendo. Mas agora sua vida estava acabando antes de fazer sessenta anos, quando na sua própria época as mulheres ainda tinham pelo menos cinco anos de vida produtiva pela frente, e a expectativa média de vida estava lá pelos oitenta e três anos.

Visitaram Ingolstadt em muitas ocasiões, tantas que, no final, acabaram comprando a casa onde moraram quando eram jovens para assim ter acesso contínuo à passagem, que jamais se abriu de novo.

Agora ela tinha pedido a Max para voltarem lá pela última vez, já sem nenhuma esperança de que funcionasse. Só para se despedir.

Na mesa ao lado, uma moça jovem falava em inglês com seu acompanhante, um homem também jovem que pediu para que a moça o esperasse ali porque precisava sair para enviar um recado. Pensou em quanto tempo fazia que não escutava inglês. Sequer tinha certeza de poder entender.

Quando o rapaz foi embora, ela se virou para a moça e sorriu. Ela era, assim como todas as inglesas, pálida, porém com um olhar inteligente, com um pescoço bem comprido e um penteado da moda que não lhe favorecia.

– Que horrível o tempo que estamos tendo! – começou Nora. Não há nenhum inglês que não considere apaziguador falar sobre o tempo para começar uma conversa com um desconhecido.

– Ah! A senhora também é inglesa?

– Não. Meu pai era americano e eu fui criada lá, quando ainda eram colônias britânicas.

– Nós viemos para passar o verão, mas isto é pior que a Inglaterra. Nunca passei tanto frio.

O garçom depositou uma chaleira de porcelana sobre cada mesa.

– A senhora gostaria de vir até a minha mesa?

– Shelley. Mary Shelley – mentiu ela. Seu nome era Mary Godwin, porque não estava legalmente casada com Percy, mas era muito mais sensato não dar demasiadas explicações. – Muito prazer.

– Eu sou a condessa de Hohenfels. Pode me chamar de Nora, é muito mais fácil.

Nora olhava para a moça com atenção. Não se lembrava de fotos de Mary Shelley que poderia ter visto na juventude, na sua época, mas estava claro de que se tratava da mulher que dentro de bem pouco tempo escreveria a obra inaugural de ficção científica e do gênero de terror: *Frankenstein ou o Prometeu Moderno*. Era tão curioso como quando, tantos anos atrás, tinha visto Mozart pela janela da carruagem em Salzburgo.

– A senhora também está veraneando?

– Não exatamente. Viemos para o funeral de um velho conhecido. O doutor Viktor Frankenstein.

Quando Max chegou ao café, Nora e Mary estavam conversando há um bom tempo.

– Tenho que ir embora, Mary. Foi um prazer conhecê-la. Desejo muitíssimo sucesso com essa história de medo que decidiste escrever. Tenho certeza de que a tua será a melhor de todos os teus amigos e ganhará o concurso. Estarei atenta e, se conseguir publicá-la, vou encomendá-la e ler com grande alegria, como lembrança desta conversa.

– A senhora me deu muitas ideias maravilhosas, Nora. Foi um grande prazer conhecê-la.

De braço dado com Max, saiu do café, pensando se teria feito bem em dar algumas ideias para seu relato, mas a moça parecia tão perdida, que achou que talvez algumas coisinhas para estimulá-la poderiam lhe cair bem. O restante seria colocado por ela, obviamente. Era uma sensação curiosa pensar que teria parte da responsabilidade em um dos romances mais influentes de todos os tempos.

Assim que saíram e estiveram na frente do lago, Nora se virou para Max e, sem palavras, perguntou o que havia dito o ginecologista. Os olhos dele se encheram de lágrimas. Não foi preciso dizer mais nada.

– Leve-me para Ingolstadt. Pela última vez, meu amor. Depois vamos voltar para casa, para Hohenfels, e... até quando Deus quiser.

* * *

Quando chegaram na casa que havia sido o começo de tudo, ficaram por um momento observando, sem falar nada.

– Foi ali que me apunhalaram há tantos anos – disse ele em voz baixa, para que só ela pudesse escutar enquanto a donzela e o serviçal se apressavam dando ordens aos meninos que tiravam a bagagem dos senhores da carruagem.

– E foi por ali que tu entraste no meu mundo e nós nos conhecemos. – Se olharam sorrindo. – Agora eu gostaria de dar uma volta pela cidade e ir à nossa antiga universidade para dar uma olhada.

– Estará fechada. Mudaram tudo para Landshut e para Munique.

– Que pena!

Começaram a andar com tranquilidade depois de Max dar algumas ordens aos criados.

– Sabes, Nora? – disse ele depois de um tempo no qual ambos andavam perdidos em seus pensamentos. – Estive pensando... Tu sabes que estou há trinta e cinco anos pensando, trabalhando no laboratório com as anotações do Frankenstein, girando em torno das mesmas coisas, escrevendo para Viktor para ver se lhe ocorria algo que não passou pela minha cabeça, ainda que a verdade é que ele quase nunca me respondeu... Enfim, o caso é que se o elixir que ele destilou serviu para dar a vida de novo a mim e a Michl em duas ocasiões, se conseguiu com que todo o meu organismo voltasse a funcionar apesar das terríveis feridas, mesmo tão mal costuradas que estavam... de tudo... por que não tentamos te injetar e ver o que acontece? Ainda tem para uma dose.

– Ainda não estou morta, meu amor.

– Disso se trata precisamente. Se é algo tão potente que não só regenera como te dá a vida, talvez seja tua cura. Não vamos perder nada...

– Não.

– Não queres fazê-lo?

– Não vamos perder nada. Tens razão. Salvo que isso me mate mais rápido.

– Não é possível. Esse elixir ressuscita, não mata.

Continuaram passeando em silêncio, pensando.

Max estava mais preocupado que nunca em toda a sua vida. Desde que o colega de Genebra lhe havia dito que não havia nenhuma esperança para Nora, não havia conseguido dormir de novo nenhuma noite inteira. Não podia imaginar a vida sem ela. Esse plano era o único, de todos o que lhe tinham passado pela mente, em que ele via alguma esperança de sucesso. Era uma loucura, mas não havia mais possibilidades e, além disso, tinha também algo que ele não teve o atrevimento de dizer a ela porque era uma loucura demasiado grande, e ele não queria que ela concebesse falsas esperanças.

Fazia tempo que vinha pensado que, quando, sem saber como, encontrou a passagem ao futuro, foi justamente depois de Frankenstein lhe injetar o elixir. No prazo de vinte e quatro horas, ele tinha sido capaz de passar para a época de Nora e voltar à sua. E ela tinha encontrado a passagem ainda aberta e tinha atravessado antes de que se fechasse. A partir daí, nunca mais havia funcionado.

E se houvesse alguma relação entre o elixir e a abertura da passagem? E se aquele misterioso pó vindo das estrelas tivesse alguma propriedade que, combinada com os demais ingredientes, pudesse fazer milagres como devolver a vida e retorcer o tempo para a pessoa que trouxesse dentro de si o elixir? E se agora ele injetasse para estimular a regeneração de seu corpo, para devolver a ela sua saúde, e a passagem voltasse a abrir? Então ela poderia passar ao seu próprio tempo, onde a medicina estava muito mais avançada e, inclusive, se o elixir não a curasse, em sua época haveria muitas possibilidades mais.

Antes de sair de Hohenfels, havia deixado uma carta para seu sobrinho Philip, em caso de não regressar. Como eles, infelizmente, não haviam tido filhos, ele era o único herdeiro e, desde o infeliz acidente do seu pai, havia sido educado para ser um bom conde. Hohenfels ficaria em boas mãos se não voltassem.

Ele se assustava terrivelmente com a ideia de não voltar para casa, de cruzar para um mundo onde tudo era desconhecido para ele, mas era o que Nora havia feito durante os últimos trinta e cinco anos. Era justo. E se havia uma só possibilidade, por mínima que fosse, de que ela estivesse bem de novo, não havia mais o que pensar. De qualquer forma, ele não queria que ela se iludisse.

Ao longo dos anos, cada vez que voltavam a Ingolstadt para ver se a passagem estava aberta, ela ficava deprimida durante alguns dias. Apesar de que, a cada vez, Nora lidasse melhor com isso, ele percebia que durante semanas sua mente dava voltas e voltas pensando em por que nunca mais eles haviam conseguido passar. Eles tinham conversado sobre isso uma centena de vezes sem chegar a nenhuma conclusão, até que, no final, a passagem já tinha se tornado um tema quase tabu.

– Max...

– Diz.

– Vamos para casa. Quero que tu me injetes isso.

Ele pegou as mãos dela e as apertou muito forte.

– Tens certeza?

Ela assentiu com a cabeça.

– E se não funciona?

– Vamos para Hohenfels e eu vou ficar contemplando o nosso jardim até que chegue o momento. Eu fui muito feliz contigo, sabia? Continuo sendo muito feliz. Não me arrependo de nada.

Meia hora mais tarde, Nora estava deitada na cama com uma leve bata e Max, que nestes anos não havia deixado de aperfeiçoar seus instrumentos, preparava um aparelho injetor que, seguindo os conselhos de sua mulher, já se parecia muito às seringas modernas, ainda que a agulha assustasse.

– Pronta?

– Sim.

Eles se beijaram do mesmo modo de quando eram jovens. Max nunca havia sentido tanto medo. Nora também não.

– Como tu estás viva, não te injetarei no coração. Só na aorta e na femoral.

– Bom.

– Creio que vai doer.

– Não importa! Vai! Acaba logo!

Nora alcançou um lenço e apertou entre os dentes. Aquela agulha era quase um punhal. Max suava de nervoso e de preocupação. Se havia algo que ele não queria, era causar algum dano a Nora, mas não tinha mais remédio. Depois de uns minutos, tudo tinha terminado. Ele se deixou cair na cama, ao lado dela, exausto.

– Percebes algo? – perguntou.

– Alívio de que haja terminado – respondeu com um sorriso. – Pelo menos não estou pior. Inclusive acho que estou bem... a dor foi embora por agora.

– Bom.

Agarrados pela mão, olhando para o teto, deixaram passar uns minutos.

– Nora...

– O quê?

– Veste-te, faça-me o favor. Coloca algo simples.

– Aonde vamos?

– Quero tentar uma última vez.

– Agora?

– O quanto antes.

Nora sentiu que para seu marido aquilo, pela razão que fosse, era realmente importante, de modo que não discutiu, colocou o vestido de viagem, que era o mais simples que tinha, calçou as sandálias e ficou olhando para ele.

– Quando tu quiseres.

Desceram as escadas, um atrás do outro, sem se preocuparem em fazer barulho como antes. Agora aquela casa era deles e não havia nenhuma Frau Schatz para impedi-los de estarem juntos. Chegaram até a porta da despensa, cruzaram o olhar, inspiraram fundo e abriram.

– As damas primeiro, meu amor.

Ela sorriu por cima do ombro e entrou na escuridão.

Um momento depois, Max escutou sua voz tremida e assustada.

– Max... há... há como um resplendor do outro lado.

– Então não te detenhas... vá... rápido... antes que se feche.

– E tu? Tu não vens?

Houve um breve silêncio, apenas uns segundos.

– Onde tu fores, irei eu. Sempre, Nora.

Entrelaçaram os dedos da mão e assim, juntos, entraram na luz do outro lado e saíram em uma rua cheia de gente, faróis, latas de lixo e carros.

Max colocou a mão no bolso do abrigo onde estava o frasco e as quatro gotas que sobraram, que nunca seriam suficientes para voltar. Dava na mesma. Já tinha decidido.

· EPÍLOGO ·

MARAVILHADOS, CAMINHARAM PELA CIDADE, PELO que agora se chamava "a parte antiga", até o antigo endereço de Nora.

Como ela tinha poucas lembranças precisas dos meses que havia passado lá ao chegar para estudar na universidade, não sabia se as coisas haviam mudado pouco ou muito em seus trinta e cinco anos de ausência.

O que era evidente era que sua avó estaria morta há muito tempo, seus pais talvez também e seus antigos companheiros de apartamento talvez não se lembrassem dela, salvo em alguma reunião quando falassem de moças desaparecidas, talvez para o comércio de escravas brancas. Sentiu uma pena difusa e, ao mesmo tempo, uma alegria imbatível ao pensar que estava de volta no seu próprio tempo, ainda que não tivesse a menor ideia de como iriam sobreviver sem documentos, sem formação aceitável no século XXI e sem dinheiro.

Max, como tantas vezes, devia ter percebido o que ela estava pensando, porque disse:

– O que tu acreditas que trago nesta maleta?

– Teu instrumental, suponho, ainda que não sei bem para que tu o trouxeste.

Ele se inclinou ao seu ouvido:

– Pelas dúvidas, me permiti trazer nosso ouro e tuas joias. Isso sempre pode ser convertido em dinheiro.

– Tu és incrível, meu marido!

As pessoas que passavam olhavam com certa curiosidade, apesar de não ser excessiva. Nas cidades centro-europeias, no verão, sempre tem algum festival de rua ou alguma feira ou gente fantasiada fazendo propaganda de alguma coisa.

– Bom... pois aqui eu morei há trinta e cinco anos – disse Nora, sorrindo na frente do painel do interfone com os nomes. – Tu te lembras?

Ele sorriu, assentindo, e acrescentou:

– Pois devem ser uns desleixados, porque aqui continua escrito "Nora Weiss".

– Não é possível. Deixe-me ver... Olha só! Tu tens razão!

Sem pensar muito, apertou a campainha e, uns segundos depois, com um zumbido, a porta se abriu.

– Subimos?

– Óbvio.

Quando chegaram lá em cima, Heike estava na porta. Igualmente jovem, igualmente despenteada, igualmente louca pelos gatinhos que decoravam seu pijama.

– Você está sem tua chave? Do que você se vestiu, menina, de onde tirou isso? E quem é esse aí? Que cara! Você bem que poderia ter deixado um recado ou alguma coisa! A coitada da tua avó passou mal desde que você se mandou sem avisar ninguém. Ligue pra ela já. E você tem que ir até a polícia para que parem de te procurar.

Aquilo não fazia nenhum sentido.

Se olharam, tentando ver o que outro achava de tudo aquilo, e ficaram sem palavras. Nora avançou alguns passos até o espelho da entrada enquanto Heike se virava de costas e entrava na cozinha.

– Acabo de preparar um chá – disse. – Querem?

– Com todo o prazer – sussurrou Max, por puro costume.

Ela voltou da cozinha carregada com uns tecidos e alguns objetos.

– É que eu achava que estaria sozinha o dia inteiro e preparava umas coisas para minha fantasia de verão, para a festa dos duzentos anos de *Frankenstein*, de Mary Shelley. Eu vou de noiva do Frankenstein. Se vocês quiserem vir... a roupa vocês já têm – disse, apontando para a roupa que eles vestiam.

Nora não respondeu. Não podia. Tinha ficado dura feito pedra.

O espelho da entrada, sujo como sempre, devolvia a imagem de dois estudantes de vinte anos vestidos para uma festa à fantasia.

· NOTA DA AUTORA ·

A O LONGO DA REDAÇÃO DESTE ROMANCE, TENTEI SER fiel à verdade histórica da época que faço verter nestas páginas, a todos os detalhes que têm relação com a história de Mary Shelley e o que aconteceu na Suíça, em Villa Diodati, em 1816, no "ano sem verão". Apesar disso, em algumas coisas eu tomei a liberdade de modificar a realidade, por necessidades narrativas: na atual Ingolstadt não há faculdade de medicina nem houve desde os fins do século XVIII; a Irmandade da Rosa nunca existiu, enquanto que a Ordem dos Illuminati, fundada pelo professor Adam Weishaupt, sim, existiu. O condado e o castelo de Hohenfels são também uma invenção minha, ainda que a família Von Kürsinger, de Salzburgo, não só tenha existido, como são antepassados do meu marido e, portanto, também dos meus dois filhos.

O romance de Mary Shelley *Frankenstein ou o Prometeu Moderno*, considerada a obra fundadora dos gêneros de ficção científica e terror, foi uma das minhas primeiras leituras na época da minha adolescência, e eu já o reli várias vezes. Ao aproximar-se do ducentésimo aniversário da sua publicação, senti a necessidade de dedicar uma homenagem a uma mulher tão moderna e valente, filha de Mary Wollstonecraft, a primeira feminista declarada.

Ainda que eu não considere Mary Shelley minha mestra no aspecto literário, sinto-me em dívida com ela pelo caminho que abriu a todos os escritores do gênero fantástico, mas sobretudo às mulheres escritoras. Nesse sentido, me considero filha de Mary Shelley e gosto da ideia de me colocar na tradição que ela começou e que vem dando frutos há duzentos anos.

Se alguma das leitoras ou leitores deste meu romance tiver interesse em ler a obra original (que me serviu de ponto de apoio, mas que difere muitíssimo do que acaba de ler aqui), eu recomendo a nova tradução (espanhola) assinada por Lorenzo Luengo, publicada pela editora Alrevés*. Lá se encontrará também brilhantes relatos breves, entre eles um que é meu, relacionados à sobrevivência do monstro de Frankenstein e excelentes ilustrações. Seu título é *Frankenstein Resuturado;* a ideia e a sua organização se devem ao escritor Fernando Marías (mais detalhes disponíveis em: www.alreveseditorial. com/fitxallibre.php?i=211; acesso em fevereiro de 2021).

Outra recente publicação (espanhola, de 2018), escrita por outro ganhador do prêmio Edebé, Ricard Ruiíz Garzón, é o estupendo ensaio *Os Monstros da Vila Diodati: os Espelhos do Monstro,* publicado pela editora Reino de Cordelia. Leitura muito recomendável para quem quiser saber mais sobre o que aconteceu naquele verão na Suíça e para adentrar na temática do monstro, ou dos monstros em geral.

Também recomendo os filmes clássicos em preto e branco, dos anos 30 do século passado, protagonizados por Boris

---

*Recomendamos também as edições brasileiras: *Frankenstein ou O Prometeu Moderno.* 1. ed. São Paulo: Penguin Companhia, 2015; *Frankenstein*: Edição Comentada. 1. ed. São Paulo: Clássicos Zahar, 2017; *Frankenstein: O Clássico Está Vivo.* 1. ed. São Paulo: Darkside, 2017.

Karloff no papel do monstro. E, obviamente, a genial comédia *O Jovenzinho Frankenstein* (título original *Frankenstein Jr.*), de Mel Brooks (1974), um dos filmes mais divertidos que eu já vi em toda a minha vida.

Existe também um filme de 1994, de Kenneth Branagh, *Mary Shelley's Frankenstein*, com Robert de Niro no papel do monstro.

Obrigada por ter lido este romance! Espero que você tenha gostado.